JUDI FENNELL

MERJINN PRESS

PHILADELPHIA, PENNSYLVANIA

Beaux Gosses & Petits Gâteaux

Le sucre est doux, mais la vengeance l'est aussi...
Tout ce que Lara Cavallo souhaite, c'est faire de sa pâtisserie, Cavallo's Cups &
Cakes, un succès, et pouvoir arrêter d'accepter la pension alimentaire de son
ex-mari pourri et infidèle. Mais d'abord, elle doit retrouver ses vêtements et
s'échapper de l'étrange chambre d'hôtel dans laquelle elle se réveille avant de
s'humilier davantage devant le propriétaire de ce magnifique postérieur nu
qu'elle aperçoit par la porte de la salle de bain. Elle doit se concentrer sur ses
cupcakes. Elle n'a pas le temps pour les beaux mâles, aussi tentants soient-ils.

Les cupcakes sont doux, et Lara aussi...
Tout ce que veut Gage Tomlinson, c'est trouver un moyen d'aider sa sœur,
mère célibataire, à payer les factures d'hôpital de son neveu de six ans, grave-
ment blessé dans un accident de délit de fuite. Travailler dans la construction
pendant la journée et être le propriétaire de la troupe de danse masculine
exotique BeefCake, Inc. la nuit ne laisse pas beaucoup de temps pour les plai-
sirs. Dommage que la chose la plus douce qu'il ait vue depuis des lustres s'éva-
nouisse sur lui et s'enfuie avant même qu'il n'ait pu y goûter. Il a une dent
sucrée, et seuls les « cupcakes » de Lara pourront le satisfaire.

Mais quand le cupcake rencontre enfin le beau mâle, c'est assez chaud pour faire fondre la crème au beurre directement sur le gâteau.

Le lendemain matin

Ce n'était pas sa chambre d'hôtel.

La veste de costume jetée sur la chaise fut le premier indice de Lara.

Le pantalon assorti abandonné sur le sol devant était le deuxième.

Le creux dans le matelas alors que quelqu'un quittait le lit derrière elle était le troisième.

Oh mon Dieu. Qu'avait-elle fait ?

Eh bien, c'était assez évident ce qu'elle avait fait, mais, oh Seigneur…

Lara ferma les yeux alors que cette personne contournait le pied du lit, ne les entrouvrant que lorsqu'elle entendit la porte de la salle de bain coulisser.

Oh la la. Les fesses nues du type étaient vraiment belles. Probablement mieux sans ce pantalon qu'avec — dommage qu'elle ne se souvienne pas à quoi il ressemblait habillé.

Dommage qu'elle ne se souvienne pas de lui du tout.

La porte se referma et Lara bondit sur ses pieds — pour le deuxième choc de la matinée.

Elle ne portait qu'un t-shirt. Et ce n'était pas le sien.

Elle ne voulait pas penser à qui il appartenait ni comment elle s'était retrouvée dans ledit t-shirt ; elle voulait juste attraper sa robe, ses chaussures et son sac à main, et ficher le camp avant que son unique coup d'un soir ne finisse de faire ce que faisait un coup d'un soir le lendemain matin.

Elle ramassa la robe sur la commode — non, elle n'allait pas réfléchir à comment elle était arrivée là — arracha son t-shirt par-dessus sa tête puis enfila la robe, et renonça à chercher son soutien-gorge. Elle voulait juste partir.

Ses chaussures étaient à côté de la chaise — l'une d'elles était dessous — et son sac à main, Dieu merci, était accroché à la porte de la chambre d'hôtel.

Vingt-cinq secondes. C'est tout ce qu'il lui fallut pour s'échapper de la chose la moins Lara-esque qu'elle ait jamais faite de sa vie.

Il fallut trente-cinq secondes de plus pour que ce fichu ascenseur arrive au — elle plissa les yeux vers l'indicateur d'étage au-dessus de la flèche « Descendre » — dixième étage.

Dieu merci, il n'y avait personne dans l'ascenseur. Elle n'avait pas besoin de témoins pour sa marche de la honte.

Mon Dieu, Jeff serait choqué de la voir maintenant ! « Sexuellement ennuyeuse et sans inspiration », c'est ce qu'il avait dit pour expliquer son infidélité — parmi d'autres — mais cette marche de la honte invalidait ces propos.

Elle n'en revenait pas. Trente ans, avec sa propre boulangerie en plein essor, et pourtant un verre de trop à l'enterrement de vie de jeune fille de sa colocataire d'université l'avait amenée à ramasser un type au hasard pour une nuit de sexe bestial désinhibé afin d'apaiser son ego réduit en miettes par un ex qui ne méritait même pas qu'on lui accorde une seconde d'attention, encore moins ce genre de stratégie pour lui prouver qu'il avait tort.

C'était *bien* du sexe bestial désinhibé, n'est-ce pas ?

Elle ferma les yeux et essaya d'évoquer une image, mais la dernière chose dont elle se souvenait était de danser le jitterbug sur la piste de danse.

Elle ne savait pas danser le jitterbug. Mais, apparemment, ça ne l'avait pas arrêtée.

Oh, Seigneur, sa tête. Et son estomac. Et cette sensation de bouche pâteuse...

La sonnerie retentit lorsque l'ascenseur arriva au deuxième étage. Elle chercha maladroitement sa clé de chambre et trébucha dans un couloir heureusement vide. Sa chambre était à quelques portes de là, et heureusement, elle avait décidé de ne pas prendre de colocataire pour ce voyage.

Enfin, pas de colocataire régulier.

Qui était ce type ? Elle ne se souvenait même pas à quoi il ressemblait, encore moins de son nom.

Elle gémit en entrant dans sa chambre d'hôtel. Quelle horreur que la seule partie de lui dont elle se souvienne soit ses fesses nues et *ça* uniquement parce qu'elle les avait vues en partant !

Elle se débarrassa de sa robe — elle l'avait mise à l'envers — et se dirigea vers la salle de bain. Une douche, un petit-déjeuner et un grand verre de jus d'orange, puis elle pourrait prendre sa voiture et ficher le camp d'ici pour ne pas risquer de croiser son plus grand regret de sitôt.

Mais la question était : que regrettait-elle ? De l'avoir ramassé en premier lieu, ou de ne se souvenir de rien de ce qui s'était passé ensuite ?

* * *

Gage passa la serviette dans ses cheveux, puis l'enroula autour de ses hanches. Il ne voulait pas choquer la Belle au bois dormant là-bas avec sa nudité quand elle ouvrirait ses magnifiques yeux.

Il aperçut son sourire dans le miroir. Oui, il était carnassier, mais pourquoi ne le serait-il pas ? Il avait fini avec la plus belle femme de la soirée, et ça incluait la future mariée.

Bien sûr, il avait enfreint ses propres règles pour y arriver — pas de fête avec les clients — mais elle était entrée et l'avait retourné.

Ce serait drôle, vraiment, si ce n'était pas si... enfin, pas drôle. Il ne craquait jamais pour les petites brunes pulpeuses. Les bombes filiformes étaient plus son genre. Du moins, elles l'avaient été. Mais elle était entrée, ses courbes lui faisant transpirer les paumes, ses boucles suppliant ses doigts de s'y plonger et de s'y accrocher, et ces yeux chocolat... Ils criaient *chambre à coucher* si fort qu'ils avaient presque couvert la musique, et il avait eu du mal à se concentrer sur le spectacle.

Dieu merci, les gars connaissaient leur affaire. Markus la connaissait un peu trop bien ; il s'était concentré sur Lara dès le premier numéro de frotti-frotta.

Heureusement, personne n'avait remis en question le changement rapide de routines qu'il avait fait pour que Markus soit hors scène jusqu'au milieu du deuxième acte.

À ce moment-là, les shots qui avaient circulé autour de cette table avaient assuré que l'intérêt de Lara n'était plus uniquement focalisé sur Markus.

C'est là qu'il avait fait son mouvement.

Fait son mouvement. Gage gémit. Quel âge avait-il — vingt ans ? Il n'avait jamais besoin de faire de mouvement ; les femmes affluaient vers lui.

Mais elle était coincée dans le coin de son box, entourée d'amies, les yeux rivés sur la scène, et ne semblait pas prête à en sortir de sitôt.

Il attrapa sa brosse à dents. Il aurait dû bouger plus tôt. Alors peut-être qu'elle n'aurait pas bu ces deux derniers shots. Cette femme ne tenait pas l'alcool. Elle avait réussi à atteindre l'ascenseur de l'hôtel et s'était littéralement évanouie dans ses bras. Ça avait refroidi sa soirée, mais pas sa libido.

Il espérait juste qu'elle serait plus réveillée ce matin.

Il finit de se brosser les dents et versa un verre d'eau. Elle allait en avoir besoin et ça lui donnerait une excuse pour s'asseoir à côté d'elle.

Et avec un peu de chance, faire bien plus.

Il ouvrit doucement la porte. Il voulait être celui qui la réveillerait, pas le bruit ou la lumière de la salle de bain.

Sauf que... elle était partie.

Il s'affaissa contre le chambranle. Il l'avait bien mérité. Il jouait avec les fantasmes de centaines de femmes chaque week-end, mais celle dont il avait personnellement voulu réaliser le fantasme n'avait apparemment aucun intérêt à le laisser faire.

Un

— Bas les pattes de mes cupcakes.

Lara pointa sa spatule en bois vers le type qui la reluquait par-dessus son stand à l'exposition nuptiale. Ce n'était peut-être pas une grande arme, mais une petite tape pouvait piquer, et M. Père-de-la-Mariée-Ivre semblait avoir besoin d'une tape ou deux.

Surtout quand il la reluquait. — Bébé, je ne suis pas du tout près de tes cupcakes, mais si tu te penches un peu plus, je serai ravi de m'exécuter.

Lara renifla. C'était sans doute l'une des pires techniques de drague qu'elle ait jamais entendues.

Elle glissa la spatule sous les deux cupcakes qu'il avait écrasés. Les modèles Roméo et Juliette. Merde. C'étaient parmi ses designs les plus complexes et ils impressionnaient toujours la clientèle.

Papa Ivre n'arrêtait pas. — Que dirais-tu toi et moi de se retrouver plus tard autour d'un verre pour discuter de tes... cupcakes ?

— Et si on ne le faisait pas ?

Papa Ivre cligna des yeux. — Oh, allez, ce n'est pas gentil. Il se dirigea vers le bout du stand et prit un papillon en sucre filé. — Celui-ci, par exemple. Je parie qu'il a très bon goût sur ma langue.

Elle ne regarderait plus jamais ces papillons de la même façon.

Elle le lui prit des mains.

Mais cela la mit assez près pour qu'il puisse l'attraper. Et il le fit, serrant une main moite autour de son poignet.

— Allez, bébé, c'est un week-end de fête. Tout cet amour et ce sexe dans l'air. Tu le sens sûrement.

— Ce que je sens, c'est que vous dépassez les bornes, monsieur. Elle posa le cupcake et essaya de détacher ses doigts. Surtout l'auriculaire. Si elle pouvait le tordre suffisamment en arrière...

Il la tira vers lui, lui bavant un baiser sur les lèvres et posant une grosse patte sur son sein.

Elle recula brusquement. — Lâchez-moi...

Il fut projeté en arrière.

— La dame vous a dit de la laisser tranquille.

Un gars en jean serré, chapeau de cowboy, et chemise ouverte jusqu'à la taille se tenait là, les muscles tendus, la respiration haletante, ressemblant à un héros tout droit sorti d'un roman d'amour.

Papa Ivre essaya de se relever. — C'était quoi ça ? Je vais te poursuivre en justice...

— La ferme, connard, et prie pour que la dame ne porte pas plainte pour agression.

Ça dessaoula le gars.

Mais Lara restait fixée sur les abdos bien visibles sous la chemise ouverte de son sauveur.

— Par ici, ma belle. Le cowboy agita les doigts près de sa taille.

Elle leva les yeux.

Oh mon Dieu, il l'avait surprise en train de le reluquer. Et ce sourire éclatant disait qu'il savait exactement ce qu'elle regardait, *et* qu'il aimait qu'elle regarde.

Elle sentit le rouge lui monter aux joues.

Il sourit et souleva le bord de son chapeau, puis se retourna pour aider l'ivrogne à se relever.

Bon sang, cet homme avait un sacré postérieur. Tout comme M. Cul-Nu de l'hôtel il y a deux semaines.

Elle secoua la tête. Elle était folle. Le cul de M. C.N. était nu ; celui de ce type était couvert. Aucune similitude. Bon, à part le fait qu'ils étaient tous les deux parfaitement formés et qu'elle ne serait pas contre l'idée de mettre la main sur les quatre fesses.

— Vous avez quelqu'un pour vous surveiller ici ou je devrais vous remettre à la sécurité ? Le cowboy tordit le bras de l'ivrogne.

— C'est bon. J'ai une femme.

— Quelle chance elle a. Le cowboy fit un clin d'œil à Lara. — Et si vous alliez la retrouver et ne reveniez jamais ? Si je vous revois ici, je ne serai pas aussi clément que cette fois. Je me suis bien fait comprendre ?

L'Ivrogne passa une main dans son faux-toupet. — Très clair.

— Bien. Maintenant, filez d'ici.

Lara essaya de reprendre contenance tandis que le Cowboy s'approchait nonchalamment de son stand. Et nonchalamment, il le faisait bien, avec tout le roulement de hanches et le frottement de bottes sexy.

— Comment ça va, Cupcake ?

Oh là là. Venant de lui, cette phrase d'accroche marchait. Tout était dans la façon de la dire.

Elle aurait juste aimé être immunisée. Jeff avait bien entamé sa confiance envers les hommes, surtout les beaux gosses.

Et celui-ci, avec ses cheveux blonds dorés et ses yeux bleus saisissants, était définitivement celui dont on rêve.

Mais non. Plus de rêves. Plus de mecs. Se concentrer sur sa carrière. C'était sur ça qu'elle devait compter maintenant, pas sur la libido capricieuse d'un homme. — J'ai déjà entendu celle-là.

Il la regarda de haut en bas et Lara sentit la chaleur comme s'il avait utilisé un chalumeau.

— Je parie que oui. Et celle qui dit que je veux savoir si tu es assez bonne pour être léchée ?

Elle allait fondre sur place. — Euh, ouais. Entendue aussi. Mais jamais comme *ça*. C'était le premier gars qu'elle envisageait vraiment de laisser découvrir la réponse.

Pendant environ deux secondes. Un gars comme lui ne s'intéresserait jamais à elle pour plus qu'un coup d'un soir - et celui qu'elle avait eu l'avait convaincue qu'elle n'était pas faite pour ça.

— Eh bien, il va falloir que je réfléchisse dur pour trouver quelque chose de nouveau.

Elle ne put s'en empêcher ; ses yeux se posèrent sur son entrejambe.

Puis remontèrent à son visage quand il rit.

D'accord, que le sol du centre des congrès s'ouvre et l'engloutisse maintenant.

Non, elle n'allait pas penser à quoi que ce soit en rapport avec le Cowboy et l'engloutissement.

Puis le Cowboy tendit la main. — Salut. C'est Gage. Gage Tomlinson ?

Elle essuya discrètement sa paume moite - entièrement la faute du Cowboy, euh, de Gage, d'ailleurs - sur sa cuisse. — Lara. Cavallo. Merci de vous être occupé de lui.

— Tout le plaisir était pour moi, m'dame.

Mon Dieu, c'était sexy quand il prenait cet accent et soulevait son chapeau. Lara était totalement dans le fantasme du cowboy.

— Voulez-vous un cupcake ? Je veux dire... Elle ne serait vraiment pas contre que le sol s'ouvre maintenant... en guise de remerciement.

Son sourire était dévastateur. Tout comme cette fossette sur sa joue. — J'adorerais un cupcake. Peut-être même deux ?

Ils parlaient bien de sucre et de gâteaux Cups & Cakes, n'est-ce pas ?

— Euh, bien sûr. Vous pouvez en prendre deux. Faites votre, euh, choix. N'importe quand maintenant... Une grande fissure dans le sol. Ça ferait des merveilles pour sa gêne.

Il prit son temps, examinant chacun de ses cupcakes. Ceux sur la table, bien sûr. Pendant un temps anormalement long.

Assez longtemps pour attirer l'attention de plus d'une femme. Qui commencèrent toutes à faire des suggestions sur les cupcakes qu'il devrait choisir.

Elle n'avait jamais eu de meilleure publicité, mais les clins d'œil qu'il lui lançait chaque fois que quelqu'un lui demandait quel genre de cupcakes il aimait étaient bien plus excitants.

Sexuellement ennuyeuse et *peu inspirante*, était-elle ? Le Beau Gosse Cowboy ne semblait pas le penser.

Lara distribua rapidement ses brochures à emporter et des échantillons des différents gâteaux, récoltant une multitude de cartes de visite, pendant que le Cowboy faisait son numéro.

Je me demande quel autre genre de numéro il peut faire ?

Il la surprit en train de le fixer, mais à part un soupçon de sourire, tout ce qu'il fit fut de soulever son chapeau.

C'était suffisant.

— Eh bien, ma p'tite dame. Je vous remercie pour l'offre, mais il me semble que vous allez avoir besoin de tous les cupcakes que vous avez. J'attendrai simplement de voir ce qu'il reste quand on aura fini ici. Ça vous va ?

Elle hocha la tête, mais s'il continuait à la regarder comme ça, elle n'allait plus avoir grand-chose : ni sang-froid, ni raison, ni force dans les jambes...

— D'accord, alors. Faites-moi savoir quand vous serez libre. Je suis au stand 263.

Elle acquiesça d'un signe de tête tandis qu'il se retournait et s'éloignait.

Mon Dieu, ce type remplissait ces jeans comme personne.

Et ça ne la dérangerait pas d'y mettre son grain de sel.

Deux

Contact établi. Enfin, au sens figuré. Le contact physique viendrait ensuite.

Il l'espérait.

Gage enleva son chapeau et passa une main dans ses cheveux. Ce truc était chaud dans ce couloir, mais ça marchait à tous les coups avec les femmes.

— Parti longtemps, patron, dit Murph en lui tendant une pile de cartes de visite.

Gage y jeta un coup d'œil. C'était incroyable le nombre de numéros de téléphone manuscrits qui figuraient sur les cartes que les femmes déposaient au stand de BeefCake, Inc. Sa liste de diffusion allait atteindre les six chiffres d'ici la fin du week-end.

Avec un peu de chance, son compte en banque suivrait bientôt.

— Bon boulot, les gars. Si vous voulez faire une pause, je vais prendre le relais.

Il fourra les cartes dans le bocal à poissons sur le stand, puis saisit une des chaises pliantes et s'y installa à califourchon, se reposant un peu. Une fois que ces femmes en auraient fini avec le stand de Lara, elles trouveraient leur chemin jusqu'au sien. C'était toujours le cas, et bien qu'il ait donné à Lara le numéro de son stand dans l'espoir qu'elle viendrait le trouver, c'était aussi une bonne affaire. Il avait besoin de toutes les affaires possibles.

— Tu veux quelque chose pendant qu'on y est ? demanda Tanner en défaisant son nœud papillon et en le jetant sur la table. Ce truc pourrait étouffer un cheval avec cette chaleur.

Gage s'abstint du commentaire qui aurait normalement suivi cette déclaration. Tanner était leur danseur qui récoltait le plus de pourboires. Le gars avait plus de billets dans son string que les trois danseurs suivants les mieux payés réunis. Ça avait bien quelque chose à voir avec un cheval, en effet.

Mais bon, ça payait les factures du gars et rapportait à Gage quelques centaines de dollars de plus par mois. Chaque petit plus aidait.

— Non, ça va.

— Tu ne veux pas un... cupcake ?

Gage sourit et secoua la tête. Il n'allait jamais se remettre de cette soirée-là. Les gars l'avaient vu devenir fou d'elle, et au moins, ils n'avaient aucune idée d'où elle avait passé la nuit. Il voulait que ça reste ainsi.

Il voulait aussi que ça se reproduise.

Mais quand ils avaient vu son stand, les commentaires avaient commencé.

— Alors ? Tu as parlé à la dame aux cupcakes ? demanda Bry, son associé, en jetant son chapeau de policier sur la table. Ça faisait des mois qu'ils n'avaient pas été en costume — ou plutôt, sans costume — mais quand il s'agissait d'attirer des clients lors des salons, ils étaient autant en représentation que les autres gars.

— Ouais, je l'ai fait.

Bry ouvrit une canette de soda. — Et alors ?

Et... rien. Il s'était attendu à... Il ne savait pas quoi. Quelque chose. Une explication sur pourquoi elle était partie en courant.

Il haussa les épaules, mais ça le dérangeait toujours. Il aurait pensé qu'il aurait gagné des points pour ne pas avoir profité d'elle. — Elle travaillait. Ce n'était pas vraiment le meilleur moment pour la draguer.

— Ça ne t'a jamais arrêté avant, dit Bry en avalant une gorgée de soda. Au bon vieux temps, ça aurait été coupé avec du Jack, mais ils étaient des hommes d'affaires maintenant. Le Jack n'était au menu qu'après les heures de travail.

— Peut-être que je n'avais pas autant à perdre avant.

Bry recracha son soda à travers le stand. — Perdre ? Elle ? Putain, mec, qu'est-ce qui s'est passé cette nuit-là ?

Rien du tout, malheureusement. Pas même un baiser.

Gage attrapa un des débardeurs des gars et épongea le désordre. Ils avaient dépensé une fortune en matériel promotionnel ; pas question de le laisser être ruiné. — Pas elle. Ça. Notre entreprise. Je n'ai pas le temps de séduire une femme pendant que j'essaie de gagner assez pour laisser tout ça derrière moi.

— Tu es encore là-dessus ? Sérieusement, Gage, tu devrais peut-être y repenser. Ça paie les factures.

Pas toutes. Celles pour les opérations, la thérapie et les médicaments de son neveu se dressaient devant lui en ce moment même, sous des lumières de scène criardes et douloureusement voyantes, les zéros semblant se multiplier de façon exponentielle chaque fois qu'il y pensait. Ce qui arrivait souvent.

— Bry, je me suis lancé là-dedans pour l'argent. Au début, c'était un moyen de compléter mes revenus de contractant quand l'économie s'est effondrée il y a plus d'un an. Lui et Bry avaient gagné pas mal d'argent en faisant du strip-tease à l'université. Mais ensuite, avec les opérations dont Connor avait besoin et le fait que Gage était de facto le chef du clan Tomlinson, l'argent avait pris une toute nouvelle signification.

Lui et Bry avaient embauché plus de gars et réservé plus de spectacles, lui avec l'idée que c'était une mesure temporaire. Un moyen d'arriver à ses fins. Ce n'était pas comme s'il aimait se déshabiller devant des foules de femmes ivres à son âge — trente-quatre ans n'était pas nécessairement vieux, surtout parce qu'il restait en forme, mais comparé aux gars plus jeunes... Ouais, il ne voulait plus danser. Surtout après le gâchis avec sa dernière petite amie, Leslie. Rien ne tuait une relation plus vite que la jalousie — même si elle n'avait aucune raison d'être jalouse.

Mais ça le rendait prudent. Il avait trop besoin de l'argent pour y renoncer et si une femme ne pouvait pas supporter son travail, eh bien, il n'y avait aucun intérêt à l'avoir dans sa vie. Pas jusqu'à ce qu'il ait réglé les choses avec Connor.

Mais il travaillait sur le plancher cette nuit-là il y a deux semaines, empêchant les femmes de se jeter sur scène vers les danseurs — ça arrivait plus souvent qu'il ne voulait y penser, c'est pourquoi il évitait généralement les femmes lors des spectacles — quand il avait vu Lara. Tous les paris étaient tombés. Il ne l'avait pas compris, mais il avait dû lui parler. Danser avec elle.

Alors il l'avait fait. Puis une chose en avait entraîné une autre et —

— Tu as eu les infos pour l'inauguration du spa de Gina ? demanda Bry.

Gage hocha la tête. — J'ai réservé Tanner et Carlo. C'est juste un show d'une heure. Deux devraient suffire.

— Un show d'une heure et un demi-sac. J'adore ces spectacles courts et sucrés. Notre gagne-pain, mon pote.

Même avec la remise qu'ils accordaient à Gina, la cousine de Bry, les cinq cents moins deux billets pour les danseurs et un autre pour les frais généraux leur laissaient à lui et Bry cent chacun. Pas mal pour quelques coups de fil.

Il regarda toutes les cartes de visite dans le bocal à poissons. Il y avait beaucoup d'appels à passer là-dedans. Si seulement vingt pour cent d'entre eux aboutissaient, il pourrait être en bonne partie sur la voie de son objectif d'ici la fin du mois prochain. Et si la collecte de fonds pour son neveu rapportait ce qu'il espérait, eh bien, ils pourraient tous respirer un peu plus facilement pour la prochaine opération de Connor.

Bryan remplit le panier de porte-clés en forme de nœud papillon avec leur site web imprimé sur la sangle. — Alors, tu vas finir par me dire ce qu'il y a de si spécial chez cette nana pour que tu aies enfreint notre règle d'or de rester loin des clientes payantes ?

— Elle ne payait pas.

— Sérieusement ? C'est comme ça que tu le justifies ? Bry lui lança un porte-clés. Il l'atteignit en plein plexus solaire. Ce foutu plastique était coupant. — Elle était avec le groupe qui payait. C'est pareil. Je ne t'ai pas vu draguer une nana comme ça depuis la fac. C'était comme si elle t'avait attiré avec un rayon tracteur.

Gage se frotta l'abdomen, essayant de ne pas regarder Bryan. Ouais, il avait eu le béguin pour elle. Il l'avait toujours. Seul son ego meurtri l'avait empêché de l'appeler durant les deux semaines qui avaient suivi leur nuit ensemble. Ça, et le fait qu'il avait à peine le temps de s'occuper de tout ce dont il devait s'occuper sans ajouter les rendez-vous amoureux dans l'équation.

Mais ça ne voulait pas dire qu'il n'y avait pas pensé. Elle avait été sacrément fière de sa pâtisserie et de celle de sa cousine, Cavallo's Cups & Cakes, ce soir-là.

Elle avait été si adorable quand elle avait avoué avoir fourni le gâteau en forme de pénis "design" pour l'enterrement de vie de jeune fille. S'il avait pu se résoudre à manger une partie d'un gâteau en forme de pénis, il aurait peut-être essayé, mais il y avait quelque chose de totalement répugnant à prendre cette première bouchée.

Il n'aurait pas été contre prendre une bouchée d'elle, cependant. C'est pour ça qu'il avait dansé avec elle.

Mais, bon sang, il n'avait même pas obtenu un baiser. Il s'était accroché à quelques scrupules et ne l'avait pas embrassée sur la piste de danse, et puis elle s'était écroulée dans l'ascenseur, donc ça avait été hors de question.

— Youhou, Roméo. Bry le frappa à la joue avec un avion en papier. — Tu revis ta nuit de splendeur ?

Gage aurait aimé, mais ça n'avait pas été si splendide. Il était resté dur et frustré toute la nuit pendant qu'elle ronflait à côté de lui.

Il sourit alors et se fichait que Bry pense que c'était à cause d'un souvenir particulièrement "bon". Elle avait été adorable quand elle ronflait.

— Alors, qu'est-ce qu'elle a dit quand elle t'a vu ? Elle était toute gênée et embarrassée ou excitée ?

Gage leva les yeux. — Tu sais quoi ? Ni l'un ni l'autre.

— Wow. Tu perds la main. Avant, tu les faisais mouiller leur culotte rien qu'en les regardant.

Cru mais vrai. Dieu lui avait donné le visage et la salle de sport lui avait donné le corps, et il avait profité des fruits des deux. La vie était une fête à l'époque. Le strip-tease n'avait fait qu'augmenter le nombre de femmes disponibles.

Bry sortit d'autres cartes postales des body shots des gars pour réapprovisionner les piles sur le stand. Si souvent leurs réservations se faisaient sur demande spéciale ; ça avait été une aubaine marketing de distribuer des mini portfolios des danseurs. Certains d'entre eux développaient leur propre suite, ce qui ne pouvait qu'aider les affaires.

— Peut-être qu'elle est lesbienne. Bryan haussa les sourcils d'un air suggestif.

Gage s'étrangla. — Elle n'est pas lesbienne. Bien que, pour ce qu'il en savait, elle pourrait l'être.

Cette pensée était dégrisant. Était-elle lesbienne ? Était-ce pour ça qu'elle était partie si vite le lendemain matin ? Pour leur épargner à tous les deux cette gêne ?

Était-ce pour ça qu'elle n'avait pas réagi à sa présence à son stand ?

Gage devait admettre que, même si elle était lesbienne, son absence de réaction le piquait. Il savait à quoi il ressemblait ; bon sang, dans son métier, il le fallait. Son physique était une marchandise. Il ne se souvenait pas de la dernière fois que quelqu'un avait été aussi indifférent à son apparence ou à son charme. Et il avait vraiment essayé d'être charmant là-bas, tout poli comme un cow-boy et mâle alpha. Le gars bourré lui avait donné l'opportunité parfaite, mais Lara n'avait été intéressée que par l'échange de piques, pas de numéros de téléphone.

— Ou peut-être qu'elle a juste des critères.

Gage lança son chapeau à Bryan. — Connard.

— C'est Monsieur Connard pour toi. Bry mit le chapeau sur sa tête et en releva le bord. — Peut-être que j'aurai plus de chance avec ça que toi. Tu as dit que son stand était où ?

— Onze vingt-quatre. Là-bas. Gage pointa du doigt le coin éloigné du lieu. Loin de l'endroit où se trouvait Lara. Pas question qu'il envoie Bryan après elle. Le gars attirait autant de femmes que Gage et l'ego de Gage n'était pas prêt pour la compétition. Pas avant qu'il ne comprenne pourquoi elle ne s'était pas intéressée à lui.

— Hum hum. C'est ce que je pensais. Bry se dirigea dans la direction opposée. Droit sur une trajectoire de collision avec la dame aux cupcakes.

Merde.

Et avec les gars partis, Gage était coincé à tenir le stand.

Trois

— Jesse, tu peux me remplacer ? J'ai besoin d'une pause.

Le jus de pamplemousse qu'elle avait bu au petit-déjeuner réclamait son attention, mais Lara n'avait pas voulu s'absenter avant d'avoir parlé à chacune de ces femmes qui avaient suivi le cowboy. Elle devrait l'engager pour venir à tous les salons avec elle. Ça en vaudrait le coût.

Surtout si elle économisait quelques sous en le laissant partager sa chambre...

— Bien sûr, Mademoiselle Cavallo.

Lara grimaça. Rien de tel qu'un adolescent pour la faire sentir comme sa grand-mère.

— Vous allez voir le beau gosse ?

Lara retint... quoi ? Un ricanement ? De l'embarras ? Une grande bouffée de désir brûlant ?

Ouais, cette dernière option.

— Non. Mère Nature réclame une visite.

— Oh.

Drôle comme le stagiaire pouvait bavarder sur les beaux gosses, mais à la mention d'une pause toilettes, le gamin devenait aussi rouge que, eh bien, cette grande bouffée de désir brûlant.

Néanmoins, elle emballa deux cupcakes ; elle le lui avait promis après tout.

Et le stand 263 était proche des toilettes...

Oh, à qui voulait-elle faire croire ça ? Elle *voulait* le voir, et les cupcakes n'étaient qu'une excuse.

Elle faillit rire d'elle-même. Presque. Apparemment, le sexe torride d'il y a deux semaines avait émoussé certaines de ses inhibitions.

Elle ne pouvait qu'imaginer quelles autres inhibitions avaient été libérées cette nuit-là — et elle ne pouvait *qu'imaginer* car elle ne se souvenait toujours de rien après avoir quitté la piste de danse avec M. B.N.A.

Plus jamais. Elle ne boirait plus jamais de shots de Sambuca. Cette chose était mortelle.

Alors qu'est-ce qui expliquait cette idiotie dont elle faisait preuve maintenant en allant voir le beau gosse ? N'avait-elle pas juré de ne plus s'intéresser aux hommes ?

Si, vraiment. Elle en avait eu assez des hommes avec son ex-mari. Pourtant, elle lui devait bien ces cupcakes pour l'avoir aidée...

Une fois sortie des toilettes, elle prit un temps ridicule à vérifier son visage dans le miroir. Son maquillage avait fondu à cause de la chaleur — et elle parlait de la chaleur dans le centre des congrès, pas de celle générée par M. Cowboy Gage — et ses cheveux commençaient à friser hors du chignon qu'elle portait habituellement. Normalement, elle s'en fichait. Sa clientèle était composée de mariées et de leurs familles, et si un futur marié venait occasionnellement, il n'avait d'yeux que pour sa fiancée. Personne ne la regardait jamais.

M. Cowboy Gage l'avait fait. Mon Dieu, même son nom était sexy.

Elle passa ses doigts sous le robinet et essaya de contenir les frisottis avec une application généreuse d'eau. Ce qui rendit ses cheveux gras.

Soupir.

Elle attrapa une serviette en papier et tenta d'absorber l'excès, mais cela ne fit que les faire friser à nouveau.

Lara abandonna. Il n'était pas *vraiment* intéressé par elle ; il jouait un personnage. Il avait fait s'évanouir la plupart des femmes chaque fois qu'il avait ouvert la bouche avec cet accent sexy à en mourir.

Mais quand même, elle avait une dette à payer, alors elle prit la boîte de cupcakes sur le rebord du miroir et se dirigea vers son stand.

Stand deux cent quatorze, deux cent vingt-deux, deux cent trente-six... Après cela, elle n'eut plus besoin de regarder les numéros car là, au bout, dans un stand recouvert de velours noir avec des photos fumantes de gars et de leurs abdos placardées à l'arrière sous la bannière BeefCake, Inc., se trouvait M. Cowboy Gage.

Avec un harem de femmes pendues à ses lèvres.

La seule raison pour laquelle elles ne s'accrochaient pas à lui était que le stand les séparait. Gars malin, sinon il y aurait probablement eu une bousculade. C'était une bonne chose qu'il n'y ait pas beaucoup de futurs mariés présents car, vu la façon dont les femmes le cajolaient, il pourrait y avoir beaucoup de fiançailles rompues.

Elle devrait faire demi-tour. Sérieusement, il n'avait pas besoin de ses remerciements ; la plupart de ces femmes étaient celles qu'il avait attirées vers son stand. Il savait exactement ce qu'il faisait quand il avait lancé le numéro de son stand.

Elle se retourna pour partir.

— Hé, Cupcake !

Elle leva les yeux. Gage le cowboy la fixait du regard, lui faisant signe d'approcher.

Son visage passa au flambé presque aussi vite que son rythme cardiaque atteignit le triple de sa vitesse normale.

Mais cela ne l'empêcha pas de se diriger vers lui.

— Faites place, mesdames. Faites place, dit-il alors qu'elle s'approchait de sa foule d'admiratrices qui se séparèrent comme la mer Rouge à son commandement.

— Tiens. Elle lui tendit la boîte. Elle était complètement hors de sa ligue avec lui. Probablement même avant que Jeff n'ait réduit sa confiance en elle à néant. — Ce sont les cupcakes que je t'ai promis. Rocky road et tourbillon de beurre de cacahuète.

Il sourit, et bien que ses yeux ne se soient pas baissés, elle savait que c'était ce à quoi il pensait.

Ou peut-être était-ce un souhait de sa part.

— Merci. Et bienvenue chez BeefCake, Inc.

Ça l'était certainement. Avec un spécimen de premier choix qui lui entourait maintenant la taille de son bras et l'attirait dans le stand.

Lara songea sérieusement à s'évanouir. Ce qui signifiait probablement qu'elle n'allait pas le faire, étant donné que la plupart des gens ne *pensent* pas avant de s'évanouir — sinon ils ne le feraient pas — mais en ce moment, ses processus de pensée disparaissaient rapidement tandis que ses doigts faisaient des choses délicieuses à sa peau et que son odeur — masculine et sexy, et un peu de transpiration qui ne pouvait fonctionner que sur un beau gosse — retournait ses entrailles et faisait trembler ses cuisses.

Oh, mon Dieu, qui savait qu'il était réellement possible d'avoir des cuisses tremblantes ?

— Alors, qu'en penses-tu ? demanda-t-il avec ce lent accent traînant qu'il pouvait commander à volonté.

Eh bien, si elle devait réfléchir, elle penserait qu'il était sans aucun doute le gars le plus sexy qu'elle ait jamais enlacé. Et qu'elle ne voulait jamais quitter ses bras. Et qu'elle ne l'oublierait certainement jamais *lui* si elle avait la chance de passer une nuit avec lui.

— Euh, impressionnant.

Et, mon Dieu, ce sourire. Et ces fossettes sur ses joues. Le gars était un pur fantasme devenu réalité.

— Je vais prendre ça comme un compliment.

Comme il le devrait.

— Après tout, mon ego pourrait avoir besoin d'être un peu flatté.

Elle s'inscrirait en premier sur cette liste. Oh, attends. Ego.

— Surtout après que tu m'aies faussé compagnie.

Il lui fallut quelques secondes pour comprendre ses paroles. Et même alors, elles n'avaient aucun sens. — Euh, pardon ?

— Ben oui. Je veux dire, je n'ai pas vraiment l'habitude que les femmes s'enfuient avant un « bonjour ». Question d'étiquette, tu vois ?

Euh, non. Elle ne voyait pas. — L'étiquette ?

Il se pencha vers elle et sa peau frissonna quand il lui chuchota à l'oreille : — Tu sais, quand je t'ai ramenée dans ma chambre après cette soirée il y a deux semaines ?

Oh. Mon. Dieu.

Putain de merde.

In-cro-yable.

Le cowboy Gage était M. Cul Nu ?

Quatre

Intéressant que Mlle Lara Cavallo n'ait pas de réplique cinglante. Ce qui signifiait soit qu'il l'avait énervée, soit qu'elle s'en fichait, soit qu'elle ne s'attendait pas à ce qu'il la rappelle à l'ordre pour son grave manquement à l'étiquette.

— Combien pour une danse sur les genoux ? Une des femmes glissa un billet de vingt dollars dans le bol à cartes de visite.

Lara se raidit à côté de lui.

Gage allait opter pour énervée.

Il resserra sa prise. Elle n'irait nulle part tant qu'il n'aurait pas obtenu des réponses.

— Je vous offre le double de votre prix. Une autre femme fourra quelques billets de plus dans le bol.

Puis les billets d'un dollar firent leur apparition.

Gage devait y mettre un terme. Le moyen le plus rapide de se faire expulser de l'expo était de provoquer une émeute. Les organisateurs de l'événement avaient spécifiquement stipulé dans son contrat qu'il ne devait y avoir aucune sollicitation. *Aucune sollicitation.* Comme si un groupe de danseurs masculins — qui ne dansaient pas — était une bande de gigolos. Il aurait parié tous les numéros de téléphone dans ce bol que Lara n'avait pas eu à signer de décharge pour vendre du sexe par cupcake.

Il jeta un coup d'œil à son t-shirt. *Ses* cupcakes lui faisaient définitivement penser au sexe.

Il renifla. Bon sang, était-il vraiment si imbu de lui-même qu'il ne pouvait pas supporter qu'une femme le quitte ? Devait-il se prouver qu'il pouvait l'affecter ?

Apparemment oui.

Il posa la boîte, puis saisit le bol du stand de sa main libre et le coinça entre ses genoux. Il ne lâchait pas Lara.

Il récupéra l'argent et le rendit aux déposantes. — Désolé, mesdames, mais nous sommes là uniquement pour la publicité. Pas pour le divertissement. Et il n'avait vraiment pas besoin que cela soit imposé à Lara la première fois qu'il était avec elle — enfin, sa première fois *sobre* avec elle. Leslie n'avait pu supporter l'attention qu'il recevait que pendant cinq mois.

Une femme passa son billet de vingt dollars sur ses lèvres. — Oh, je ne sais pas. Juste vous regarder est plutôt divertissant.

Si Lara se raidissait encore plus à côté de lui, il penserait qu'elle était morte. Ses grands et magnifiques yeux sombres n'aidaient pas non plus à cette impression.

Heureusement, Murph et Tanner arrivèrent juste à ce moment-là, apercevant la foule, et entrèrent par l'arrière du stand.

— Bon sang, patron, on te laisse seul quelques minutes et tu les attires comme le joueur de flûte de Hamelin. Tanner prit son nœud papillon et le fixa autour de son cou.

— Les gars, vous pouvez gérer ça, s'il vous plaît ? Je dois dire quelques mots à Lara.

— Pas de problème. Fais-toi plaisir.

Ce n'étaient pas ses chaussettes qu'il voulait enlever.

— Lara ? Il tendit sa main libre vers l'ouverture à l'arrière du stand. Pas question qu'il la lâche. On y va ?

Elle le regarda avec des yeux plissés. — On va où ?

Ah, les possibilités que cette question ouvrait. Il ne put s'empêcher de sourire. — Eh bien, je pensais qu'on commencerait par parler de cette nuit-là. Ensuite, je suis ouvert à tout ce que tu veux.

Elle ne dit rien. Mais elle commença à marcher vers l'ouverture.

Il attrapa deux des chaises pliantes à l'arrière du stand — il dut la lâcher pour ça, mais heureusement elle ne s'enfuit pas.

— Allons par là. Il hocha la tête vers le coin arrière de la salle où des conteneurs d'expédition étaient cordonnés, prêts pour le démontage de l'événement. Il voulait de l'intimité pour cette conversation, et vu le rouge qui brûlait ses joues, il pensait qu'elle aussi.

Il tint le rideau pour elle puis installa les chaises. — Assieds-toi.

Elle s'assit. Mais elle ne dit toujours rien.

Il n'avait pas un bon pressentiment à ce sujet. — Ça va ?

— Hein ? Elle secoua la tête. Je ne suis pas sûre.

— Le salon se passe bien pour toi ? Je pensais que tu aurais suscité de l'intérêt chez ces femmes.

— Pas le genre que tu obtiens.

Ah, l'esprit était de retour. Il sourit. — Ouais, eh bien, le beefcake a tendance à l'emporter sur les cupcakes quand il s'agit des femmes.

— Je suppose.

Et voilà que l'esprit repartait.

Son rougissement, cependant, ne faisait que s'accentuer. Bon sang, elle était à tomber. De longs cils encadraient des yeux si noirs qu'il pourrait se perdre dans leurs profondeurs, et ses boucles noires étaient jetées sur sa tête comme si elle venait de se réveiller après une nuit de passion amoureuse.

Ce qu'il ne donnerait pas pour vivre ça de première main. Elle était partie avant qu'il ne la voie ce matin-là. — Alors pourquoi es-tu partie ?

Merde. Il n'avait pas voulu lâcher ça comme ça, mais ouais, son ego avait des problèmes avec ça.

Quand elle lécha sa lèvre inférieure, sa libido se mêla à l'histoire.

— Je... euh. Elle haussa les épaules. Je n'étais pas sûre de ce qu'était le protocole. C'était la première fois que je faisais quelque chose comme ça.

Il ne savait pas comment il était possible que ses joues deviennent encore plus rouges.

— La première fois ? Pour quoi ? T'évanouir dans le lit d'un mec ?

— Dois-tu le faire sonner si vulgaire ?

— Vulgaire ? Je ne fais qu'énoncer les faits. Tu t'es évanouie. En fait, tu t'es évanouie dans l'ascenseur. J'ai eu du mal à te mettre au lit.

— Alors pourquoi l'as-tu fait ?

— Tu voulais que je te laisse par terre ?

— Pourquoi ne m'as-tu pas simplement ramenée dans ma chambre ? Ça aurait été la chose galante à faire.

— Ma belle, je n'avais pas du tout de pensées galantes à ton sujet cette nuit-là. Et tu ne voulais pas que j'en aie. Pas avec la façon dont tu dansais contre moi. Puis tu t'es pratiquement jetée dans mes bras dès qu'on a quitté le club. De plus, je ne savais pas quelle était ta chambre et tu n'étais pas en état de me le dire.

Lara se mordit la lèvre inférieure et détourna le regard, clignant des yeux comme si elle avait quelque chose dans l'œil.

Ou comme si elle allait pleurer.

Merde. — Tu n'as jamais dragué un mec avant, n'est-ce pas ?

Elle secoua la tête.

Pas étonnant qu'elle se soit enfuie et soit si mal à l'aise.

— Tu sais qu'il ne s'est rien passé entre nous, n'est-ce pas ?

— Vraiment ?

L'espoir dans sa voix et le soulagement dans ses yeux l'auraient fait tomber à la renverse s'il n'avait pas été assis. Ça piquait, bon sang. La plupart des femmes qui lui faisaient des avances auraient été totalement déprimées si rien ne s'était passé entre eux.

— Bien sûr que non. Je trace la ligne à profiter des victimes comateuses.

Elle rougit à nouveau. — Je n'ai pas l'habitude de boire autant.

— J'ai cru comprendre. Il boutonna sa chemise, se sentant un peu trop exposé près d'elle. L'innocence et le sexy formaient une combinaison puissante, mais étant donné son manque d'enthousiasme, il ne voulait pas être tenté. Ni tentant, car il n'était pas sûr de survivre à un nouveau rejet. — Tu devrais faire attention à l'avenir. Tout le monde ne sera pas aussi consciencieux que moi.

— Merci pour ça.

— Je dirais que c'était un plaisir, mais en réalité, ça ne l'était pas.

Elle rougit encore.

Il pourrait s'y habituer. Surtout si toute cette délicieuse rougeur se répandait plus bas aussi.

Ça n'aidait pas à ne pas être tentant...

— Donc je suppose que tu t'es enfuie parce que tu étais embarrassée ?

Elle remit derrière son oreille la mèche rebelle qui s'était échappée de son chignon. — Comme je l'ai dit, je n'ai jamais fait ça avant. Je n'étais pas sûre du protocole exact et j'ai pensé que partir était la meilleure option.

— Lâche.

— Je vous demande pardon ?

— Oh, ma belle, ce n'est pas le pardon que tu devrais implorer.

Sa bouche s'ouvrit. — Je ne sais pas ce qui m'offense le plus. Ce surnom stupide ou ton arrogance.

— Je prends les deux, car au moins ça t'a fait avoir une vraie conversation avec moi plutôt que cette discussion de bienséance.

— Je ne suis pas sûre de vouloir te parler.

— Hey, je suis plus que disposé à trouver de meilleurs usages pour nos bouches.

Elle se leva. — Tu penses vraiment être le cadeau de Dieu aux femmes, n'est-ce pas ?

Il attrapa ses doigts, les entrelaçant avec les siens. — Allez, tu ne peux pas supporter un peu de taquinerie ? Un peu de flirt ?

Elle essaya de retirer ses doigts, mais il n'était pas prêt à la laisser partir.

— C'était donc ça ? Excuse-moi si j'ai cru que tu auditionnais pour le plus grand connard de l'année.

— Nan, Bry a déjà cette place assurée.

— Bry ? Elle tira sur ses doigts.

Il ne la lâcha toujours pas. — Mon partenaire. Bryan Lassiter.

— Tu es gay ?

— Drôle, il a dit la même chose de toi. Non, mon partenaire d'affaires. BeefCake, Inc., tu te souviens ?

— Malheureusement, je ne l'oublierai probablement jamais. Elle se laissa retomber sur la chaise. — Donc tu es l'un des strip-teaseurs ?

— Non. Je possède l'entreprise. Je ne fais pas de strip-tease.

Le regard qu'elle lui lança pouvait exprimer de l'incrédulité, mais Gage le ressentit comme si elle l'avait caressé.

— Plus maintenant, je veux dire.

— Donc tu faisais... ça avant ?

— Du strip-tease ? Ouais. Je peux te faire un spectacle privé si tu ne me crois pas. C'était tellement facile de la taquiner.

Et voilà qu'elle rougissait à nouveau. — Ça ira, je passe mon tour.

— Tu es sûre ? N'importe laquelle de ces femmes là-bas mourrait d'envie de prendre ta place.

— Alors, je t'en prie, va sauver une vie en réalisant l'un de leurs fantasmes. Ne te retiens pas pour moi. Elle se leva à nouveau, prit la chaise et la plia. — Je devrais retourner à mon stand. Merci d'avoir été un gentleman cette nuit-là. Je suis désolée si ça t'a, euh, dérangé.

Seulement s'il considérait les couilles bleues comme un dérangement. Lui, il trouvait ça sacrément dommage.

Elle lui tendit la chaise. — Et merci pour ton aide aujourd'hui. J'ai obtenu beaucoup de contacts. J'espère que ça a bien marché pour toi aussi.

Il prit la chaise et l'appuya contre la sienne. — Je vais te raccompagner.

— Ce n'est pas nécessaire...

— Je croyais que tu étais pour les choses de gentleman ? Un gentleman raccompagne sa dame.

— Mais je ne suis pas ta dame.

Le truc, c'est que malgré à quel point c'était une mauvaise idée pour son plan de vie, il voulait qu'elle le soit.

Cinq

Lara avait du mal à garder son calme pendant qu'il la raccompagnait au stand. Certes, sa chemise boutonnée aidait, mais tout ce à quoi elle pouvait penser était qu'elle l'avait vu nu. Bon, juste ses fesses, mais elles étaient vraiment parfaites.

— Alors, comment t'est venue l'idée des cupcakes ?

Elle le regarda. Ses cheveux blond foncé mi-longs effleuraient son col et ses yeux bleu turquoise pétillaient en la regardant. Il était vraiment trop beau pour son propre bien ou celui de quiconque.

— J'ai toujours aimé la pâtisserie. J'ai suivi des cours de cuisine et ma cousine et moi avons ouvert Cavallo's Cups & Cakes. Elle omit Les Années Jeff. Ce n'était pas approprié pour la plupart des conversations, et surtout pas avec un mec hyper sexy qui semblait avoir un certain intérêt pour elle pour Dieu sait quelle raison. — Les cupcakes sont la dernière tendance dans le monde de la pâtisserie. Je constate que la majorité de notre activité est devenue les cupcakes. Même les mariées les choisissent à la place du grand gâteau à étages traditionnel. Nous pouvons les personnaliser beaucoup plus facilement et à un meilleur prix que les gâteaux traditionnels. Et ils sont amusants. Les gens s'éloignent de l'aspect formel qu'avaient les mariages par le passé et optent pour une ambiance plus festive. Les cupcakes se prêtent à cette atmosphère de fête. Mais nous faisons toujours des gâteaux. Ça ne s'arrêtera jamais complètement.

— Comme les gâteaux d'enterrement de vie de jeune fille.

— Tu as vu ça, hein ? Elle avait tellement espéré échapper à cette conversation sans mention de ce gâteau. Elle avait été mortifiée tout le temps qu'elle l'avait préparé. Cara s'était bien moquée d'elle quand Lara s'était efforcée de rendre le scrotum réaliste.

— Qui a été ton modèle pour ça ?

— Tu aimerais bien le savoir ? Oh, merde. Quel était son problème ? Elle ne voulait pas s'engager avec lui. C'était déjà assez gênant qu'elle lui ait déjà fait des avances sans y donner suite — il y avait un terme pas très gentil pour les femmes qui faisaient ça — elle ne devrait pas flirter avec lui. Cette nuit embarrassante était mieux oubliée.

— Hé, je me porte volontaire si tu as besoin d'un autre, dit Monsieur-Beaucoup-Trop-Sexy avec un sourire qui définissait le terme *craquant*. Tu n'as rien vu que tu n'aies déjà vu.

En fait, si. Elle n'avait eu qu'un aperçu de dos. Mais, encore une fois, elle voulait juste mettre toute cette nuit derrière elle. — Je pense qu'on a ce qu'il faut pour ce gâteau, mais merci pour l'offre.

— Quand tu veux, Cupcake.

— Tu sais, c'est un terme vraiment sexiste.

— Je pense que c'est un terme doux. Plein de sucre et de délices qui font saliver.

Eh bien, quand il le disait comme ça...

Zut. Maintenant ses genoux commençaient à fondre.

Heureusement, elle était à quelques pas de son stand. — Eh bien, merci pour l'escorte. Je te souhaite tout le meilleur pour ton entreprise.

Il l'étudia, ses yeux bleus se plissant tandis qu'il grattait l'ouverture de sa chemise.

Et, oui, ses yeux étaient attirés là, même si ce n'était pas très avisé. Mais ce n'était pas sa faute si l'entreprise de l'homme portait bien son nom.

— Si tu as besoin de quoi que ce soit, tu sais où me trouver.

— Je n'y manquerai pas.

Pas du tout.

Parce que, oui, elle avait besoin. Elle voulait aussi. Mais elle n'allait pas s'approcher de M. Cowboy Sexy Gage. Elle devrait être immunisée. Jeff, après tout, avait été charmant et magnifique, et savait comment amadouer une femme. *N'importe quelle* femme. Ça avait été le problème.

C'est pourquoi elle restait loin des hommes. Surtout des hommes vraiment sexy et charmants.

Il toucha son front de deux doigts en un rapide salut, pivota sur le talon de sa botte de cowboy, et s'éloigna d'un pas nonchalant avec son style de cowboy roulant des hanches.

Ouais. Reste loin, très loin.

— Qui est *ce type* ? demanda Jesse, le souffle coupé dans sa voix, quelque chose auquel Lara pouvait totalement s'identifier.

— Il possède BeefCake, Inc.

— Il *est* beefcake, inc.

Tellement vrai. Lara se força à se détourner. Rien de bon ne pouvait venir du fait de rêvasser après un gars comme ça. Un gars vers qui les femmes accouraient, sur qui elles bavaient, et si on en croyait ces femmes au stand, pour qui elles larguaient les hommes dans leur vie, tout ça dans l'espoir d'un tour dans le foin proverbial.

Un tour qu'elle avait manqué. — Alors, comment s'est passé le stand pendant mon absence ? Des preneurs ?

Jesse lui tendit une pile de commandes. — Voici quelques pistes. Celle du dessus semble vraiment prometteuse. Elle opte pour un thème Disney et ton château de Cendrillon était exactement ce qu'elle cherchait.

— C'est le château de Neuschwanstein. Je ne peux pas le commercialiser comme ça ou je leur devrai mes bénéfices.

— Oh, désolée. Il ressemble au château de Cendrillon pour moi.

C'était parce que son château était modelé sur celui du Roi Fou Louis en Bavière, comme Lara l'avait déjà expliqué, mais Jesse avait visiblement oublié. Lara ne pouvait pas être contrariée à ce sujet ; c'est ce qui arrivait quand on embauchait de l'aide temporaire pour les salons professionnels. Elle et Cara n'en étaient pas encore au stade d'embaucher du personnel permanent ; elles pouvaient tout juste se permettre les frais généraux de leur boutique et les paiements pour l'équipement. Mais si elles continuaient à obtenir des recommandations comme celle-ci, peut-être qu'elles le pourraient dans quelques mois.

— Comment se sont passés les dégustations et les ventes ? Les dégustations servaient à donner aux clients potentiels un échantillon de son travail et à les encourager à acheter des cupcakes sur place. Elle comptait sur ces ventes pour subventionner sa présence à l'expo. Ça avait bien fonctionné pour les autres salons qu'elles avaient faits, et avec le harem de Gage, ça devrait marcher encore mieux pour celui-ci.

— Les ventes ont été excellentes. Ces femmes ont dû parler à tout le monde parce que tu es presque en rupture de stock.

Lara poussa un soupir de soulagement. Et d'appréhension. Elle détestait être redevable à qui que ce soit, mais après ce que Gage avait fait pour elle, elle lui devait quelque chose.

* * *

Gage ouvrit sa liste de contacts favoris et appuya sur Appeler. — Salut, Gina, dit-il quand elle répondit. J'ai besoin d'un service.

— Non, Gage, je ne porterai pas ton enfant.

Il rit. — Bon sang, femme, tu me brises le cœur.

— Ouais, eh bien quelqu'un doit sauver mon sexe de ta marque de sexy.

Il aimait Gina. Une dure à cuire qui avait fait le tour du bloc trop de fois pour supporter des conneries. Pas qu'il lui en servirait. Ils étaient amis depuis toujours sans aucune allusion à autre chose — une bonne chose sinon Bry, son ami et le cousin de Gina, lui aurait botté le cul. Mais c'était agréable d'avoir ce genre de relation avec une femme. Quelqu'un de qui il pouvait obtenir l'honnête vérité sans avoir à s'interroger sur un agenda caché derrière.

— En fait, j'espérais que tu pourrais aider une autre de tes congénères.

— Comment ? En l'arrangeant avec ton séduisant toi-même ?

Il pouvait l'entendre claquer ses ongles contre ses dents. Elle ne faisait ça que quand elle était impatiente ou excitée. Et puisque ce n'était pas cette dernière option en ce qui le concernait, il pensa qu'il ferait mieux d'en venir au fait. — Non. Je veux que tu lui commandes des cupcakes pour ton inauguration le week-end prochain.

— J'ai déjà prévu le dessert, Gage.

— Je considérerais ça comme une faveur personnelle.

Le claquement s'arrêta. — Elle est à quel point canon ?

— Hein ?

— Tu m'as entendue. À quel point est-elle canon et pourquoi ne voit-elle pas ton propre niveau de sex-appeal ?

— Gina, tu te fais des idées.

— Hum hum. Tu oublies, je te connais, Gage Tomlinson. À part quand il s'agit de ta sœur, la seule fois où tu fais quelque chose de gentil pour une femme, c'est quand tu veux te glisser dans son pantalon.

Aïe. Pourquoi avait-elle cette impression de lui ? Ce n'était certainement pas vrai. Bien sûr, il était aussi excité que le prochain gars, mais il traitait les femmes dans sa vie avec respect. Qu'elles le laissent ou non dans leur pantalon. Lara incluse. — Hé, je ne suis pas si mauvais.

— Non, en fait, j'ai entendu dire que tu étais plutôt bon. "Spectaculaire" était le mot qu'elle a utilisé, je crois.

— Elle ? Gina avait parlé à Lara ?

— Oh non, tu n'obtiendras pas de noms de moi. Disons simplement que certaines de tes ex ont choisi de partager.

— Vous comparez des notes ? Les femmes. Il allait sérieusement devoir réexaminer sa façon d'agir avec elles si ses prouesses étaient un sujet de discussion. Ça l'étonnait toujours à quel point il ne savait vraiment pas, ne saurait jamais, tout sur le sexe faible.

— Tu oublies, Gage, je n'ai rien *à* comparer.

De n'importe quelle autre femme, il aurait pensé que c'était une plainte. Mais pas Gina. Elle préférait ses hommes chauves et sans couilles pour pouvoir mener la danse.

— Mais, hé, merci de la garder satisfaite. J'aimerais juste que tes femmes ne ressentent pas le besoin de partager.

Ouais, lui aussi, après cet appel téléphonique gênant. — Écoute, Gina, Lara vient d'ouvrir sa propre pâtisserie et pourrait vraiment avoir besoin de clients. Elle m'a aidé avec des recommandations à cette exposition et j'aimerais lui rendre la pareille.

— J'ai déjà commandé la nourriture, Gage. Et même si tu me fais une super réduction sur le divertissement, cette ouverture est au-dessus du budget. Il ne reste rien pour t'aider à jouer les chevaliers en armure étincelante.

— Bon sang, femme, ta langue est acérée. *Je* paie pour les cupcakes ; je veux juste que tu les commandes. Tout ce que tu as à faire, c'est t'assurer que Lara reçoive la commande et les installe sur place. Oh, et ne me mentionne pas.

— Ben voyons. Si tu vas aussi loin pour y arriver, tu ne veux évidemment pas que la femme sache qu'elle t'est redevable. Vas-tu lui dire le prix quand elle le découvrira ? Parce que tu sais qu'elle le fera ; nous le faisons toujours.

C'était de l'expérience personnelle de Gina. Lui et Bry avaient dû faire un gros travail de réparation la seule et unique fois où elle avait laissé son cœur s'impliquer.

Le gars avait définitivement regretté de l'avoir brisé. Surtout quand ils lui avaient cassé le nez.

— Il n'y a pas de prix, d'accord ? J'aide juste quelqu'un qui m'a aidé. Tu le feras ?

— Bien sûr que je le ferai. Mais tu me devras quelque chose.

— N'importe quoi, Geen.

— Ah, Gage, ne me tente pas. Il y a cette histoire de comparaison, tu sais.

Il aimait Gina et son sarcasme. Il pouvait toujours compter sur elle pour garder les pieds sur terre. — Pas de problème, ma chérie. Ce n'est pas comme si je pouvais te tenter de toute façon.

* * *

Gina raccrocha le téléphone et soupira. Fort et bruyant et totalement vaincu.

Gage n'avait vraiment aucune idée. Elle avait été tentée pendant des années. Mais elle n'était pas le type de Barbie en plastique qu'il recherchait. Et puisqu'il ne ressentait rien envers elle comme ce qu'elle ressentait envers lui, il valait mieux être son amie qu'une ex-amante au cœur brisé soupirant après lui pour le reste de sa vie.

Mais, ouais, elle voulait vérifier cette nana pâtissière.

Lara ne revit pas Gage pendant le reste du salon. Cependant, elle entendit parler de lui par toutes les femmes qui s'arrêtaient à son stand. Il semblait que BeefCake, Inc. était le clou du spectacle. Elle ne pouvait pas en vouloir aux femmes ; si elle n'avait pas dû rester au stand, elle serait allée voir les garçons elle aussi.

Génial, elle en était réduite à reluquer.

Quand sa vie avait-elle commencé à partir en vrille ? Quand les beaux mecs étaient-ils devenus sa seule chance d'avoir quelque chose qui ressemble vaguement à de la romance et du sexe ?

Et même ça, elle l'avait raté.

Mon Dieu, elle s'était évanouie sur lui. Dans l'ascenseur. Elle n'avait même pas réussi à atteindre son lit.

Jeff aurait une crise cardiaque s'il apprenait ce petit incident. Son ex qui avait failli coucher avec un stripteaseur. Ou préférerait-il le terme *danseur exotique* ? Dans tous les cas, ça le horrifierait. Il l'avait qualifiée de Vanille. Il avait dit qu'elle n'avait aucun esprit d'aventure dans la chambre à coucher. Ne serait-il pas surpris ?

Lara eut un petit rire à cette pensée. Si ce n'était pas si terriblement embarrassant, elle pourrait bien répandre la nouvelle elle-même.

Mais Dieu merci, aucune des filles à la soirée ne l'avait compris. Non seulement elle ne voulait pas que Jeff en ait vent, mais elle n'appréciait pas non plus l'idée que quelqu'un d'autre partage sa honte. C'était déjà assez pénible que Gage soit au courant.

Et, oh mon Dieu, à qui il en avait parlé. Les gars faisaient ça, non ? Ils parlaient de leurs conquêtes ?

Est-ce que quelqu'un utilisait encore ce terme ?

Lara démonta rapidement la dernière boîte en carton et réarrangea la dernière douzaine et demie de cupcakes sur un plateau jetable sur le stand. *Pense aux cupcakes. Pense au salon.* Pas *à ce que Gage vendait ou à ce spectacle qu'il avait donné.*

Son téléphone portable sonna, la sauvant d'une nouvelle série de tortures auto-infligées.

— Hé, Cara, quoi de neuf ?

— Je voulais juste te faire savoir que Mme Applebaum nous a donné un pourboire de quinze pour cent.

— Hé, super ! Mme Applebaum était connue pour être pingre avec les pourboires, donc les quinze habituels de sa part équivalaient à vingt-cinq de quelqu'un d'autre.

— Non, ce n'est pas super. Cette femme *devrait* nous donner ce pourboire. Je dis qu'on devrait augmenter son tarif pour le prochain événement.

— On ne peut pas faire ça ; elle ne reviendra jamais.

— Oh que si. Elle a la fête de remise des diplômes de Son-Fils-Le-Docteur qui arrive et elle veut — tiens-toi bien — une reconstitution de son université. On peut lui faire payer le prix fort pour ça et elle le fera volontiers.

— Je ne sais pas, Car, ça semble juste…

— Tu veux ce deuxième mixeur industriel avec tous les accessoires ou pas ? Cara l'avait eue là. Cet équipement à lui seul leur faciliterait la vie à toutes.

— D'accord, mais on ne peut augmenter le prix que de cinq pour cent.

— Quinze.

— C'est trop.

— Et c'est pourquoi tu dois me laisser gérer les prix. Je lui ai déjà fait un devis et elle a accepté.

— Tu es sérieuse ?

— Je ne plaisante pas avec les affaires, Lara. C'est pour ça que tu gères le créatif et que je m'occupe de l'administratif. Je veux que ces prêts soient remboursés en moitié moins de temps que prévu. Je pensais que tu le voulais aussi.

C'était le cas. Parce qu'alors elle pourrait arrêter de prendre la pension alimentaire de Jeff.

C'était un autre domaine où Cara et elle n'étaient pas d'accord, mais ça ne regardait pas Cara. Ce n'était pas non plus l'affaire de Cavallo's Cups & Cakes. Jeff l'avait traitée de poids mort quand ils avaient signé les papiers du divorce, un refrain qu'il répétait avec chaque stupide post-it qu'il collait sur chaque chèque de pension alimentaire.

Peu lui importait que la loi dise qu'elle avait droit à cet argent. Ou, vraiment, qu'elle y ait effectivement droit. Elle voulait en finir avec Jeff encore plus qu'il ne voulait en finir avec elle. La preuve : elle avait abandonné son nom de famille le jour où il avait déménagé. Et maintenant, sous son propre nom, elle allait lui prouver — et se prouver à elle-même — qu'elle n'était pas un poids mort. Qu'elle pouvait non seulement subvenir à ses besoins, mais aussi s'épanouir en le faisant.

Le divorce avait mis son estime de soi en lambeaux. Elle avait si volontiers quitté son emploi de critique gastronomique pour le journal local après leur mariage, quand il avait voulu qu'elle reste à la maison, s'occupant de lui et de la maison. « Ça ne fait pas bien pour la femme d'un avocat d'avoir un poste si insignifiant », avait-il dit.

Insignifiant ? Elle adorait son travail. Elle avait fait une différence. Plusieurs restaurants avaient décollé après ses critiques.

Mais dans le Grand Plan de Jeff pour leur avenir, elle devait être l'hôtesse parfaite qui restait à la maison et élevait les enfants parce que sa carrière à lui serait celle qui les installerait dans la vie.

Et comme elle *avait* voulu être à la maison avec ces futurs enfants, et qu'il avait raison sur les disparités de leurs revenus, elle avait quitté son emploi, rejoint le cercle du country-club, étudié l'art floral, et appris à organiser les meilleures soirées cocktails pour lui donner l'image qu'il voulait.

Et puis ce salaud l'avait larguée dès qu'il était devenu associé.

Alors, oui, elle prendrait son argent, mais seulement jusqu'à ce que l'entreprise lui verse un bon salaire. Et si elle pouvait convertir la moitié des clients qui avaient signé sa liste d'emails aujourd'hui, elle serait sur la bonne voie.

— Lar ? Tu es là ?

— Oui.

— Donc tu es partante pour ce projet ?

Lara empila les plateaux d'exposition et les rangea dans la boîte de stockage sous le stand.

— Bien sûr. Je ferai les recherches ce soir quand je rentrerai. Des photos et tout ça de l'école.

— Bien. Je vais lui envoyer le contrat. Il faut battre le fer tant qu'il est chaud.

— Mauvaise analogie, Car.

— Comme je l'ai dit, tu es la créative. Alors, comment s'est passé le salon ?

Tout en démontant le stand, rangeant ses fournitures de décoration, les nappes de table et la signalétique, elle raconta à Cara la ruée folle vers le stand, mais omit de mentionner Gage. Pas besoin de soulever un sujet délicat dont Cara n'avait pas besoin d'être informée.

— Super, dit Cara. Je vais commencer les appels dès que tu seras rentrée. Tu vas vouloir commencer à reconstituer notre stock. N'oublie pas, on est l'un des sponsors pour le gala ce week-end.

C'était bien Cara, toujours professionnelle. Lara n'avait jamais considéré ses gâteaux comme de simples produits. Chacun d'eux était une expérience personnalisée pour l'acheteur, et Lara en était toujours très consciente. La fierté de son travail était sa devise ; c'est ce qui faisait se démarquer ses gâteaux et ce qui fidélisait les clients. Comme Mme Applebaum ou les personnes qui avaient goûté son travail aujourd'hui.

Est-ce que cela ferait aussi revenir Gage ?

Oh, mon Dieu. Elle n'avait pas besoin d'aller par là. Elle ne voulait pas qu'il revienne.

Menteuse.

Non, elle ne mentait pas. Certes, l'attention qu'il lui avait portée avait été agréable, mais ce n'était pas réel, et de toute façon, elle avait été complètement submergée par sa mortification quant à la façon dont ils s'étaient rencontrés. Bien que l'idée d'une relation torride avec lui puisse sembler attrayante, elle n'était tout simplement pas ce genre de personne. Elle n'était pas exactement sage, mais certainement pas du calibre d'un strip-teaseur au chocolat fondu. Peut-être quelque part entre les deux, comme un rouge velours légèrement rosé.

— On dirait que le salon a été un succès. Et la vente de tous les cupcakes nous donne un bénéfice de vingt-trois pour cent, ce qui est en hausse de douze pour cent par rapport à notre moyenne, dit Cara en tapant sur sa calculatrice aussi vite qu'elle parlait. Qu'est-ce qui a fait la différence cette fois-ci, d'après toi ?

Gage. Mais il n'y avait aucun moyen qu'elles puissent jamais se le permettre — ni professionnellement, ni personnellement.

— Je pense que c'était l'affluence, Car. Il y avait beaucoup d'effervescence autour de ce salon et les chiffres étaient là. N'es-tu pas toujours en train de dire que c'est une question de chiffres ?

— Oui. Si tu as suffisamment d'opportunités, tu atteindras un certain pourcentage. Dommage qu'on ne puisse pas le cibler davantage. Je déteste devoir compter sur les efforts du lieu. Nous devons réfléchir à des moyens d'intéresser plus de gens à notre entreprise.

— D'accord, Car, mais je dois y aller. C'est l'heure de ranger, dit Lara. Elle savait ce qui avait fait la différence, mais elle n'allait pas le partager. Pas besoin d'ajouter « danseur exotique » à la liste des dépenses de Cara.

Gage ouvrit la porte moustiquaire de l'appartement de sa sœur. — Salut, frangine, comment va-t-il ?

Missy lui adressa son habituel sourire pâle. — Pareil.

Ce qui signifiait que Connor mourait d'envie de se lever et de courir partout, mais que les plâtres et la paralysie l'en empêchaient.

Mon Dieu, comme il souffrait pour le gamin. Il aurait volontiers pris sa place pour que son neveu n'ait pas à subir ça. Pour que sa sœur n'ait pas à le subir. C'était déjà assez dur que Connor ait été renversé par un chauffard qui avait pris la fuite et que la misérable assurance médicale de Missy ne couvre pas grand-chose. Les factures arrivaient beaucoup plus vite et étaient bien plus élevées que prévu, et il semblait que Connor allait avoir besoin de soins à long terme. Le fardeau était écrasant, et ils ne verraient jamais un centime de cet enfoiré d'ex non plus. Le type s'était enfui avant même la naissance de Connor.

— C'est toi qui voulais un enfant, pas moi, avait été sa réponse insensible à son appel à l'aide après l'accident.

Si ce connard n'était pas perpétuellement au chômage et ne traînait pas avec une version au rabais des Hells Angels, Gage l'aurait traqué et lui aurait fait payer en termes physiquement acceptables.

Mais Missy et Connor n'avaient pas besoin de plus de drame dans leur vie.

Leur quotidien était déjà plus que suffisant pour tout le monde. Beefcake, Inc. était le meilleur moyen de les sortir tous de ce pétrin.

— Tu seras contente d'apprendre qu'on a eu un tas de recommandations ce week-end. J'ai déjà deux contrats pour le week-end prochain en plus de la collecte de fonds.

Missy sourit à nouveau, mais tout aussi faiblement. — Je te suis tellement reconnaissante, Gage...

— Missy, arrête. Il ne voulait pas de sa gratitude. Connor était comme son propre fils, un fait qui lui avait été brutalement rappelé lorsqu'il s'était tenu à son chevet d'hôpital, suppliant Dieu de ne pas le laisser mourir. — Je t'ai dit d'apaiser ton inquiétude, pas de t'en causer davantage. Profitons de notre journée, d'accord ?

Cette fois, son sourire s'élargit un peu. — Il n'arrête pas de demander après toi.

— Quand ne le fait-il pas ?

— Oh, mon Dieu. Il a hérité de ton ego.

— Il n'y a rien de mal à ça.

Elle lui donna une tape sur le bras alors qu'il se dirigeait vers la chambre de Connor, et Gage faillit s'effondrer de soulagement. Depuis l'accident il y a trois mois, Missy n'était plus elle-même. Enfin, plus son ancien elle. Et avec ce qu'ils avaient traversé, il ne pouvait pas lui en vouloir, mais lui donner un coup ? C'était un signe de la petite sœur qui l'avait tant agacé quand il était adolescent.

Ce qu'il ne donnerait pas pour retrouver ces jours insouciants.

Mais c'était ainsi ; il était juste reconnaissant d'avoir des options. Que Missy et Connor aient des options.

Il entra dans la petite chambre de Connor, remplie de jouets, en contournant le fauteuil roulant que tous les trois détestaient. — Salut, mon pote, toujours en train de te prélasser à ce que je vois.

— Salut, Oncle Gage, dit le garçon de six ans. Tu connais maman. Un mouvement vers le bord du lit et elle me tombe dessus comme la misère sur le pauvre monde.

— Comme la misère sur le pauvre monde ? Où as-tu entendu ça ? Le gamin grandissait beaucoup trop vite. Il lui semblait que c'était hier que Missy l'avait ramené de l'hôpital, seule, effrayée, sans un sou ni un diplôme à son nom. Elle avait obtenu son GED et avait commencé des cours du soir pour devenir assistante juridique depuis, mais les soins médicaux de Connor mettaient maintenant cela en suspens.

— C'est Nicky Pollecco qui me l'a dit. Son père le dit tout le temps.

Le père de Nicky disait beaucoup de choses tout le temps, la plupart d'entre elles l'entraînant dans des bagarres de bar.

Gage serra les dents. Ça suffisait ; il allait mettre son pied à terre. Missy allait quitter cet appartement pour emménager dans la maison familiale des Tomlinson avec lui. Il n'avait pas voulu lui enlever ça, ce semblant de contrôle dans sa vie, mais il lui dirait que c'était pour l'argent, qu'ils pourraient utiliser son loyer pour rembourser les factures médicales de Connor plus rapidement et lui permettre de retourner à l'école. Ce n'était pas un mensonge, et parfois il fallait simplement faire ce qu'il fallait faire.

— Alors, à quel jeu on joue aujourd'hui ?

Connor regarda Missy qui se tenait dans l'encadrement de la porte. — On est bons, maman.

Et une fois de plus, Gage reçut un coup au cœur. Son neveu qui rassurait sa mère. Le gamin devrait être dehors à grimper aux arbres, faire du vélo et tabasser Nicky Pollecco, pas consoler sa mère en faisant semblant que tout allait bien.

Il commença à compter les honoraires qu'il gagnerait avec les contrats du week-end en plus de la collecte de fonds que Gina avait organisée. Ce serait ponctuel et il ne pouvait pas prédire ce qui en résulterait. Non, il devait maintenir les rentrées d'argent, et pour cela, il aurait besoin d'au moins trois contrats supplémentaires par week-end. Deux par soir. Ce serait génial d'avoir un lieu standard pour une Soirée des Dames dans certains des clubs voisins, mais jusqu'à présent, les clubs locaux ne mordaient pas à l'hameçon. Un spectacle occasionnel suscitait de l'intérêt, disaient-ils, mais avoir un spectacle hebdomadaire pourrait diluer l'attrait. Sans parler de la Chambre de Commerce locale qui lui mettait des bâtons dans les roues, ainsi qu'à tout établissement montrant le moindre intérêt, avec des accusations d'indécence. C'était à en devenir fou.

— Je veux jouer à COD, dit Connor quand Missy ferma la porte.

— Call of Duty ? Je ne crois pas, mon grand. Tu es un peu jeune pour ça.

— Mais Nicky y joue.

Quelle belle référence. — Je m'en fiche. Nicky n'est pas mon neveu ; toi, si. Tu n'as pas besoin de grandir si vite.

— Mais et si je n'en ai pas l'occasion ? Il bougea son bras paralysé avec son bras valide, une vision qui ne manquait jamais d'émouvoir Gage aux larmes. Des larmes qu'il refoula. — Je veux jouer à COD avant qu'autre chose n'arrive.

Merde.

Merde. Merde.

La gorge de Gage se serra. Connor était obsédé par le fait qu'il aurait pu être tué. Gage et Missy l'étaient aussi, mais cela semblait définir Connor ces derniers temps. Et s'il n'avait pas survécu ? Et si quelque chose comme ça arrivait à nouveau, mais en pire ? Et s'il ne s'en sortait pas avec toutes les opérations dont il avait besoin pour réparer les dégâts ?

Gage s'éclaircit la gorge. Le psychologue qu'ils consultaient avait dit de traiter Connor aussi normalement que possible, alors même si son instinct initial était de donner au gamin ce qu'il voulait, ce ne serait pas dans son intérêt. De plus, Connor n'avait vraiment pas besoin de voir les conneries de ce jeu vidéo.

— Écoute, Con, tu ne peux pas penser comme ça. Tu vas avoir le reste de tes opérations et tu iras bien. Tu n'as pas besoin de ces images de COD dans ton cerveau pendant ta convalescence.

Connor soupira. — Tu vas être vraiment pénible comme père un jour, Oncle Gage.

Wow, les coups au cœur ne cessaient de pleuvoir. Un père. Il ne pouvait même pas envisager que cela arrive bientôt. Connor passait en premier, ensuite il s'inquiéterait de s'installer avec quelqu'un et de fonder une famille.

Le visage de Lara apparut, tout rose d'embarras.

Il aimait assez l'idée qu'elle ne couchait pas à droite et à gauche. C'était totalement hypocrite de sa part, il le savait, mais oui, ça lui plaisait. Il se demanda si elle voulait des enfants.

Wow. Il allait beaucoup trop vite. Pour elle aussi. Elle pouvait à peine le regarder, sans parler du fait qu'elle s'était pratiquement enfuie à l'expo. Il était passé après avoir démonté le stand de BeefCake, Inc., mais elle était déjà partie.

Elle n'aurait pas pu être plus claire : elle ne voulait pas le voir. C'était pour ça qu'il avait décliné l'offre de cupcake quand elle l'avait suggéré la première fois ; il voulait une excuse pour la revoir, mais elle l'avait annulée en venant à lui en premier.

— Tu as un drôle de sourire, Oncle G. Qu'est-ce qui se passe ?

Ce gosse était trop perspicace pour son propre bien.

— Je pensais juste à où je t'emmènerai quand tu en auras fini avec toutes tes opérations.

— Où ça ? demanda Connor en se redressant, les yeux brillants.

Le cœur de Gage fondit. Bon sang, il aimait ce gamin. — Eh bien, je me disais qu'on commencerait par un match de baseball. Hot-dogs, glaces, gaufres, tout le toutim. Ensuite, on pourrait aller au stade de foot. Puis, je ne sais pas, tu veux faire du kayak ? Du rafting ? De l'escalade ?

— On peut retourner au parc d'attractions ? Je veux faire des montagnes russes.

La gorge de Gage se serra à nouveau. L'accident de Connor était arrivé juste au moment où ils partaient pour le parc pour faire exactement ça. Connor adorait les montagnes russes. — Absolument. On peut faire les montagnes russes encore et encore et encore. Autant que tu veux.

— Cool. Connor se rassit et joua avec le bord de son drap. — Et l'équitation ? On peut faire ça ?

— Ouais, bien sûr, si tu veux. Gage n'était jamais monté à cheval, mais bon sang, il apprendrait avec Connor. Et peut-être qu'il pourrait incorporer ça dans son personnage de cowboy.

Lara avait aimé le chapeau. Elle avait aimé tout l'ensemble — il l'avait vue le regarder s'approcher de sa table.

Dieu merci pour son physique. Il l'avait toujours tenu pour acquis. Certes, c'était bon pour attirer les femmes, mais il avait toujours suivi le courant pour ça. Mais quand il avait voulu attirer son attention, il avait été vraiment content de se maintenir en forme.

— Alors, à quoi tu penses maintenant ? Connor tapota son menton avec son bras valide. — Qu'est-ce qu'on va faire d'autre ?

Gage savait ce qu'il voulait faire... — Ce que tu veux, Con. Passons d'abord les opérations et je ferai tout ce que tu voudras.

— Même jouer à COD ?

— Tu sais quoi ? Tu passes les opérations, tu travailles dur en thérapie, et j'en parlerai à ta mère. Et il le ferait. Bon sang, faire face à la mort pour de vrai était beaucoup plus effrayant et traumatisant que de le faire dans un jeu vidéo. Tout ce qu'il fallait pour que le gamin s'en sorte.

— D'accord, alors je suppose que je peux attendre. Tu veux jouer aux échecs ?

— Depuis quand tu joues aux échecs ?

— Depuis que tu m'as donné l'iPod touch. J'ai appris plein de jeux à l'ancienne.

Gage rit. À l'ancienne. Les échecs existaient depuis toujours. C'était le jeu des rois. Il fallait bien un gamin pour le réduire à un jeu à l'ancienne.

Il fallait apprécier cette perspective fraîche. Gage était tellement habitué à gérer le stress et l'angoisse liés à l'état de Connor qu'il oubliait parfois de respirer. D'apprécier ce qu'il avait et de vivre l'instant présent.

C'était ce qu'il avait essayé de faire avec Lara. Ce week-end dernier et après cette soirée d'enterrement de vie de jeune fille. Certes, ça avait commencé comme un coup d'un soir, mais quand elle l'avait planté, ça avait changé. Il avait ressenti quelque chose pour elle. De la compassion, pas de l'irritation. Et puis il l'avait sortie de cette robe, et ouais, ça l'avait *beaucoup* intéressé. Mais quand il lui avait mis son t-shirt, quelque chose s'était installé autour de lui. Quelque chose de réconfortant. Un moment partagé juste pour eux deux, comme il n'en avait jamais partagé avec aucune femme auparavant.

Dommage qu'elle ait été dans les vapes. Mais il l'avait regardée dormir. Les petits mouvements de sa bouche, la façon dont elle avait glissé ses mains jointes sous sa joue, les petits ronflements doux...

Il n'avait jamais regardé une femme dormir. N'avait jamais étudié la courbe de la joue de quelqu'un ou le doux mouvement de ses épaules. La façon dont sa jambe s'était repliée contre sa poitrine. À quel point sa cuisse dénudée était doucement sexy...

— Oncle Gage ? Ça va ?

— Ouais. Bien sûr. Pourquoi ?

— Parce que tu avais encore un drôle d'air sur le visage.

Du désir, gamin.

Non. Quelque chose d'un peu plus que du désir. Il avait déjà ressenti du désir. Mais il n'avait jamais ressenti quelque chose d'autre avec.

— OK, Con, il est où l'échiquier ? Je vais te montrer à quel point je vais bien et je vais te botter les fesses en le faisant.

— Non, tu ne le feras pas. Je suis vraiment bon en stratégie maintenant.

Étant donné que Gage reverrait Lara ce week-end — il avait vu la liste des sponsors pour le gala de bienfaisance — il ne se débrouillait pas trop mal non plus sur le plan de la stratégie.

Lundi matin, Gage chargea le reste des planches de deux par quatre à l'arrière de son pick-up, puis les attacha pour le trajet jusqu'au kiosque près du quinzième trou. Une chose à propos du travail sur un terrain de golf : il devait transporter chaque morceau de matériel depuis les hangars de stockage jusqu'au site au lieu de les faire livrer directement. Les propriétaires voulaient que le kiosque soit construit le plus rapidement possible sans que leurs membres ne le sachent. Par conséquent, il devait arriver très tôt et partir avant onze heures du matin, quand la foule de l'après-midi arriverait. Ce qui aurait normalement été un projet d'une semaine tout au plus en était maintenant à sa deuxième semaine et en nécessiterait probablement une troisième.

Normalement, il ne se plaindrait pas car l'horaire interrompu augmentait son tarif horaire, mais il n'avait pas pu terminer d'autres projets parce que le temps qu'il arrive à la rénovation de la cuisine des Whitman ou à la conversion du sous-sol des Torrington, il ne pouvait travailler que quelques heures. Heureusement, les clients étaient d'accord avec le planning, mais sa facturation dépendait de l'achèvement des travaux. Sans BeefCake, Inc., il n'aurait aucune rentrée d'argent pour payer les factures. Plusieurs d'entre elles étaient dues, y compris une partie du solde pour la physiothérapie de Connor.

Ouais, il devait avoir cette conversation avec Missy plus tôt que tard.

Il emprunta la route d'accès jusqu'au dix-huitième trou et déchargea les fournitures au kiosque. Il lui restait à finir les chevrons, puis le contreplaqué, le solin et la toiture avant de pouvoir faire la finition et les travaux de sentier. Cinq jours maximum, mais avec la fête de Gina vendredi, il ne pourrait finir que la semaine prochaine.

Il installa ses chevalets de sciage et mesura les quatre prochains chevrons. Il brancha la scie à onglet au générateur, et s'apprêtait à mettre ses écouteurs d'iPod quand un golfeur matinal s'approcha dans sa voiturette.

Gage réprima son mépris. Les voiturettes de golf étaient bonnes pour les grands-pères qui avaient du mal à marcher dix-huit trous, mais des gars dans la trentaine comme celui-ci ? Il pouvait bien se permettre de perdre la bedaine qui se formait.

— C'est vous le responsable de ça ? demanda le golfeur, agitant une main gantée vers le kiosque.

— Techniquement, c'est la direction, mais oui, ils m'ont engagé pour le construire.

— Vous faites du bon travail.

Hmm, c'était une surprise. Ce type avait *connard* écrit partout sur lui, du gilet argyle jaune et blanc, du pantalon beige, des chaussures blanches et même d'un gant, à la bague au petit doigt et à l'étui de club de designer que le caddie portait en marchant derrière la voiturette.

Que Dieu le préserve des connards pompeux et suffisants.

— Je pensais en faire construire un près de ma piscine. Seriez-vous intéressé pour me faire un devis ?

Que Dieu le préserve des connards pompeux et suffisants qui *cherchaient* à l'embaucher.

Gage sortit une carte de visite de sa poche arrière. — Oui, bien sûr. Je peux faire ça. Pour quand voulez-vous que ce soit fait ?

Le gars sortit un étui doré de la poche de sa poitrine sous le gilet — bien sûr qu'il le fit — et tendit sa carte à Gage. — J'organise une fête le mois prochain. J'aimerais que ce soit terminé d'ici là. Le neuf, pour être précis. Les invités arriveront vers seize heures.

Gage vérifia l'adresse. J.C. McCullough à Fox Run Hills. Chic. Ce qui signifiait du fric. Comme s'il n'avait pas pu le deviner rien qu'à l'allure du type.

— Je pense que c'est faisable. Serez-vous chez vous plus tard aujourd'hui pour que je puisse voir l'espace et préparer un devis ?

— Aujourd'hui n'est pas possible, mais demain ça marche. Après dix-huit heures.

Gage passa en revue son emploi du temps. — Disons dix-neuf heures et je serai là.

— Excellent. Le type hocha la tête, puis se dirigea vers le trou, tendant la main au caddie pour son club.

Gage ne put s'empêcher de rire en mettant ses écouteurs. Les gars comme J.C. le faisaient toujours rire. Ils grimpaient si haut dans l'échelle de l'entreprise avec des assistants, des caddies, des femmes de ménage et des chauffeurs qu'il se demandait s'ils avaient aussi quelqu'un pour leur tendre le papier toilette.

Ah, bon, qui était-il pour critiquer ? L'argent de cet homme était aussi vert que celui de n'importe qui d'autre et son genre voulait généralement une qualité supérieure. Question de droits de vantardise et tout ça, ce qui convenait parfaitement à Gage. Avec les remises qu'il pouvait obtenir sur les matériaux haut de gamme, il préférait travailler sur un travail de haute qualité n'importe quand parce que les profits étaient plus importants.

Un projet de plus pour remplir ses propres coffres pour l'opération de Connor. Tout était pour Connor.

* * *

— Hé, on en a une autre. Cara raccrocha le téléphone, dansant comme si c'était le matin de Noël. Chaque commande était un cadeau. — Vendredi prochain. La cliente veut un gâteau en forme de promenade de bord de mer avec une grande roue pleine de cupcakes. Notre installation tourne toujours, n'est-ce pas ?

Lara ouvrit le couvercle du bac de pâte à sucre. — Oui, elle tourne. Combien de personnes attend-elle ?

— Environ une centaine. Elle organise une inauguration pour son spa. Une fête de plage, en faisant venir du sable et tout ça. Elle dit qu'elle aimerait que tu restes sur place jusqu'à ce que le gâteau ait été servi parce qu'elle ne veut pas payer la caution pour la machine.

Cette grande roue avait été une grosse dépense, mais elle allait être le premier équipement à être rentabilisé. Les gens, pour une raison quelconque, adoraient les cupcakes tournants. — Mais mon temps vaut quelque chose, Car.

— Je sais. C'est pourquoi je lui ai facturé soixante-quinze pour cent de la caution de l'équipement. Moins cher pour elle et une chance pour toi de vendre nos services à ses invités tout en gagnant de l'argent en le faisant.

Lara enfila une paire de gants en latex pour ne pas tacher ses doigts en ajoutant le colorant alimentaire à la pâte à sucre. — Je ne peux pas démarcher des clients pendant que je travaille à son événement.

— Bien sûr que si. Et ce n'est pas vraiment du démarchage. Tu seras juste là pour répondre aux questions sur nos services si quelqu'un demande. C'est comme laisser des brochures, mais plus interactif. Tout ce que tu as à faire est d'être toi-même et je te garantis que nous aurons des recommandations.

Lara secoua la tête. Tout ce qu'elle avait voulu faire était de cuisiner et de créer. Faire sourire les gens. C'est pour ça qu'elle s'était lancée là-dedans avec Cara qui ne connaissait pas la différence entre la pâte à sucre et la crème au beurre, mais qui savait comment se débrouiller et s'assurer que les factures étaient payées.

Elle ajouta le colorant alimentaire à la pâte à sucre blanche. Le gâteau de pendaison de crémaillère de Mme Keswick devait correspondre aux volets de sa nouvelle maison. Tellement que Mme Keswick avait fait envoyer un volet par le constructeur. Lara allait faire de son mieux pour le reproduire. — À quelle heure vendredi prochain ? J'ai la fête d'anniversaire de Marcella Sloan en fin d'après-midi.

— Je m'en occuperai. C'est juste une livraison.

— Pas exactement, Cara. Il y a un peu d'installation à faire sur place.

— Alors apprends-moi. Si je peux jongler avec les chiffres, je suis sûre que je peux jongler avec les accessoires.

— Viens ici, alors, et je vais te donner une leçon sur le travail avec le fondant parce que tu vas devoir l'utiliser pour couvrir la base des tournesols.

Marcella, six ans, organisait un goûter dans le jardin et sa mère voulait que le gâteau *soit* un jardin. Un jardin grandeur nature, avec des pervenches, des marguerites et des roses, toutes choses que Lara pouvait attacher avant la livraison, mais les tournesols étaient une tout autre affaire. Elle avait préparé les supports en PVC dans la base pour les "tiges" en bambou, mais Cara allait devoir les recouvrir d'une "herbe" en fondant sur place.

— Donne-moi dix minutes, dit sa cousine, en sortant un crayon de derrière son oreille. Je dois transmettre une liste d'ingrédients à la dame du gala pour qu'elle puisse l'afficher afin que les gens puissent vérifier les allergies, et j'ai passé des appels à une demi-douzaine de ces cartes de visite que tu as ramenées de l'expo et je veux prendre contact avec eux.

Lara n'avait pas besoin qu'on lui rappelle l'expo parce qu'elle n'avait pas réussi à sortir Gage de sa tête. Elle était même allée jusqu'à consulter son site web, www.BeefCakeIncorporated.wordpress.com, pendant le week-end. Ouais, elle n'était pas fière d'elle, mais ce que personne ne savait ne pouvait pas lui faire de mal.

Et il n'y avait pas eu beaucoup de photos de Gage de toute façon. La plupart des vidéos et des images étaient celles des gars. La page À propos de nous avait une photo de lui et de son partenaire, mais ils étaient en costume d'affaires, l'air tout à fait professionnel et corporatif. Une image tellement différente de M. B.N.A.

Lara essuya son front avec son avant-bras. Elle devrait augmenter la climatisation. C'était une bataille constante avec Cara pour maintenir les coûts bas tout en essayant d'empêcher les gâteaux et les glaçages de fondre.

Et maintenant elle. Elle devait garder les pensées de Gage hors de l'atelier.

— Alors, tu as vu les stripteaseurs pendant que tu étais là-bas samedi ? demanda Cara en agrafant un tas de papiers ensemble et en les empalant sur sa broche à factures. J'ai entendu dire qu'ils étaient le clou du spectacle de l'expo.

— Personne ne s'est mis à nu.

Enfin, pas samedi...

Cara lui sourit. — Tu as fait attention, hein ? Tu n'aurais pas eu leurs numéros par hasard, n'est-ce pas ?

Elle avait eu *son* numéro, c'est sûr... — Pour quoi faire ? Pour nous divertir pendant qu'on travaille ?

Cara sourit et remua les sourcils. — Hé, ne critique pas avant d'avoir essayé.

Elle *avait* essayé - et s'était endormie en le faisant.

Mon Dieu, si Cara l'apprenait un jour, elle ne s'en remettrait jamais.

— C'était la même équipe qui était au club pour l'enterrement de vie de jeune fille de Jenny, à ce qu'il paraît.

— Ce n'est pas surprenant. Je doute que cette ville puisse faire vivre beaucoup de revues de stripteaseurs masculins, donc ce n'est pas vraiment étonnant qu'ils soient les mêmes.

— Hmmm. Cara se tapota la lèvre.

— Quoi ?

— C'était beaucoup de mots pour des mecs sexy. Tu n'aurais pas traîné à leur stand, par hasard ?

Lara s'essuya à nouveau le front avec son avant-bras, mais cette fois ce n'était pas pour enlever quoi que ce soit de ses yeux. Cette fois, c'était surtout pour ne pas regarder Cara. Elles avaient pratiquement grandi ensemble ; Cara pouvait la lire comme un livre ouvert, et le rouge sur ses joues était sûrement un indice révélateur.

— Tu vois cette pile de cartes de visite ? demanda-t-elle, espérant retourner la situation contre sa cousine. Quand penses-tu que j'ai eu le temps de reluquer les participants ?

— Dommage. Tu devrais sortir plus. Regarde autour de toi. Ce n'est pas parce que Jeff était un connard que tous les hommes le sont.

— Ça vient de toi ? La femme qui catégorise les hommes selon la taille de leurs mains ?

— Hé, au moins je sais à quoi sert un homme. Toi, on dirait que tu as oublié.

Oh que non, elle n'avait pas oublié. Elle avait revécu l'incident de la chambre d'hôtel de Gage en Technicolor chaque minute des seize derniers jours.

— Je croyais qu'on était concentrées sur la réussite de cette entreprise ? Qui a le temps de sortir ?

— Les rendez-vous et le sexe ne vont pas forcément de pair.

— Tu sais, Car, ce n'est pas parce qu'un mec se déshabille pour des pourboires qu'il est disponible pour autre chose. Ces choses-là ne vont pas non plus de pair.

Cara se tapota à nouveau la lèvre, cette fois avec un petit sourire.

— Quoi ?

Le sourire de Cara s'élargit. — Rien.

Ce n'était pas rien. Lara pouvait entendre les rouages tourner dans la tête de Cara. — Crache le morceau, Car.

— Eh bien, tu es drôlement bavarde sur un sujet dont on aurait dû arrêter de parler il y a plusieurs paragraphes.

Lara renifla. — Bien sûr. Alors tu te serais demandé pourquoi je me suis tue et tu en aurais fait plus que ce qu'il y a. Écoute, Car, les mecs étaient canons. Bien sûr que j'ai regardé. Tout comme on a toutes regardé à la soirée de Jenny. C'est pour ça que les mecs étaient *là*. Pour qu'on les regarde. C'est leur boulot. Tout comme ceci - Elle agita son rouleau à pâtisserie autour de l'atelier - est notre boulot. Donc, à moins que tu ne veuilles ajouter une ligne dans la liste des dépenses pour le divertissement pendant le travail, je ne vois pas pourquoi on devrait continuer à en parler.

— J'ai entendu dire que tu avais quitté la soirée de Jenny tôt.

Merde, Cara avait toujours su changer de sujet en un clin d'œil sans même cligner des yeux.

— Je te l'ai dit, j'étais fatiguée. J'avais travaillé sur trois soirées ce jour-là, plus le gâteau de Jenny. J'étais crevée.

— Ouais, mais Jenny a dit qu'elle avait appelé ta chambre et que tu n'avais pas répondu.

Lara grimaça. — Sambuca. La potion somnifère par excellence.

— Merde. J'espérais que tu avais ramassé le mec avec qui tu dansais et que tu avais eu une nuit torride de sexe bestial.

Lara ne put s'empêcher d'éclater de rire. — Ouais, moi aussi, mais désolée, je ne suis pas si aventureuse que ça.

Rien dans cette déclaration n'était un mensonge. Malheureusement. Elle *aurait aimé* avoir eu du sexe bestial et torride aussi, mais Gage lui avait assuré que ça ne s'était pas produit.

Elle était encline à le croire. Elle n'avait jamais eu de sexe bestial et torride auparavant et était à peu près certaine qu'il y aurait eu quelques courbatures musculaires le lendemain matin si ça avait été le cas.

Elle n'arrivait toujours pas à croire qu'il avait été un tel gentleman. Elle ne lui en aurait pas voulu s'il l'avait simplement laissée dans le couloir ou sur un banc quelque part. Il aurait pu être assez gentil pour contacter la réception et ils auraient pu trouver sa chambre pour elle, ou il aurait pu la ramener au club et la laisser avec ses amies. Mais il l'avait emmenée dans sa chambre et l'avait laissée seule.

Bien qu'il l'ait *déshabillée*...

Ses joues recommencèrent à flamber. Et Cara la regardait d'un peu trop près.

— Tu aurais dû le faire, tu sais. Essayer quelque chose de nouveau. Tous les mecs ne sont pas comme Jeff.

— Je ne veux pas parler de Jeff.

— Tu ne le veux jamais.

— Pour une bonne raison.

— Ouais, mais si tu le laisses te bloquer comme ça, tu lui donnes du pouvoir. Tu ne pourras jamais passer à autre chose si tu ne l'exorcises pas.

Elle aimerait bien l'exorciser, en effet. Paumes brûlantes, soupe aux pois, une ou deux poupées vaudou... — J'ai tourné la page avec Jeff, Cara. Crois-moi, il n'occupe plus aucune place dans mon esprit.

— Continue à te le répéter et tu finiras peut-être par y croire. Mais je t'ai vue avec les mecs ; tu n'en calcules aucun. Quand Jenny m'a dit que tu avais vraiment dansé avec un mec super canon à sa fête, j'ai failli tomber à la renverse.

— Merci pour cette marque de confiance.

— Oh, ma chérie, j'ai confiance en ta capacité à les attirer. C'est juste que je ne suis pas sûre que tu réalises qu'ils sont attirés par toi. Il faut vraiment qu'on te trouve quelqu'un qui te rendra ce que Jeff t'a volé. Quelqu'un qui peut t'apprendre à vivre.

Des images de Gage — nu, en cowboy, flirtant, déambulant — défilèrent devant ses yeux. Il pourrait certainement lui apprendre quelques trucs.

Elle leva le fondant étalé. — On peut remettre cette discussion à, disons, dans deux ans, quand cet endroit sera autonome ? J'ai trois commandes à honorer aujourd'hui et encore huit cents pétales de rose à faire. Plus ta leçon sur le fondant.

— D'accord. Comme tu veux. Les affaires d'abord.

— C'est toi qui insistes toujours pour que les affaires passent en premier, Cara.

— Depuis quand tu m'écoutes ? Cara agita les mains. — Alors, quand est-ce que notre stagiaire arrive ? Ces pétales de rose devraient l'occuper un moment.

Elles avaient organisé un stage avec l'école technique locale pour obtenir la main-d'œuvre qu'elles pouvaient se permettre — gratuite — en échange d'une expérience pratique. Et, avec un peu de chance, d'ici à ce que Jesse obtienne son diplôme, elles pourraient l'embaucher.

Lara regarda l'horloge. — Dans environ une demi-heure. Alors laisse-moi finir de recouvrir ces gâteaux de fondant pour que je puisse tout préparer avant son arrivée, et ensuite je t'apprendrai ce que tu dois savoir.

Cara haussa les sourcils d'un air suggestif. — Mais qui va t'apprendre à *toi* ce que tu dois savoir ?

Neuf

Gage remonta l'allée menant à la maison démesurée de J.C. McCullough. Toit à pignon, façade en pierre des champs, aménagement paysager professionnel avec une pelouse soignée qui ressemblait à un green de golf, et, bien sûr, un garage pour quatre voitures.

Seulement quatre ? Où ce type garait-il sa voiturette de golf ?

Il gara son camion derrière les thuyas pour le cacher de la vue de la rue. La plupart des maisons haut de gamme avaient un écran comme celui-ci juste pour les entrepreneurs qu'ils engageaient.

Il prit sa tablette, son bloc-notes et son mètre ruban, enfonça la casquette de baseball Tomlinson Contracting sur sa tête, et sortit du camion. Il gardait des vêtements de rechange dans le véhicule pour les visites chez les clients après une journée de travail, donc le polo rouge et le pantalon kaki étaient une tenue appropriée, et il avait changé ses bottes de travail pour une paire propre, également dans le camion pour cette raison. Rien de tel que de traîner la saleté du chantier dans la maison de quelqu'un après une journée sur le site pour perdre un contrat.

Il sonna à la porte de McCullough et ne fut pas surpris de la voir ouverte par une femme âgée en robe noire avec un tablier blanc.

— Bonjour, je suis Gage Tomlinson. J'ai rendez-vous avec J.C. McCullough.

— Oui, M. McCullough est sur la terrasse. Il a dit que la porte du jardin est ouverte et que vous pouvez passer.

Gage se mordit la lèvre. L'entrée des domestiques. Il avait compris.

Ouais, ce type avait *connard* écrit partout sur lui ; Gage ne s'était pas trompé sur son compte.

Mais, encore une fois, l'argent d'un connard valait autant que celui de n'importe qui d'autre.

Il trouva McCullough sur une magnifique terrasse en pierre, lisant le journal, dînant d'un faux-filet, avec un verre de quelque chose d'ambré à côté de lui. Ce que Gage ne donnerait pas pour pouvoir se permettre un endroit comme celui-ci. La piscine ressemblait à un étang privé, avec une cascade et un jacuzzi, qui feraient des merveilles pour la physiothérapie de Connor, et la terrasse avait un centre de cuisson intégré avec un four à pizza au feu de bois. Le pool house, avec son bar, était l'endroit parfait pour faire la fête. La soirée de McCullough le neuf allait être géniale.

— Tomlinson. McCullough posa sa fourchette puis plia son journal. — Merci d'être venu. Comme vous pouvez le voir, il n'y a qu'un seul endroit pour un kiosque. Là-bas. Il pointa vers le côté gauche de la piscine. — J'aimerais qu'il puisse accueillir six à huit personnes si c'est possible.

Avec la bonne somme d'argent, tout était possible.

Gage détacha son mètre ruban de sa ceinture, espérant que le mouvement cacherait le bruit de son estomac qui gargouillait. Le déjeuner était loin et ce steak sentait délicieusement bon. — Laissez-moi prendre quelques mesures, puis nous en discuterons.

McCullough hocha la tête, rouvrit son journal et se remit à son dîner.

Gage prit les mesures et les superposa sur les photos qu'il avait prises avec sa tablette pour donner à McCullough une idée préliminaire de ce qu'il proposait. Il avait découvert que fournir au client un rendu personnalisé aidait à gérer les attentes.

Il prit son temps, voulant obtenir les relations spatiales correctes, mais aussi voulant donner au type une chance de finir son repas, car baver sur le dîner d'un client n'était pas non plus propice à décrocher un contrat.

Quand McCullough posa sa fourchette, Gage revint et s'assit à la table. Il posa la tablette avec sa maquette devant McCullough. — Que pensez-vous de ceci ? Nous assortons la pierre de la terrasse et la reprenons pour les murs de base et les supports du toit. J'utiliserai des parpaings pour l'intérieur, puis je les recouvrirai de pierre. Je suppose que vous voulez que le toit corresponde à celui du pool house, n'est-ce pas ? L'ardoise est un excellent produit pour ce genre d'élément.

— Bien sûr. Je veux le meilleur.

Pas de surprise. Gage garda son sourire pour lui. Le gars voulait définitivement ça pour se vanter, ou pour ne pas être en reste par rapport aux voisins - ce qui lui convenait parfaitement. Plus le design était haut de gamme, plus le profit était important. — L'ardoise, donc. Ça aidera aussi pour l'entretien, qui sera minimal. Un investissement plus important au départ, mais qui s'équilibre sur le long terme.

McCullough prit une gorgée de son verre. Ça devait être du cognac ; un type comme lui boirait du cognac avec son repas. Il sortait probablement le porto et les cigares au dessert. — L'argent n'est pas le problème. Le temps et l'apparence le sont. C'est ma soirée de fiançailles et je veux que ce soit parfait pour ma fiancée.

Gage avait le drôle de sentiment que l'apparence et l'argent-n'est-pas-un-problème avaient beaucoup plus à voir avec les fiançailles qu'avec le kiosque.

Bon sang, il était cynique. Pourquoi ce type ne pouvait-il pas avoir une fiancée qui l'aimait pour ce qu'il était et non pour son argent ?

Parce que ce type était aussi aimable que le mobilier en fer forgé sur lequel il était assis.

— D'accord, j'ai ce qu'il me faut. Je vais préparer un devis et vous l'envoyer par e-mail d'ici demain après-midi. Ça vous convient ?

McCullough hocha la tête et rouvrit son journal. — J'attends ça avec impatience.

Ce connard ne lui serra même pas la main pour lui dire au revoir.

Dix

— Prête à les éblouir avec tes cupcakes, cousine ? demanda Cara en branchant le présentoir en forme de grande roue dans la multiprise scotchée entre les stands du gala de charité au milieu du terrain de football du centre communautaire.

Lara dut résister à l'envie de regarder ses *cupcakes*. Elle entendait encore la voix traînante et taquine de Gage quand il l'avait appelée comme ça à l'expo.

Elle dut aussi résister à l'envie de sourire à ce souvenir. Cara poserait des questions, et, eh bien, elle ne voulait pas vraiment partager. Cela faisait longtemps que flirter n'avait pas été amusant, et avec Gage, ça l'était définitivement.

— Lar ? Tu es avec moi, ma chérie ? Cara lui donna un coup de coude. Je sais que la soirée Simpson hier s'est terminée tard, mais on doit être au top aujourd'hui. C'est notre plus grande exposition à ce jour.

— Je vais bien. Pas d'inquiétude. Elle ramena son esprit à l'instant présent, puisque Gage, c'était du passé. Passe-moi les cupcakes avec les logos des équipes sportives, tu veux bien ? Je m'attends à ce qu'ils aient beaucoup de succès aujourd'hui.

Étant donné que le gala était pour un garçon de six ans, elle pensait que le sport était un pari sûr puisque, souvent, les garçons refusaient de toucher aux cupcakes « de filles ».

Gage ne refuserait pas. Il serait à fond *sur les cupcakes d'une fille-*

— Oh, Seigneur. Pouvait-elle arrêter de penser à lui ? C'était tellement la semaine dernière et à part ce moment de faiblesse où elle l'avait cherché en ligne, elle avait vraiment essayé dur d'oublier.

Visiblement, ça ne marchait pas pour elle.

Au moment où Cara et elle eurent fini d'installer le reste du stand, il y avait déjà une file d'attente. La nourriture attirait toujours les foules dans ce genre d'événements. Lara s'était assurée d'apporter le double de la quantité habituelle. Cara avait conçu de nouvelles brochures pour attirer l'attention locale et les distribuait à l'entrée du stand. Lara accrochait ensuite les clients avec des échantillons au milieu, et la liste pour la newsletter était posée à la fin, toute seule, implorant des adresses e-mail, que presque tout le monde remplissait avec plaisir.

— Je dois aller aux toilettes, dit Cara pendant une accalmie. Tu penses pouvoir gérer toute seule ?

— Pas de problème. Je vais juste réapprovisionner la table. Tu peux me prendre une limonade en revenant ?

— Bien sûr. À tout à l'heure.

Lara se pencha pour ouvrir une autre boîte de cupcakes. Elle avait découvert que les gens étaient moins enclins à s'approcher d'un stand si l'installation était clairsemée, alors elle apportait toujours plus que ce qu'elle pensait nécessaire. Elle ne s'était trompée qu'une seule fois.

— Salut, Cupcake.

Faites-en deux.

Lara leva les yeux. Le cow-boy Gage se tenait devant son stand. Sans chapeau, sans chaps ni bottes, mais c'était bien lui. Ces yeux bleu-vert étaient uniques. Tout comme son effet sur elle.

Elle s'empêcha de passer une main dans ses boucles pour s'assurer qu'elles étaient présentables. L'humidité rendait de toute façon cet effort futile, et il n'y avait aucune raison d'attirer l'attention sur ce désordre indiscipliné alors qu'il était *très* bien mis dans son short bleu marine, sa chemise blanche boutonnée, et son sourire.

Seigneur, ce sourire. Cet homme pourrait réchauffer un pays du tiers-monde avec la puissance qu'il dégageait.

— Euh, salut. Est-ce que tu, enfin, est-ce que ton entreprise participe au gala ? Elle aurait pensé que les stripteaseurs étaient trop osés pour un événement communautaire, mais peut-être que les organisateurs comptaient sur le facteur d'attraction.

— Non. BeefCake n'est pas vraiment approprié pour ce public.

Vrai. C'était plus le genre de public des enterrements de vie de jeune fille arrosés à la Sambuca — dont elle faisait maintenant partie, à son grand regret.

— Je suis ici parce que je suis l'oncle de Connor.

— Connor Nelson ? Le garçon pour qui est organisé le gala ? Elle ne savait pas pourquoi elle était surprise ; Gage avait certainement le droit d'avoir une famille. Elle n'avait simplement pas pensé à lui de cette façon.

Peut-être parce qu'elle avait pensé à lui d'autres manières, inappropriées.

— Oui, Connor est mon neveu. Je fais le tour de tous les sponsors pour les remercier personnellement d'aider mon neveu et ma sœur. Ils en ont vraiment besoin et apprécient grandement ce que vous faites. Nous tous, d'ailleurs.

Sa voix s'était épaissie d'une manière qui n'avait rien à voir avec le flirt, et cela lui donna envie de le réconforter. Elle tendit la main vers la sienne. — Je suis heureuse que nous puissions aider. J'espère que tout s'arrangera pour vous tous, et que Connor ira bien.

Il serra ses doigts. — Il *doit* aller bien.

— S'il y a quoi que ce soit que je puisse faire, il suffit de demander.

— Merci. Ça a été... Il détourna le regard. Ça a été dur.

Elle n'osait imaginer ce qu'ils traversaient. L'accident et les blessures, c'était déjà assez terrible, mais avec le stress supplémentaire des factures médicales qui s'accumulaient ; pas étonnant que Gage soit à cran.

Ce n'était pas non plus étonnant qu'elle veuille le réconforter. Malgré toutes ses taquineries et son flirt, il y avait quelque chose de très réel chez Gage. Quelque chose qui l'appelait.

Non non non. Elle n'allait pas reprendre cette route. Elle avait une entreprise à gérer. Un ego brisé à reconstruire. Une estime de soi à rebâtir. Par et pour elle-même ; *pas* à cause d'un homme.

— Hé, tu veux un cupcake ? Elle lui en tendit un des « féminins ». Ceux qu'elle avait cuisinés, bien sûr. Pas les autres-

Elle mit un couvercle sur cette pensée.

Mais sa question lui arracha un sourire, comme elle l'avait espéré.

— Rose et strass ? C'est l'image que tu as de moi ? demanda-t-il, son sourire faisant des ravages à sa manière bien particulière.

— C'est en fait du sucre cristallisé, mais ça t'a fait sourire, non ?

Et *ça* le fit rire. — Donne-le-moi. Je suis sûr qu'il est délicieux, peu importe la décoration. Il retira le papier rose vif et mordit dedans.

Elle n'aurait vraiment pas dû le regarder faire ça.

Il ferma les yeux tandis que sa langue passait rapidement sur ses lèvres et il gémit. Toutes ces choses qu'elle avait manquées cette nuit-là où elle était ivre.

— Wow, Lara. Tes cupcakes sont spectaculaires.

Elle n'allait pas mentionner l'épisode de Seinfeld. Non.

Mais elle allait y penser.

— Contente que, euh, tu aimes. Elle retourna au réapprovisionnement de la table. Et de la grande roue. Et bon sang, elle mit aussi plus de brochures. N'importe quoi pour ne pas le regarder lécher la crème au beurre rose vif sur ses lèvres.

Elle n'eut pas beaucoup de succès non plus. Surtout quand il lécha ses doigts.

Où était sa cousine avec cette fichue limonade ? Lara avait besoin de se rafraîchir vite fait.

Gage froissa le papier et le lança — deux points, bien sûr — dans la poubelle derrière elle. — Hé, merci. Pour le cupcake et pour votre participation.

— Je t'en prie. Comme je l'ai dit, j'espère que ça aidera.

— J'en suis sûre.

— Bien.

— Oui.

D'accord, maintenant c'était gênant. Surtout qu'il avait une minuscule trace de crème au beurre au coin de la bouche et qu'elle avait vraiment, vraiment envie d'être celle qui la lécherait.

— Des cupcakes ! Le cri perçant brisa ce moment embarrassant, Dieu merci. Tout comme la centaine d'enfants du camp d'été qui déferlèrent en masse sur son stand.

— Je veux les Eagles !

— Les Lakers !

— Non, donnez-moi les Cowboys !

Lara ne dirait pas non à un certain cowboy...

Elle détourna ses pensées de Gage pour se concentrer sur les préadolescents affamés qui réclamaient toutes les équipes qu'elle avait faites, ce qui n'aurait pas été un problème si elle avait pu se rappeler quel logo correspondait à quelle équipe. Bien qu'elle apprécie le sport, cela mettait ses connaissances à rude épreuve.

Heureusement, Gage vint à la rescousse, attrapant des cupcakes à droite et à gauche pour répondre à la demande. — Qui veut les Marlins ? Il brandissait le cupcake comme un commissaire-priseur.

Six enfants levèrent la main.

— Je veux les Dolphins ! cria un autre.

— C'est quoi un marlin ? demanda un autre.

— C'est une équipe de baseball, idiot. Et les Dolphins jouent au football américain.

Une fille secoua la tête. — Non, un marlin c'est un gros poisson. Mon père en a pêché un une fois.

— Et les dauphins sont des mammifères, dit une autre fille, celle-ci toute vêtue de rose et de strass. Ils sont plus intelligents que la plupart des gens.

Lara avait le cupcake parfait pour *elle*. Elle lui tendit le jumeau de celui qu'elle avait donné à Gage.

Il leva les sourcils vers elle et sourit.

— N'importe quoi est plus intelligent que toi, ricana un des garçons, et ses acolytes rirent avec lui quand le visage de la fille s'assombrit.

Lara était sur le point de dire quelque chose quand un garçon dégingandé se fraya un chemin à travers la foule et confronta le tyran. — Hé, Miller, fais gaffe.

— Qu'est-ce que tu vas faire, Greeley ? Miller croisa les bras avec un sourire qui donna la chair de poule à Lara.

— Ça.

Elle n'aurait pas cru que Greeley en était capable, mais il frappa Miller au bras.

C'était une très mauvaise décision. Miller et ses sbires se gonflèrent d'une colère pré-pubère qui manquait peut-être de testostérone, mais pas de beaucoup.

La situation était sur le point de dégénérer quand Gage aboya un — Stop, les gars ! et sortit du stand pour s'interposer entre les deux enfants. — Hé, du calme. C'est censé être une journée agréable et détendue. Pas de bagarre autorisée.

— C'est lui qui a commencé, dit Miller d'un ton boudeur.

Gage le toisa du regard. — N'allons pas par là. Tu étais tout aussi coupable. Parlons plutôt de ce dont il s'agit aujourd'hui.

— Un gamin s'est fait renverser par une voiture. Miller balaya ça du revers de la main comme si ce n'était pas grand-chose.

Lara vit la douleur envahir les yeux de Gage, mais il la réprima.

Son cœur se serra pour lui. Cette journée avait une signification très personnelle pour lui.

— Ce gamin est un petit garçon de six ans nommé Connor. Vous vous souvenez de ce que c'était d'avoir six ans ?

Les enfants de dix ans, si sages, hochèrent solennellement la tête. Lara dut cacher son sourire. Gage était vraiment doué avec eux.

— Oh, c'est juste un bébé, dit la fille en rose et strass, regardant maintenant avec adoration son chevalier aux protège-tibias étincelants.

N'était-ce pas terrible que Lara soit jalouse d'une fillette de dix ans avec son premier béguin ?

— C'est vrai, Connor *est* le bébé de quelqu'un, dit l'objet de *son* béguin, s'accroupissant pour être à leur niveau. Sa mère l'aime beaucoup. Tout comme vos parents vous aiment. Et elle est très triste qu'il ait été blessé quand quelqu'un l'a heurté avec sa voiture. Il ne peut pas marcher et ne peut utiliser qu'un seul de ses bras à cause de ses blessures. Alors nous avons organisé cette journée familiale avec l'aide de toutes ces personnes bienveillantes dans les stands pour récolter de l'argent pour les frais médicaux de Connor afin qu'il puisse se concentrer sur sa guérison au lieu de s'inquiéter de ne pas recevoir les soins appropriés. Comment aimeriez-vous être coincés dans un fauteuil roulant tout le temps et ne pas pouvoir bouger à moins que quelqu'un ne vous aide ?

Miller et ses sycophantes hochèrent la tête d'un air sage. — Ça craindrait.

En un mot, oui, ça craindrait. Lara dut retenir ses larmes en écoutant Gage. Il leur parlait à leur niveau sans laisser l'émotion qu'elle savait qu'il ressentait transparaître dans sa voix.

— Ça craint, euh, c'est nul pour Connor. Il ne peut rien faire tout seul, et il ne peut pas sortir jouer avec ses amis. Même manger un de ces cupcakes serait difficile pour lui parce qu'il ne peut pas le sortir de son emballage tout seul. Alors, que diriez-vous de vous traiter gentiment les uns les autres et tout le monde aura un cupcake sans effusion de sang, d'accord ?

Les bagarreurs traînèrent des pieds. — Ouais, je suppose, marmonna Miller.

— D'accord, dit Greeley, dont la main avait mystérieusement migré dans celle de la fille aux strass.

Les lèvres de Lara tressaillirent. Ah, le jeune amour.

Gage se leva et jeta un coup d'œil vers elle.

Non. Elle n'irait pas par là.

— Bien. C'est réglé. Gage posa ses mains sur les épaules des garçons. — Maintenant, donnons un cupcake à tout le monde.

Après cela, les enfants se comportèrent bien, se mettant en file ordonnée et attendant chacun leur tour. Les animateurs harassés remercièrent Gage en fermant la marche.

— C'était incroyable, dit Lara quand le groupe fut parti.

— Ouais, ils voulaient vraiment des cupcakes. Tu es presque à court.

— Pas ça. Lara attrapa une des boîtes qu'ils avaient vidées et la démonta pour occuper ses mains à autre chose que migrer vers la main de *Gage* comme l'avait fait celle de Greeley. Je voulais dire toi. Comment tu les as gérés. Tu es vraiment doué avec les enfants.

Il haussa les épaules. — Ça vient du fait de gérer des adultes, je suppose. Tu ne croirais pas le nombre de femmes que je dois éloigner des gars. Puis il y a les petits amis ou maris jaloux. Parfois, ça peut devenir houleux. Au moins avec ces enfants, je n'avais pas à m'inquiéter d'en venir aux mains.

— Eh bien, tu as vraiment un don avec les gens. Elle incluse. Elle pouvait sentir sa résolution de rester détachée en ce qui le concernait fondre. Aussi charmant qu'il soit dans son mode cowboy séducteur, il était encore plus dangereux pour son équilibre en ce moment. C'était le vrai Gage et il était un mélange puissant de sexy et de douceur.

— J'ai l'habitude de gérer un enfant de six ans confiné dans un fauteuil roulant et effrayé à l'idée de ne jamais en sortir. Crois-moi, je peux gérer les émotions que ces enfants déversaient beaucoup plus facilement que de gérer celles de Connor.

Et voilà qu'une autre brèche s'ouvrait dans son armure.

Gage s'essuya les mains avec une serviette en papier et marqua deux points de plus. — Je suppose que je devrais y aller. Il y a beaucoup d'autres personnes que je dois remercier.

— Merci à *toi* d'avoir aidé.

Il lui serra le bras. — Tout le plaisir est pour moi.

Pour elle aussi. — Euh, oui, eh bien, merci d'être passé. C'était agréable de te revoir.

Il lui adressa un sourire en coin, adorable avec sa fossette. — Toi aussi, dit-il avant de quitter le stand, emportant avec lui une partie de sa détermination.

Mais en le regardant s'éloigner, elle eut envie de gémir. *Merci d'être passé* ? *C'était agréable de te revoir* ? Sans parler d'aujourd'hui, c'était l'homme avec qui elle avait été au *lit*. Celui qui l'avait déshabillée et lui avait mis son t-shirt. Qui avait été assez galant pour ne pas profiter d'elle (mais qui avait probablement prévu de le faire le lendemain matin), et elle le *remerciait d'être passé* ?

Pas étonnant qu'elle n'ait pas eu plus de deux rendez-vous avec qui que ce soit depuis le divorce si c'était comme ça qu'elle traitait un homme. Elle n'en méritait pas plus.

* * *

Gage dut faire un effort surhumain pour s'éloigner.

Tes cupcakes sont spectaculaires.

Bon sang. Il était complètement à côté de la plaque. Jamais il n'aurait dit quelque chose d'aussi ringard à une femme s'il avait réfléchi clairement, mais visiblement, ce n'était pas le cas. Ses émotions étaient en vrac aujourd'hui, ce qui n'était pas le moment idéal pour être près d'une femme qui avait le même effet sur lui.

Il avait reconnu la réplique de cette sitcom et savait qu'elle l'avait reconnue aussi, et cela avait envoyé son cerveau sur une tangente qu'il n'avait aucune raison d'emprunter alors que son neveu était coincé dans un fauteuil roulant et faisait face à la possibilité de ne plus jamais être comme avant.

Dieu merci, ces enfants étaient arrivés ; il avait eu besoin de cette distraction. Lara était magnifique même avec sa toque de chef, un exploit difficile à réaliser pour quiconque. Mais ses cheveux étaient une cascade de boucles dans lesquelles il avait voulu plonger ses doigts, et les rougeurs sur ses joues dues à la chaleur faisaient briller ses yeux, et le sourire qu'elle lui avait adressé quand elle l'avait vu…

Il aurait aimé penser qu'il y avait plus que juste un « c'était agréable de te revoir ».

Pourtant, il l'avait laissée avec juste ça. Où était passé son charme ? Aurait-il pu être plus maladroit ?

Il n'était jamais maladroit avec les femmes. Mais il commençait à réaliser que Lara n'était pas n'importe quelle femme.

Il passa une main sur sa bouche. Merde. Du glaçage. Il cartonait dans le département impressionner-Lara. Elle s'était évanouie sur lui, n'avait pas pu attendre pour quitter son stand, avait quitté l'expo avant qu'il ne puisse la revoir, et maintenant il se promenait avec du glaçage rose sur le visage en plus du « c'était agréable de te revoir ». Il ferait mieux de couper ses pertes et de passer à autre chose.

Sauf que, grâce à son complexe du chevalier servant, il la reverrait au concert de Gina le week-end prochain.

Son téléphone sonna. — Salut Miss, j'arrive tout de suite. Connor était arrivé. Il était important que tout le monde le voie, mais Missy et lui devaient faire attention à ne pas en faire trop. Aussi agité que le gamin puisse être, quelque chose comme ça épuiserait son énergie.

Bon sang, regardez ce que ça faisait à Gage.

* * *

Lara regarda Gage partir et pour une fois, ses pensées n'étaient pas focalisées sur le splendide postérieur caché par son pantalon.

Enfin, pas beaucoup.

Il souffrait. C'était tellement en contradiction avec le gars qu'elle connaissait. Pas qu'elle le connaisse vraiment. Il était beau, savait danser, possédait une entreprise intéressante et pouvait flirter comme Casanova, mais elle ne le connaissait pas vraiment.

Maintenant si. Ou du moins, elle en savait un peu plus sur lui qu'avant. Et ce qu'elle savait maintenant, elle l'aimait. Beaucoup.

Elle se pencha à nouveau sous le stand, à la fois pour prendre plus de cupcakes pour réapprovisionner la vitrine et pour détourner son regard de lui. Elle ne pouvait pas *vouloir* l'apprécier. Tout ce qui pourrait se passer entre eux ne serait pas pratique. Elle avait trop à faire, trop d'heures à consacrer à Cavallo's Cups & Cakes, pour même envisager d'abandonner sa règle de ne pas avoir de relation. Elle n'était pas comme Cara qui pouvait si facilement avoir des relations sans attaches. C'était l'une des rares différences entre elles, mais Lara ne couchait pas à droite à gauche — la nuit avec Gage mise à part. Et ça avait été une tentative sous l'influence de l'alcool pour se sentir bien dans sa peau. Logiquement, elle savait que Jeff était celui qui avait un problème, mais émotionnellement ? Émotionnellement, elle cherchait désespérément de la validation.

Et apparemment, elle s'était aussi accrochée à Gage, si les flashs de souvenirs qui surgissaient à des moments inopportuns étaient une indication.

— Je n'arrive pas à y croire.

Ce serait l'un de ces moments inopportuns. Jeff.

— Tu as vraiment fait ça. À quoi pensais-tu, Lara ?

Elle se redressa, cette fois sans même essayer de lisser ses boucles. Son ex-mari avait toujours détesté ses cheveux quand ils étaient sauvages et libres.

— Bonjour, Jeff. Il lui fallut toute sa volonté pour rester civile, mais elle ne lui donnerait pas la satisfaction de la voir pleurer et s'effondrer devant lui. Déjà fait, plus jamais. Salaud.

— Je n'arrive pas à croire que tu en sois réduite à ça. Tu n'aurais pas dû aller jusqu'au divorce, Lara.

— Tu m'as trompée. Je n'avais pas le choix.

— On a toujours le choix, Lara.

— Et tu as fait le mauvais quand tu t'es rapproché d'elle.

— Elle ne signifiait rien.

— Ce qui rend le fait que tu aies ruiné notre mariage pour ça encore plus pitoyable.

C'était toujours la même vieille dispute et ça aurait pu être n'importe laquelle d'une douzaine de femmes ou plus. Elles avaient vu un bel avocat fortuné et ne s'étaient pas souciées qu'il soit marié.

Jeff non plus.

Mais Lara si. — Tu as besoin de quelque chose ou tu es juste venu pour te moquer de moi ?

Jeff passa sa main sur son abdomen. C'était une de ses manies, essayant de transmettre un charme et une sophistication d'un autre temps, mais elle voyait clair dans son jeu. Jeff était fier de ses abdos.

Ils n'étaient rien comparés à ceux de Gage.

Génial. Ce n'était pas ce à quoi ou à qui elle devait penser en traitant avec son ex-mari.

— En fait, je suis venu pour t'engager.

— Pas question. Cara apparut de nulle part et se colla pratiquement à Lara. — On est réservées ce jour-là.

Jeff haussa un sourcil vers Cara. Elles ne s'étaient jamais bien entendues. — Tu ne sais même pas quel jour c'est.

— Peu importe. Pour toi, on est réservées.

Lara adorait que sa cousine essaie de la protéger, mais la réalité était qu'elles avaient besoin de jobs, et prendre l'argent de Jeff pour faire ce qu'elle avait toujours voulu faire la faisait en fait sourire. — C'est quand, Jeff, et qu'avais-tu en tête ?

— Lara...

Elle serra la main de Cara. — Écoutons ce qu'il a à dire.

L'événement était exactement ce à quoi elle s'attendait de la part de Jeff. Tous ses types d'avocats réunis pour un buffet chic sur la terrasse arrière. Il appelait vraiment son patio une terrasse. Ce n'était pas la maison dans laquelle elle avait vécu avec lui — avec son partenariat était venue une nouvelle adresse. Mais elle l'avait googlelée. Elle avait vu la *terrasse* aménagée et la piscine. Un grand mausolée pour un seul homme — parce que, bien sûr, la saveur du mois n'avait jamais emménagé. Lara avait entendu de la part de quelques connaissances communes qu'il était passé à autre chose. Plusieurs fois. S'il y avait une consolation dans le fait qu'il l'avait trompée, c'était qu'il ne s'était pas plus soucié de cette femme qu'il ne s'était soucié d'elle.

— Nous vous préparerons un devis et vous l'enverrons cette semaine, Jeff. Merci pour votre confiance.

— Assurez-vous juste que ce soit spécial, Lara. Comme cette fête que nous avions fait traiteur pour le mariage des Garrett. Je ne peux pas laisser ma propre fête de fiançailles être éclipsée par une précédente.

— Fiançailles ? Merde. Il avait fait ça exprès, essayant de la prendre au dépourvu.

Ça avait marché, bon sang, mais elle n'allait pas lui donner cette satisfaction. Elle n'allait *pas* pleurer. Ça n'allait *pas* la déranger.

Et pourquoi le devrait-elle ? La pauvre femme qu'il allait épouser était celle qui devrait être plainte. Et avertie. Dans cet ordre.

— Oui. Je me remarie. Tu ne pensais pas que j'allais rester assis à attendre que tu retrouves tes esprits, si ?

Cara grogna. Réellement *grogna*. — Écoute, espèce de crétin prétentieux—

Lara saisit le bras de sa cousine. — Car, ça va. Elle regarda Jeff. — Je suppose que des félicitations s'imposent. Est-ce que je la connais ?

— À peine. Tu ne fréquentes plus les mêmes cercles maintenant.

Elle enregistra la pique. Jeff était un maître des piques. — Eh bien, félicitations quand même. Voudrais-tu que je lui parle de ce qu'elle veut avant de te donner le devis ?

— Bien sûr. Comme si j'allais te donner l'occasion de la monter contre moi.

— On devrait *t'*empoisonner, marmonna Cara.

Jeff la fusilla du regard.

Lara secoua la tête. — Arrêtez tous les deux. Jeff, es-tu certain de ne pas vouloir que je lui parle pour avoir son avis ? C'est aussi sa fête de fiançailles.

— Elle sera satisfaite de ce que je choisirai.

Bien sûr qu'il penserait ça. Parce que Lara l'avait été. Rien n'avait changé pour Jeff à part le nom.

— Très bien. Comme je l'ai dit, je t'enverrai un devis d'ici le milieu de la semaine.

— Bien. Et je m'attends à ce que ce soit *toi* qui sois sur place. Pas ta cousine. Il cracha ce dernier mot avant de partir, sans même regarder Cara. Dieu merci, parce qu'*elle* semblait prête à lui sauter à la gorge.

— *C'était* quoi ça ? Cara se retourna vers elle dès que Jeff fut hors de portée de voix. — Tu as perdu la tête ? Qu'est-ce que tu crois faire en travaillant pour lui ? Ce type est une ordure. N'as-tu pas vécu un enfer en l'apprenant ?

— Bien sûr que si, Cara. Mais c'est une excellente opportunité.

— De te faire blesser à nouveau.

— Pas ça. Réfléchis-y. Nous avons besoin de travail ; Jeff en a un. Et il veut que ce soit *moi* qui le fasse. Il pense m'insulter en me faisant travailler, mais il ne comprend pas. On peut lui facturer le double et il paiera volontiers. Alors qui est celui qui se fait utiliser maintenant ?

Il fallut quelques secondes, mais la lumière se fit dans les yeux de Cara. — Eh bien, petite cachottière. Je ne savais pas que tu avais ça en toi.

— Jeff non plus. C'est ce qui rend ça si génial. Et ce serait encore mieux si on obtenait plus de contrats de ses soi-disant amis. Ça va l'horrifier. Il n'a pas vraiment réfléchi à tout ça. Il pense me rabaisser en me faisant travailler pour lui, mais il n'aimera pas que d'autres personnes me voient là-bas, pas quand j'avais autrefois son nom. Il ne supportera pas la honte.

— Et toi, tu le peux ?

— Le truc, c'est que j'étais en bons termes avec beaucoup de ses collègues, et il n'y a rien de honteux à travailler pour sa fête. Je m'en sortirai. Je m'en sortirai plus que bien, en fait. Je rirai tout le chemin jusqu'à la banque.

Onze

— Je prendrai le faux-filet, une pomme de terre au four avec tous les accompagnements, une portion de rondelles d'oignon et une de salade de chou.

Lara ferma le menu et le tendit à la serveuse.

La bouche de Cara s'ouvrit grand. — Tu ne vas quand même pas manger tout ça.

— Si, je vais le faire. Je meurs de faim.

Elle avait travaillé tout le week-end après la soirée de bienfaisance pour se préparer aux livraisons de la semaine et avait sauté le déjeuner pour mettre la touche finale au gâteau d'anniversaire des McBride qu'elles avaient livré avant de s'offrir le plat du jour chez Donegan.

— Je prendrai une salade maison.

— Allez, Cara. N'est-ce pas toi qui me disais de profiter un peu de la vie ? D'être aventureuse ?

Cara lui donna une tape avec le menu avant de le remettre à la serveuse. — Je doute que quoi que ce soit sur le menu de Donegan puisse être considéré comme aventureux.

— Oh, je ne sais pas, ces "Rocky Mountain oysters" ne sont pas pour les âmes sensibles.

— Et ils ne sont pas pour moi non plus, alors n'y pense même pas. Mais peut-être qu'on devrait prendre du vin ou quelque chose. Cara joua avec la paille dans son soda. — Aujourd'hui était une bonne journée, Lara. On a eu deux commandes de plus et un engagement du centre des seniors pour leur journée portes ouvertes. Ça se concrétise. Notre nom commence à circuler.

Lara prit une profonde inspiration et s'adossa dans la banquette. C'était exactement les nouvelles dont elle avait besoin. Voir Jeff pendant le week-end avait ravivé toutes les difficultés qu'elle avait traversées. Elle avait essayé de ne pas le faire, mais avait fini par regarder un film à l'eau de rose samedi soir, tentant de comprendre comment elle A) n'avait pas réussi à faire fonctionner son mariage, B) avait été assez stupide pour l'épouser en premier lieu, C) avait renoncé à ce à quoi elle avait renoncé pour quelqu'un qui ne l'avait pas appréciée, et D) devait encore encaisser ses chèques de pension alimentaire.

Elle avait repensé à son offre d'emploi. Beaucoup. Ça lui avait trotté dans la tête tout le week-end. Mais elle n'allait pas se couper le nez pour se venger. La fête de fiançailles était un travail rémunéré et la boulangerie était trop récente pour être sélective avec les clients, mais un jour, elle aimerait avoir l'opportunité de le refuser. Qui sait ? Peut-être qu'elle obtiendrait suffisamment de commandes de ses invités pour pouvoir le faire.

Ah, eh bien, on pouvait toujours rêver.

— Hé, Joe, comment ça va ?

Et voilà le gars dont elle rêvait. Gage venait d'entrer.

Elle l'avait su avant même qu'il ne parle. C'était comme si l'air changeait. Se déplaçait. Ses sens devenaient plus aiguisés.

Elle étouffa un rire. Ouais, et de petites fées voltigeaient autour de sa tête en répandant de la poussière magique et du philtre d'amour numéro 9 partout. Mon Dieu, elle était vraiment atteinte.

— Eh bien, bonjour. Cara, bien sûr, allait le repérer. — Tu vois *ça*, Lara ?

Cara serait surprise de savoir exactement combien de *ça* elle avait vu. — Euh, ouais. Pas mal.

— Ma chérie, c'est plus que pas mal. C'est un sacré beau morceau.

Non, il était un sacré beau *gâteau*, mais Lara n'allait pas partager.

Lara passa son poignet contre son verre de soda frais. — Alors, qu'est-ce qu'on fait pour le centre des seniors ? Gâteau ou cupcakes ? Un thème ?

— Sérieusement ? Tu veux parler boulot alors qu'il y a un magnifique mec assis tout seul là-bas ?

Lara prit son soda. — Depuis quand es-tu à la chasse à l'homme ? Nick est au courant ? Et puis, ce n'est pas un endroit pour draguer ; c'est un restaurant. Qui dit qu'il ne rencontre pas quelqu'un ?

Oh, mon Dieu, cette idée ne lui était même pas venue à l'esprit jusqu'à maintenant. Elle aurait dû. Gage était, comme Cara l'avait si crûment dit, un sacré beau morceau. Pas moyen qu'il reste célibataire longtemps. Il avait probablement une douzaine de femmes en attente, une pour chaque soir de la semaine et deux pour les week-ends.

Dont elle avait fait partie.

Elle prit une grande gorgée de soda. Et s'étouffa avec un glaçon.

Cara sauta de son siège pour lui taper dans le dos. — Ça va ?

Le fichu glaçon était coincé. Et ça n'aidait pas que la moitié du restaurant la regarde.

Et, bien sûr, *il* faisait partie de cette moitié.

Gage était sorti de son siège et avait tiré Lara hors du sien plus vite qu'elle n'avait réalisé qu'elle était en difficulté.

Il l'entoura de ses bras, enfonça son poing dans son diaphragme et tira vers le haut d'un coup sec.

Le glaçon jaillit de sa bouche.

Il la fit pivoter dans ses bras et elle eut une vue rapprochée de la paire d'yeux la plus sexy qu'elle ait vue depuis très, très longtemps.

— Ça va, Lara ?

— Maintenant, oui. Mon Dieu, qu'il était beau. Un soupçon de barbe de cinq heures, ses cheveux en désordre, et ces lèvres à portée de baiser. Il portait un polo et un pantalon kaki, et d'une manière ou d'une autre, ce look était tout aussi sexy sur lui que la tenue de cow-boy et ce qu'il avait porté à la soirée de bienfaisance.

Et la nudité.

Elle n'avait vraiment pas besoin de penser à ça. Pas quand Cara les observait comme un faucon.

En fait, elle n'avait pas besoin d'y penser du tout. Pas à cause de Cara, et pas à cause de Gage. Mais juste parce que.

Cara s'éclaircit la gorge et tendit la main. — Salut, je suis Cara Cavallo. Merci de lui avoir sauvé la vie.

Il fallut trois battements de cœur à Gage pour regarder Cara. Lara les compta.

— Gage Tomlinson. Il fit un signe de tête à Cara, mais il ne lâcha pas Lara.

— Je suis juste content d'avoir été là pour aider.

Lara aussi.

— Tu veux te joindre à nous pour dîner ? demanda Cara.

Lara avait envie de la tuer. Elle n'avait pas été capable de boire un soda quand il était de l'autre côté de la salle au bar ; pas moyen qu'elle puisse manger avec lui à leur table.

— Ce serait sympa. Merci. Gage défit un bras de sa taille, mais garda l'autre fermement attaché. — Ça te va, Lara ?

Elle hocha la tête. Qu'allait-elle faire, dire non ? Cara ne lui pardonnerait jamais.

Bien que d'après les regards que Cara lui lançait, elle allait vouloir une explication sur comment Gage connaissait son nom.

Ce qui mènerait à comment Gage la connaissait.

Ce qui, elle l'espérait, ne mènerait pas à *à quel point* Gage la connaissait. Dans le sens biblique du terme.

Bon, techniquement, elle ne le connaissait pas dans le sens biblique. Elle avait vu la gloire qu'était Gage, mais seulement de loin. D'une courte distance, c'est vrai, mais suffisante pour empêcher une connaissance biblique.

Génial, elle divaguait dans ses pensées. Encore.

Elle se glissa dans le box, puis se décala encore un peu quand Gage s'assit à côté d'elle.

Cara se glissa de son côté avec son regard écarquillé qui disait « tu *vas* tout me raconter ».

Lara sourit. Plus ou moins.

— Alors, Gage, fit Cara en faisant tout un cinéma pour déplier sa serviette et la poser sur ses genoux. Comment connais-tu Lara ?

Gage ne la quittait pas des yeux. — On s'est rencontrés au salon du mariage.

Lara avait envie de l'embrasser. C'était vraiment un gentleman.

Bon, elle avait envie de l'embrasser pour bien d'autres raisons, mais c'était un début.

— Au salon ? Cara tapota la table avec les dents de sa fourchette. Tu vas te marier ?

Un coin de la bouche de Gage s'étira en un sourire. — Pas encore, non. J'étais l'un des exposants.

— Ah bon. Que vendais-tu ?

Lara leva les yeux au ciel. *Ça y est, c'est parti...*

Le sourire de Gage s'élargit. — Des services pour enterrements de vie de jeune fille.

C'était une façon de le dire.

Cara comprit immédiatement. — Tu es l'un des strip-teaseurs ?

Cela attira enfin l'attention de Gage sur Cara. — Le terme officiel est danseur exotique. Ce que les gars enlèvent ou non dépend entièrement d'eux. Et non, je ne danse pas.

Oh que si, il dansait. Il lui avait même proposé un spectacle privé.

Lara sentait la chaleur envahir ses os — bien que le fait d'avoir Gage collé contre elle y soit aussi pour quelque chose.

Elle réprima ses hormones euphoriques avant que Cara ne s'intéresse encore plus qu'elle ne l'était déjà.

— Je parie que cet endroit était une mine d'or pour toi si tu t'en es aussi bien sorti que nous avec les recommandations. Lara m'a dit que c'était envahi de femmes, dit Cara, heureusement revenue en mode professionnel. Cara était passionnée dans tout ce qu'elle faisait, que ce soit diriger l'entreprise, être sérieuse avec un homme — ou l'insulter copieusement. Si elle se concentrait sur l'aspect commercial de l'événement, elle pourrait oublier d'interroger Lara plus tard. Malheureusement, après l'avoir entendue verbalement réduire Jeff en miettes tout le week-end, Lara n'y comptait pas trop.

— Ça s'est bien passé, dit Gage en croisant ses doigts sur la table.

Des mains fortes. Capables. Qui auraient pu être partout sur elle si elle n'avait pas bu ce dernier verre de Sambuca.

— Je suis content qu'on y ait participé. Les organisateurs nous ont d'abord donné du fil à retordre, mais au final, ça valait le coup de sauter tous ces obstacles.

— Du fil à retordre ?

— Oui. Les gens entendent ce qu'on fait et pensent tout de suite au pire. J'ai même dû signer une clause qui disait essentiellement qu'on ne facturerait aucun service privé sur place.

Cara posa sa fourchette. — Tu plaisantes.

— C'est exactement ce que je me suis dit. Parlons d'objectification. Mais je comprends. Ça arrive souvent. Les gens entendent ce que font nos gars et pensent tout de suite à un service d'escorte et tout ce qui va avec. La plupart ne réalisent pas que c'est un travail comme être serveur ou caissier. La plupart de mes gars sont des étudiants qui voient la danse comme un moyen de payer leurs études. C'est ce que j'ai fait et je suis sorti avec très peu de dettes, j'ai gardé mon intégrité et j'ai gagné de l'argent en faisant quelque chose d'amusant. Personne ne devrait y voir un problème.

Cara leva les mains. — Hé, ne tire pas sur le messager. Je suis totalement pour la libre entreprise.

Et pour les danseurs nus. Cara était définitivement pour eux.

La serveuse revint à leur table avec un menu. — Je peux vous apporter quelque chose à manger, Gage ? Leurs repas sont presque prêts.

— J'ai commandé au bar, mais si ça ne dérange pas ces dames, vous pouvez l'apporter ici.

— Ça me va, dit Cara.

Lara se contenta de hocher la tête. Elle ne se faisait toujours pas confiance pour parler. Comment était-elle censée manger avec lui collé contre elle ? Ses hormones chantaient et elle doutait de pouvoir tenir un couvert avec un minimum de stabilité.

— Hé, Gage ! cria Joe, le barman, à travers la salle. Appel téléphonique.

Gage sortit son portable de sa poche. — Merde. La batterie est morte. Vous m'excusez une seconde, mesdames ?

— Bien sûr, dit Cara-la-bavarde.

Lara-la-muette se contenta de hocher la tête. Encore.

Puis elle prit une profonde inspiration tremblante quand il glissa hors du box.

Cara joua avec sa fourchette. — Tu sais, je n'aurais jamais pensé à s'étouffer comme moyen d'attraper un beau mec, mais je dois dire que l'idée me plaît de plus en plus.

Lara leva les yeux au ciel. — Ouais, c'est ça. J'ai risqué ma vie sur le coup de chance qu'il connaisse le bouche-à-bouche. Sois réaliste, Cara.

— Ma chérie, on ne fait pas plus réel que Gage. Tu as vu ses muscles ?

Oui. Elle les avait vus. Surtout ses fesses.

— Alors pourquoi n'as-tu pas jugé bon de me dire que tu avais rencontré le propriétaire de l'usine à beaux mecs quand je t'ai interrogée à leur sujet ?

— Je rencontre beaucoup de gens à ces salons. Est-ce que je te parle de chacun d'entre eux ?

— Est-ce que l'un d'eux lui ressemble ?

— Eh bien, non, mais...

— J'ai terminé ma plaidoirie. Alors pourquoi ne l'as-tu pas fait ?

Lara glissa ses mains sous ses cuisses. — Ce n'est pas grand-chose, Cara. On s'est rencontrés, on a discuté, on a échangé nos cartes de visite. C'est professionnel.

— Je n'ai pas vu sa carte de visite dans la pile que tu m'as donnée.

— Ce n'est pas un client potentiel.

— Lara, tout le monde est un client potentiel. Et certains sont juste des potentiels.

— Voilà pourquoi. C'est exactement pour ça que je ne t'ai rien dit. Je savais que tu réagirais comme ça.

— Tu peux me le reprocher ? Je veux dire, il est magnifique !

— Jeff aussi l'était.

— Pas dans la même catégorie, Lar. Pas du tout la même catégorie.

Et tellement hors de sa portée que cette discussion était ridicule.

Heureusement, Gage revint à la table à ce moment-là.

— Tout va bien ? demanda Cara.

Il hocha la tête. — Oui, mini-crise familiale évitée. Rien de grave.

— Tu as une famille ? Cara se pencha en avant.

— Tout le monde n'en a pas une ?

Ce serait le moment idéal pour informer Cara au sujet du neveu de Gage, mais Cara, toujours prête à saisir une opportunité, affichait un décolleté plongeant en guise de représailles pour lui avoir caché son existence. Et comme Gage était assez grand pour avoir une vue plongeante parfaite sur le décolleté de Cara, ça aurait marché, sauf qu'il la regardait *elle*, alors excusez-la si elle n'avait pas envie de partager quoi que ce soit avec Cara en ce moment. Surtout pas Gage.

— Ça va, Lara ? On dirait que tu as bu quelques shots de Sambuca.

Elle le fusilla du regard. Ce n'était pas juste.

Elle afficha son plus beau sourire et croisa les bras sous sa poitrine.

Ça, ça attira son attention.

— Mais non, Gage, je me sens très bien.

— Tu veux que j'en sois juge ? murmura-t-il.

Euh, oui, elle le voulait.

Cara tapota la table pour attirer à nouveau son attention sur elle, un geste pour lequel Lara lui fut profondément reconnaissante. — Je voulais dire une famille comme une femme et des enfants, tout ça ?

Gage tourna brusquement la tête. — Une femme ? Des enfants ? Non. Pas moi. Pas maintenant.

Réponse intéressante. Donc il n'en avait pas mais pourrait en vouloir plus tard ? Lara garda ça dans un coin de sa tête pour plus tard.

La serveuse, Dieu soit loué, arriva alors avec leurs plats. La petite salade de Cara avait l'air plutôt pathétique à côté des deux steaks, des pommes de terre au four avec les accompagnements à part, et des deux portions de salade de chou.

— Hé, tu as pris mon plat préféré, dit Gage en lui volant un de ses beignets d'oignon.

Elle lui en reprit un. — Non, tu as commandé *mon* plat préféré.

— Eh bien, vous me donnez tous les deux un peu la nausée avec toute cette nourriture. Je devrais peut-être prendre ma propre table.

Cara, heureusement, savait quand elle avait perdu. Les nénés disparurent de la vue et ses yeux à rayon tracteur commencèrent à parcourir la salle au lieu de la chemise de Gage, et elle se leva pour « aller se chercher un verre au bar », phrase codée pour dire-vois-si-tu-peux-faire-en-sorte-que-ça-marche-cousine.

Lara n'aurait pas dû en être démesurément ravie, mais elle l'était.

— Alors tout va bien avec ta famille ? demanda-t-elle après le départ de Cara.

— Oui. Connor avait besoin que je dise à sa mère qu'il n'avait pas besoin de son aide pour, euh, certains besoins personnels.

— Il peut le faire tout seul ?

Gage haussa les épaules. — Ce n'est pas à moi d'en juger. Il est assez âgé pour vouloir son intimité et, oui, je comprends. Ma sœur a tendance à le couver.

— Tu peux lui en vouloir ?

— Putain, non. Je le couve aussi. Ça a été... difficile.

Il l'avait déjà dit et Lara avait le sentiment qu'il y avait beaucoup plus qu'il ne disait pas.

Gage s'éclaircit la gorge et tambourina des doigts sur la table. — Il a encore besoin de deux opérations et de beaucoup de rééducation, mais on espère un rétablissement complet.

— J'espère que la collecte de fonds a rapporté beaucoup d'argent pour lui.

Le sourire que Gage afficha n'était pas exactement rempli de bonheur et de lumière, et le cœur de Lara se serra pour lui. Elle posa sa main sur son bras.

Il ne la retira pas. — Le décompte final n'est pas encore fait, mais plus que l'argent, c'était l'élan de soutien de tout le monde. Quand quelque chose comme ça arrive, on a tendance à vouloir se replier sur soi-même et tout bloquer. Mais on ne peut pas. On a besoin d'aide, même si ce n'est que pour des repas ou quelques heures pour que quelqu'un reste avec lui pour nous donner un répit. C'était la partie surprenante de samedi. Je ne m'y attendais pas, mais ma sœur a maintenant une liste de personnes qu'elle peut appeler quand elle a besoin d'une pause et que je ne peux pas être là. C'est dur avec deux boulots.

— Deux ?

Il couvrit sa main avec la sienne. — BeefCake, c'est juste pour après les heures de travail, mais ça prend autant, sinon plus de temps que mon travail de jour. Mais ma sœur a besoin de plus d'argent que nous n'en avons pour les soins de Connor.

Et là, Lara tomba un peu amoureuse de lui. Et elle n'allait même pas s'en vouloir pour ça parce que si quelqu'un ne tombait *pas* amoureux d'un gars aussi désintéressé, il devait y avoir quelque chose qui clochait chez eux. Et peu importe ce que Jeff voulait lui faire croire, il n'y avait définitivement rien qui clochait chez elle.

Mais tomber ne serait-ce qu'un peu amoureuse de lui était un énorme problème.

— Alors tu vas vraiment manger tout ça ? Gage agita sa fourchette au-dessus de son assiette.

— Je ne l'aurais pas commandé si je n'allais pas le manger.

— Ça semble beaucoup pour une petite chose comme toi.

Il *fallait* qu'il continue à lui donner des raisons de tomber amoureuse de lui, n'est-ce pas ?

— Fais-moi confiance, je peux tout avaler.

— Tu veux parier là-dessus ?

— Sérieusement ? Tu veux parier que je ne peux pas tout manger ?

— Ouaip.

— Pari tenu. Elle attaqua la pomme de terre, prête à commencer. — On parie quoi ?

— Une lap dance.

Elle recracha la bouchée de pomme de terre. — Une quoi ?

Il essuya le morceau. — Tu m'as bien entendu. Le premier qui finit gagne une lap dance de l'autre.

— Je sens un thème chez toi.

— On ne peut rien te cacher, hein ?

Non, mais il pouvait lui en mettre plein la vue.

— Alors, tu marches ou tu te dégonfles ? Il glissa un morceau de steak dans sa bouche, et oui, elle vit bien le mouvement de langue qui s'ensuivit, et oui, ça la fit fondre.

Que ferait une lap dance si le simple fait de le regarder manger transformait ses nerfs en gelée ?

Sois aventureuse. Les mots de Cara la narguaient.

Un peu comme Cara le faisait depuis le bar. Les sourcils de la femme s'agitaient à un million à l'heure. Dieu seul savait ce qu'ils feraient si Cara pouvait réellement entendre cette conversation.

Très bien. Il voulait jouer au sexy avec ce défi de lap dance ? Ils pouvaient être deux à jouer à ce jeu.

Elle prit un beignet d'oignon et le cassa en deux. Puis elle glissa un bout entre ses dents. — Je marche. Et elle fit entrer ce beignet d'oignon dans sa bouche avec ses lèvres, centimètre par délicieux centimètre.

Gage déglutit.

Deux fois.

Elle baissa les yeux vers sa pomme de terre et, l'air de rien, y mélangea un peu de fromage à la crème, puis en lécha une fourchette pleine, une petite léchouille à la fois.

Gage se tortilla sur son siège.

— Tu n'as pas faim ? lui demanda-t-elle, en se léchant rapidement les lèvres.

— Euh, si. J'ai faim.

C'était définitivement de la faim qui flamboyait dans ses yeux, et elle aurait parié une lap dance que ce n'était pas pour de la nourriture.

Bon Dieu, qu'est-ce qui lui prenait ? Lara faillit s'étouffer avec sa prochaine bouchée de pomme de terre. Qui était cette femme qui avait envahi son corps et fait passer sa libido en vitesse supérieure ?

Ce n'était pas elle. Pas du tout. Inviter des pensées charnelles au milieu du Donegan's grâce à une pomme de terre au four ? C'était aussi peu elle que d'accepter un défi pour une lap dance.

Pourtant, elle l'avait fait.

Elle avala la pomme de terre. Elle l'avait prise parce qu'elle ne voulait pas regretter dans quelques années d'avoir refusé l'invitation d'un mec super sexy. Ça ne signifiait rien, ça n'aboutirait à rien, mais pour l'instant, c'était amusant.

Ouais, et c'était probablement sa dernière pensée cohérente à l'enterrement de vie de jeune fille de Jenny aussi, et regarde comment ça s'était terminé.

— Tu ralentis déjà ? Il lui donna un coup de coude.

— Pas du tout. Elle enfourna une autre bouchée de pomme de terre.

— Avec tous les accompagnements aussi.

— Bien sûr. Il n'y a pas d'autre façon de manger une pomme de terre au four. Elle trempa les dents de sa fourchette dans le beurre puis les lécha. Une par une.

Gage saisit sa bière et en but une gorgée ou deux.

Lara coupa un morceau de steak et l'enveloppa amoureusement de ses lèvres. Oh, et oups, elle dut juste rattraper cette toute petite goutte de jus qui coulait au coin de sa bouche avec sa langue.

Gage tendit à nouveau la main vers sa bière.

Elle hocha la tête vers le verre. — Je pense que tu devrais manger quelque chose.

Sa bière se figea à mi-chemin de sa bouche. Sa fourchette aussi. Elle n'avait pas voulu... Elle ne voulait pas qu'il pense...

Elle enfourna une grosse bouchée de pomme de terre. Puis une autre. Et, bon sang, pourquoi pas une troisième ?

Elle but la moitié de son soda par-dessus.

Sérieusement, quand est-ce que le sol allait s'ouvrir et l'engloutir ?

* * *

Gage jura que son cœur s'était arrêté.

Lara *flirtait* avec lui. Bon sang, elle faisait bien plus que flirter — *manger quelque chose ?*

Non. Bon sang, non. Elle ne voulait pas dire ce qu'il voulait qu'elle veuille dire. Elle ne pouvait pas. Cette femme ne pouvait pas s'empêcher de rougir quand il la *regardait* simplement. Faire *ça...*

Il but une autre gorgée de bière, prit son temps pour l'avaler, puis posa son verre. Ensuite, il prit soigneusement son couteau et sa fourchette, coupa un autre morceau de steak et le mit dans sa bouche, se concentrant sur son bon goût.

Elle aurait tellement meilleur goût.

Il enfourna un onion ring.

— Alors, euh, combien de temps ça t'a pris pour faire tous ces cupcakes ? Il s'en fichait vraiment, mais il avait besoin de quelque chose pour se changer les idées et ne plus penser à l'image d'elle dans sa chemise et ce petit string rose qu'elle portait dans son lit la première nuit où ils s'étaient rencontrés.

Cette image avait été gravée dans son cerveau au fer rouge.

— Les faire ne prend pas si longtemps. Nous avons deux fours professionnels. C'est la décoration qui prend du temps. J'ai travaillé sur ceux des équipes sportives pendant trois jours d'affilée.

— Ils ont eu un grand succès.

— Celui de Greeley aussi.

Ils rirent, se souvenant des garçons.

— Alors, c'est quoi ton autre boulot ?

Gage coupa un autre morceau de steak. — Je suis entrepreneur général de métier. Rénovation, menuiserie, ce genre de choses. Les temps sont un peu durs dans ce domaine en ce moment, alors BeefCake, eh bien, chaque petit peu aide.

— Ça ne doit pas aider que tu aies pris en charge les frais médicaux de ton neveu.

— Connor n'est pas un fardeau. Jamais.

— Je ne voulais pas dire...

Il souffla. — Désolé. Je suis sur les nerfs quand il s'agit de lui. Ma sœur est mère célibataire — son père est un crétin — et je suis tout ce qu'elle a.

— Il n'y a que vous deux ?

— Non, nous avons une autre sœur. Elle est en première année d'université, heureusement avec une bourse. Elle se destinait à l'enseignement, mais cette histoire avec Connor... Elle change sa spécialité pour la médecine. Il était si fier de Jayna. Quand leurs parents avaient été tués dans l'accident trois ans auparavant, elle avait canalisé son chagrin en devenant la meilleure élève possible et avait postulé à toutes les universités et bourses qu'elle pouvait trouver. Après avoir vu ce que Missy n'avait pas fait de sa vie, elle avait décidé qu'elle ne suivrait pas les traces de sa grande sœur.

— Et toi alors ? Juste toi et Cara ? Et c'est quoi cette histoire de noms qui riment ? Vous êtes jumelles ? Elles pourraient l'être ; elles se ressemblaient assez et avaient à peu près le même âge. Mais là où la petitesse pulpeuse de Lara le rendait fou, la sexualité flagrante de Cara ne lui faisait rien.

— Non, nous sommes cousines. Nées à trois semaines d'intervalle. Nos mères ont pensé que ce serait amusant de faire ça avec nos noms. Elles étaient meilleures amies en grandissant et ont épousé des frères. Une grande famille heureuse qui aime passer l'hiver en Floride sur le terrain de golf. Ils vont migrer vers le nord dans les prochaines semaines.

— Pas de frères et sœurs ?

Elle secoua la tête et glissa un peu de salade de chou entre ses lèvres. — C'est pourquoi nous sommes si proches. Non seulement nous avons été élevées comme des sœurs, mais nous sommes chacune la seule que l'autre aura jamais.

Un petit morceau de carotte s'attarda sur sa lèvre.

Gage voulait le sucer.

— Tu ralentis ? Il se fichait de qui gagnerait le pari ; c'était gagnant-gagnant de toute façon. Et en fait, il aurait pu le gagner maintenant ; cette quantité de nourriture n'était rien pour lui. Mais il appréciait la conversation et sa détermination à gagner, et hey, perdre ne lui coûterait rien... du tout.

— Ralentir ? Moi ? Elle enfourna plus de pomme de terre — bon sang, le beurre luisait sur sa lèvre inférieure. — Pas question. Je vais gagner.

Bien. Il adorerait ressusciter ses vieux mouvements juste pour elle.

— Que se passe-t-il si on fait match nul ? Elle termina le reste de sa salade de chou.

— On se fait un lap dance mutuellement.

Elle laissa tomber sa fourchette. — Qu'est-ce que tu as avec les lap dances ?

— Tu n'aimes pas ça ?

— Je ne sais pas, je n'en ai jamais eu.

C'était à son tour de lâcher sa fourchette. — Tu plaisantes.

— Non. Ce n'est pas exactement quelque chose que j'ai mis sur ma liste de choses à faire avant de mourir.

— Aucun ex ne t'a jamais fait ça ?

Voilà encore ce rougissement sexy comme l'enfer. — Pas du tout. Mon ex-mari n'aurait jamais été pris mort à faire ça. Pourtant, il dit que c'est *moi* qui suis vanille.

Ex-*mari* ? Merde. Et *vanille* ? — Ce string rose vif que tu portais à l'enterrement de vie de jeune fille n'était pas vanille.

Elle devint de la même couleur que ce string. Bon sang, elle rendait les choses si faciles.

— Je ne portais pas de strings avec lui. C'était ma déclaration de libération post-divorce. Ça semblait être la chose à porter pour un enterrement de vie de jeune fille.

— Ça fait combien de temps depuis le divorce ?

— Pas assez longtemps.

Merde encore. Il ne voulait pas être le mec de transition. Pas avec elle.

— Deux ans.

— Combien de temps avez-vous été mariés ? Il lui donnait vingt-neuf ans — il donnait vingt-neuf ans à toutes les femmes de la fin de la vingtaine/début de la trentaine. Ça faisait de lui un héros la plupart du temps. Donc ça situait son divorce à vingt-sept ans, un an pour que le mariage se détériore...

— Trois ans. J'étais jeune et stupide. Il était plus âgé et superficiel. Je ne m'en suis rendu compte que lorsqu'il était sur le point de devenir associé dans son cabinet d'avocats et qu'il a décidé qu'un associé devait avoir une maîtresse blonde et élancée pour compléter le stéréotype.

— Je suis désolé. Que son ex-mari soit un connard, pas qu'elle soit divorcée.

— Pas moi. J'ai tourné la page avec Jeff. Je me concentre sur la réussite de ma boulangerie.

Probablement pour le faire enrager, mais Gage comprenait. Il aimerait bien frotter son poing sur le visage de ce type, bien qu'il devrait probablement le remercier d'avoir remis Lara sur le marché pour que Gage puisse la trouver.

Elle finit sa pomme de terre au four avant même qu'il n'ait entamé la sienne. Il enfourna deux petites bouchées de plus dans sa bouche, prenant son temps. Chaque femme avait droit à au moins une bonne danse sur les genoux dans sa vie.

Il en prévoyait au moins deux pour elle.

— Hé, vous deux. Cara revint à la table. Nick est là, et bon, on a des choses à mettre au clair, donc je vais y aller. Il y a une chance que tu puisses ramener Lara chez elle, Gage ? Je ne veux pas avoir à compter sur Nick après notre, euh, discussion.

— Car-

— Absolument. Pas de problème. Il baissa la voix pour que seule elle puisse entendre. C'est le moment parfait pour le paiement du pari.

— Ça te va, Lara ? demanda Cara.

Il devait lui reconnaître le mérite de se soucier de sa cousine, mais il n'était pas question qu'il laisse partir Lara ce soir.

Lara le regarda, enfin avec de la chaleur dans les yeux au lieu de la gêne. — Tu es sûr ?

— Je ne l'aurais pas proposé si je ne l'étais pas.

Elle prit son dernier onion ring. Il pria pour qu'elle ne fasse pas ce truc de le glisser entre ses lèvres à nouveau. Il avait à peine réussi à rester droit quand elle l'avait fait la première fois.

— Oui, c'est bon, Cara.

— Super. Cara fit un signe de la main — avec un sourire narquois. Amusez-vous bien vous deux.

Gage voulait lui renvoyer son sourire narquois. S'amuser était exactement ce qu'il prévoyait de faire.

Douze

— Alors je suppose que je te dois quelque chose.

Gage ouvrit la portière côté passager et tendit la main pour l'aider à monter dans la cabine. Il était content de ne pas avoir fait d'excès en installant des marchepieds. Il était assez grand pour ne pas en avoir besoin, et bien que Lara aurait pu les utiliser, il préférait simplement entourer sa taille de ses mains et la hisser à l'intérieur.

Mais quand elle sauta d'elle-même et que sa poitrine rebondit de façon aussi impressionnante que celle de sa cousine dans le pub, il décida qu'il préférait la regarder monter toute seule.

— Non, vraiment, Gage, tu ne me dois rien. C'était juste amusant de faire ce pari.

Il ne lâcha pas sa main une fois qu'elle fut dans la cabine. — Le payer sera beaucoup plus amusant. Fais-moi confiance.

Ses yeux s'écarquillèrent à nouveau et elle passa sa langue sur sa lèvre inférieure.

Bon sang, il avait envie de faire ça.

Une petite traction sur ses doigts la fit se pencher vers lui, et bordel, Gage ne put s'en empêcher.

Juste un petit coup de dents...

Ses lèvres étaient aussi douces qu'il l'avait imaginé, et elle avait un goût de beurre, de steak et de soda. Même les rondelles d'oignon avaient bon goût dans sa bouche. Et le petit souffle serré qu'elle prit... Son sang bouillonnait dans ses veines.

Puis elle toucha sa langue à la sienne et cela fit exploser son sang-froid.

Gage enroula ses bras autour de sa taille et la traîna à travers le siège alors qu'il se positionnait entre ses cuisses, et le baiser devint charnel. Il plongea sa langue dans sa bouche et plaqua ses seins contre sa poitrine et s'il avait pu entrer en elle là, tout de suite, sans se faire arrêter pour attentat à la pudeur, il l'aurait fait.

La seule chose indécente dans ce baiser était qu'il devait se terminer. S'embrasser sur un parking, c'était tellement il y a quinze ans et Lara méritait mieux. Beaucoup mieux.

Il recula — pas trop loin parce qu'il ne voulait toujours pas la lâcher — et appuya son front contre le sien, leurs souffles haletants se synchronisant.

— Je ne vais pas m'excuser pour ça.

Il ne le pouvait pas parce qu'il n'était pas désolé.

— Tant mieux.

Et elle réussit à le surprendre.

Il recula, cette fois ses yeux s'écarquillèrent. — Vraiment ? Je pensais que tu allais rougir à nouveau et commencer à bégayer.

— Je ne bégaie pas.

— Alors je n'ai pas fait un assez bon travail pour te laisser sans voix.

Elle tira ses cheveux. — Tu as vraiment une haute opinion de toi-même, n'est-ce pas ?

Elle le taquinait, mais quand même... Elle pouvait le ramener sur terre s'il la laissait faire. — Je dirais une *bonne* opinion, pas haute. Je sais que je te fais de l'effet ; ce n'est pas de la vantardise. Je peux le voir à tes pupilles dilatées et à la rougeur de ta peau, et à ta façon de respirer.

Elle suivit son regard alors qu'il regardait sa poitrine. Ses seins étaient sacrément impressionnants. Juste la bonne taille pour ses mains — s'il pouvait un jour les y poser — et ils bougeaient de manière très impressionnante, provoquant une bosse tout aussi impressionnante (du moins il aimait à le penser) dans son pantalon kaki.

Il se pencha vers elle. — Tu me fais le même effet. Que dirais-tu qu'on aille s'occuper de ce pari et qu'on voie ce qui se passe ensuite ?

Elle en avait envie ; il pouvait le voir dans ses yeux. Mais il savait aussi qu'elle ne le ferait pas. *Vanille*, l'avait appelée son ex. Il faudrait beaucoup plus qu'un baiser sur un parking pour effacer ce *vanille* de son psychisme.

Il pouvait la défier ou l'embrasser jusqu'à faire fondre cette saveur particulière hors de son esprit, mais il n'allait pas le faire. Il voulait qu'elle le veuille. Qu'elle le veuille, lui. Et pas parce qu'il dansait ou qu'elle était ivre, mais parce qu'elle voyait ce qui lui plaisait et allait le chercher.

Il attendrait.

— Allez. Laisse-moi te ramener chez toi.

Il sentit son regard écarquillé sur lui pendant tout le trajet autour de l'avant de son camion.

* * *

Lara avait du mal à comprendre ce qui venait de se passer. Un instant, elle était une mer déferlante d'hormones, et l'instant d'après... plus rien. Bon, d'accord, ses hormones faisaient toujours des cabrioles, mais il s'était arrêté.

Arrêté.

Qu'est-ce que c'était que ça ? Ce pantalon kaki n'était pas exactement une cotte de mailles ; il la désirait. Elle avait *senti* à quel point il la désirait. Et maintenant il s'éloignait ? Il la ramenait chez elle ?

Bon sang. Jeff avait-il raison ? Avait-elle vraiment *vanille* écrit partout sur elle ? Une grosse étiquette sur son front ? Gage était probablement tellement à l'opposé de *vanille* qu'elle l'avait effrayé.

Il sortit la clé de sa voiture de la poche de son pantalon. — Alors, où allons-nous ?

Elle prit une profonde inspiration. — Chez toi.

La clé lui tomba des mains. — Quoi ?

— Chez toi. Après tout, tu me dois quelque chose.

Voilà. C'était assez peu *vanille* comme ça ?

— Tu es sûre ?

Elle n'avait pas la moindre chance d'être sûre de ça, mais elle s'était déjà engagée. — Tu me ferais payer si tu avais gagné ?

Le regard brûlant dans ses yeux fut sa réponse.

— Exactement. Paie ou je dirai à tout le monde que tu t'es défilé.

Sérieusement, qui était cette femme qui avait envahi son moi *vanille* habituel et l'avait transformé en piment rouge brûlant ?

Gage enfonça la clé dans le contact, tira le levier de vitesse en marche arrière et sortit en trombe du parking.

Lara se tortilla sur son siège, admettant pleinement sa nervosité. Il la regardait à peine. Ses yeux étaient rivés sur la route alors que dix minutes auparavant, ils étaient rivés sur *elle*.

Et s'il était déçu ? Après tout, elle n'avait pas réussi à garder l'intérêt de son mari. L'homme qui avait soi-disant juré de lui faire l'amour pour le reste de sa vie. Gage avait des femmes qui se jetaient à ses pieds. Elle l'avait vu de ses propres yeux. Pourquoi diable la voudrait-il, elle ?

— Tu réfléchis trop.

Son accent de cowboy ne l'excitait pas autant que sa vraie voix. Parce que c'était la sienne. Vraie. Et parsemée de toutes sortes de tons et d'inflexions qui faisaient frissonner sa peau, et la façon dont ses lèvres formaient les mots...

Il saisit sa main et entremêla leurs doigts.

Oui, il avait raison. Elle réfléchissait trop. Tout ce qu'elle avait à faire était de regarder là où leur peau se touchait et de réaliser que ça ne nécessitait aucune réflexion. Ils se faisaient cet effet l'un à l'autre. Ce que cela signifierait à long terme, elle ne le savait pas. Et pour l'instant, elle s'en fichait. Tout ce qu'elle voulait examiner, c'était ce que cela signifierait pour eux au bout de *cette* route.

Il tourna dans un ancien lotissement. Deux virages à gauche plus tard, il se garait dans l'allée d'une maison à demi-niveaux des années 1970 avec un nouveau bardage, des fenêtres de remplacement, un garage pour deux voitures et une balançoire en plastique dans le jardin arrière.

— C'est ta maison ?

— Celle de mes parents. Nous en avons hérité à leur mort.

Il l'avait amenée à la maison de ses parents.

Certes, *ils* n'y vivaient plus, mais ce n'était pas un simple appartement de célibataire pour des rencontres d'un soir. C'était là où il avait grandi. Où sa famille avait vécu. La réalité.

Zut. Elle était définitivement *sage*. Elle ne pouvait pas insulter cette maison, ces souvenirs de famille, avec une danse sur les genoux. Surtout pas sa première danse sur les genoux.

Il avait ouvert sa portière avant qu'elle n'ait eu le temps de finir cette pensée.

Puis il avait saisi ses bras de ses mains puissantes et la dernière pensée s'était évanouie dans une vague de désir brûlant.

— Je t'ai dit d'arrêter de trop réfléchir.

Le désir s'estompa. — Je ne peux pas m'en empêcher. Ceci... Ta chambre d'enfant est-elle toujours comme quand tu y vivais ? Avec des trophées, des posters et des gants de baseball ?

Il détourna le regard. — Ce n'est pas comme ça. Je veux dire, oui, ma chambre est toujours la même, mais je dors dans la chambre principale maintenant.

La chambre de ses parents. Elle haussa les sourcils.

— Je l'ai rénovée. Je fais toute la maison. Je la modernise. Je défais ce qu'elle était.

Mais il ne pourrait jamais se débarrasser des souvenirs et elle n'oublierait jamais qu'il s'était probablement écorché le genou ici, ou qu'il avait mangé les cookies maison aux pépites de chocolat de sa mère, ou qu'il avait embrassé son premier béguin dans le sous-sol.

Oui, elle était vraiment *si* sage.

La porte d'entrée s'ouvrit et un petit garçon assis dans un fauteuil roulant apparut sur le seuil, leur faisant signe comme si la maison était en feu. — Gage ! Tu es là !

— Connor. Salut, mon pote. Gage lâcha ses bras et lui releva le menton. — On dirait que je vais devoir remettre cette danse sur les genoux à plus tard.

Elle ne savait pas si elle devait soupirer de soulagement ou de regret.

Puis il lui prit la main et la conduisit sur la rampe jusqu'à la porte d'entrée, une modification qu'il avait manifestement faite pour les blessures de son neveu.

Du regret. Définitivement du regret.

— Hé, Con. Voici mon amie, Lara.

— Salut, Lara.

— Salut, Connor.

Gage ébouriffa les cheveux de Connor. — Que fais-tu ici ? Où est ta mère ?

— Elle est dans la chambre, en train de déballer.

La main de Gage s'arrêta en plein mouvement. — De déballer ?

Une femme qui ressemblait suffisamment à Gage pour être sa sœur apparut derrière Connor. — Oui, de déballer. Tu avais raison. C'est plus logique pour nous de vivre ici. Tu n'as pas changé d'avis, n'est-ce pas ?

— Non. Pas du tout. C'est juste que, enfin, je ne m'attendais pas à ce que ce soit ce soir.

— Je vois ça. La femme tendit la main et, oui, ce sourire était bien celui de son frère. — Salut, je suis Missy. Je suis la sœur de Gage.

— Lara. Euh, Gage et moi...

Il lui serra la main. — Nous avons dîné ensemble.

Sa sœur ne manqua pas le serrement de main. — Oh.

Lara ne savait pas qui rougissait le plus, elle ou Missy.

— J'étais juste, euh... *Venue ici pour que ton frère allume mon feu.*

— Connor et moi, on pourrait sortir. Aller au cinéma. Ou autre chose, dit Missy.

Gage se mordit la lèvre et Lara pouvait voir son sourire qui ne demandait qu'à sortir. — Ne t'inquiète pas, Missy. On s'arrêtait juste pour que je prenne quelques affaires.

Vraiment ? Lara ne faisait que cligner des yeux. Elle le laisserait gérer ça.

— Je vais réparer quelque chose pour Lara, donc je m'arrête juste pour prendre mes outils.

Il avait déjà tous les outils nécessaires sur lui.

Lara déglutit et pria pour que personne ne l'entende. Qu'est-ce qu'il y avait eu dans son dîner ? Pour autant qu'elle sache, les rondelles d'oignon et la salade de chou n'étaient *pas* des aphrodisiaques.

— Oh. D'accord. Missy retourna dans la maison. — Viens, Connor. Tu verras Gage demain.

— Je peux venir avec toi, Gage ? Je peux te passer tes outils.

Les adultes regardèrent partout sauf les uns les autres.

Gage lui ébouriffa à nouveau les cheveux. — Pas cette fois, mon grand. Je ne reviendrai peut-être pas avant l'heure de ton coucher.

— Oh, zut. C'est l'été. Je ne peux pas rester debout tard ?

— Tu as entendu ton oncle, jeune homme. Allons-y. Missy saisit les poignées du fauteuil roulant et fit pivoter Connor vers le salon. — Amusez-vous bien, vous deux.

Ils s'amuseraient s'ils pouvaient juste trouver un endroit pour être seuls.

Treize

La maison de Lara n'était pas cet endroit.

Gage avait prévu toutes sortes d'idées amusantes pour eux : d'abord il commencerait par de la simple danse, puis il passerait à la partie sur les genoux, et ensuite, eh bien, peut-être y aurait-il de la danse horizontale.

Mais quand ils sont entrés dans le parking du complexe de condos et ont vu la voiture de Cara — avec une Cara en pleurs à l'intérieur — Gage a dit adieu à l'idée de *n'importe quel* type de danse.

Il aurait préféré embrasser Lara.

Il a mis le camion en stationnement et a posé ses avant-bras sur le volant. — On dirait bien que c'est vraiment partie remise, hein ?

Lara a grimacé — cela, au moins, a quelque peu sauvé son ego. — Je dois voir ce qui ne va pas.

— Tu n'as pas l'air enthousiaste.

— Le serais-tu ? J'ai le choix entre un beau mec qui me fait un spectacle privé ou écouter le cœur brisé de Cara.

— Tu trouves que je suis beau, hein ?

Elle lui a donné une tape sur le bras. — Tu le sais bien. Ce n'est pas une révélation.

Il a attrapé sa nuque et l'a attirée pour un rapide baiser. Il allait lui montrer à quel point il était chaud — pour elle.

Il n'y avait rien de rapide là-dedans.

Lara a aspiré une bouffée d'air et sa langue l'a suivie, et Gage était perdu. Il a tâtonné avec sa ceinture de sécurité et l'a tirée contre lui. Dieu merci pour les banquettes.

Il a enroulé son bras autour de ses jambes et les a attirées sur sa cuisse.

Ah, oui, là. Il avait besoin de pression juste là.

Elle a gémi et bougé, et oui, encore mieux.

Il a incliné sa tête et a poussé sa langue dans sa bouche dans un mouvement que le reste de son corps voulait imiter.

Puis elle a caressé sa joue et Gage a failli perdre les pédales. Ses doigts ont illuminé sa peau comme des feux d'artifice un 14 juillet.

Il a arraché ses lèvres des siennes et les a enfouies dans le creux de son cou. Dieu, elle sentait aussi bon qu'elle avait bon goût, bien qu'il n'y ait pas d'oignons frits cette fois. Un parfum fruité et sucré qui lui donnait envie de lécher chaque centimètre carré de sa peau.

Il a frémi alors que son sexe tressautait contre sa jambe. Bon sang, il la désirait. Mais pas sur le siège avant d'un camion dans un parking où n'importe qui pouvait les voir, avec sa cousine à six mètres de là, pleurant toutes les larmes de son corps.

Il a encadré son visage de ses mains, capturant ces boucles sensuelles entre elles, et a embrassé sa joue. Le bout de son nez. Cette lèvre supérieure qu'il voulait mordre —

Il l'a mordillée.

Lara a soupiré. En frissonnant.

Il a souri en l'embrassant à nouveau. Un dernier baiser. Un doux. Un qui ne le laisserait pas dur et douloureux le reste de la nuit —

Ou peut-être que si, mais d'une bonne manière.

— J'ai passé une super soirée, a-t-il murmuré alors que leurs fronts et leurs nez se touchaient.

Ses yeux — sombres de passion — ont cligné vers lui et c'était tout ce que Gage pouvait faire pour ne pas l'allonger sur la banquette et finir ce qu'ils avaient commencé.

— Vraiment ?

Il voulait tuer son ex-mari pour avoir mis ce doute là. Il se faisait la mission personnelle de l'effacer et peut-être de nettoyer le sol avec l'ex, s'il avait jamais le douteux plaisir de rencontrer ce connard.

— Oui, vraiment. Mais il y a des affaires inachevées ici, tu sais.

— Je sais. Elle s'est humecté les lèvres.

Ses bonnes intentions de la laisser sortir de cette cabine sans lui faire l'amour étaient sérieusement tentées. — Tu ne vas pas être celle qui se défile, n'est-ce pas ?

Encore un léchage de lèvres.

Ses doigts se sont enroulés dans ses cheveux.

— Non. Je ne me défilerai pas.

— Bien. Je te prendrai au mot. Il a pris une profonde inspiration — et a gravé ce doux parfum dans sa mémoire — avant de se rasseoir. — Tu ferais mieux d'y aller. Elle a besoin de toi.

Lara a hoché la tête. — Merci. Pour...

Il a posé un doigt sur ses lèvres. Et n'a jamais voulu le bouger. — Rien à me remercier. Il s'est penché et a ouvert sa portière. — Pas encore.

Quatorze

Lara ne savait pas comment elle avait réussi à sortir du camion de Gage et à rejoindre la voiture de Cara sans se transformer en une flaque de phéromones.

Le visage de Cara, baigné de larmes, leva les yeux, surprise, avant de fondre en larmes à nouveau.

Lara ouvrit la portière. — Allez, Car. Entrons.

— Pourquoi les mecs sont-ils de tels connards ? hoqueta Cara tandis que Lara ouvrait la porte de son appartement.

— Tu veux que je liste les raisons par ordre alphabétique ou que je les crie au hasard ? demanda Lara en déposant ses clés sur la table près de la porte et en se dirigeant vers la cuisine pour prendre la bouteille de zinfandel qu'elle avait achetée la semaine dernière mais qu'elle avait été trop fatiguée pour ouvrir depuis. Qu'est-ce que Nick a fait ?

— Rien. C'est ça le problème. Cara s'affala sur le canapé qui avait été la deuxième chose que Lara avait achetée pour son nouveau chez-soi de « célibataire » quand le divorce avait été prononcé. Un lit avait été la première — qu'elle avait recouvert de draps à volants et fleuris et de beaucoup trop d'oreillers. Fini le décor de chambre « adulte » monochrome sur lequel Jeff avait insisté.

— Alors pourquoi pleures-tu ? Je croyais que vous aviez une relation décontractée. Elle versa deux verres de vin et les apporta dans le salon.

Cara renifla. — C'est ce que je croyais aussi.

Lara lui tendit une boîte de mouchoirs. — Alors quel est le problème ?

— Il veut que j'emménage avec lui.

— Tu plaisantes. Lara se laissa tomber sur le canapé à côté d'elle.

— Si seulement. Cara tira une poignée de mouchoirs de la boîte. Pourquoi a-t-il fallu qu'il gâche tout ?

Lara caressa les boucles de Cara. — Tu sais, la plupart des femmes ne seraient pas contrariées par ça. La plupart seraient ravies.

— Je ne suis pas comme la plupart des femmes.

Ça, c'était sûr. Cara était unique en son genre. — Alors qu'est-ce que tu vas faire ?

— Je ne vais certainement pas emménager avec lui. Je veux dire, allez, Lar, tu me vois jouer les déesses domestiques ? Moi qui préfère conduire vingt minutes pour aller chercher à emporter plutôt que de faire bouillir de l'eau ? Je ne sais pas différencier un bout de balai de l'autre, et faire de la soupe au poulet maison et soigner quelqu'un qui a un rhume est pire qu'un contrôle fiscal à mes yeux. Comment peut-il vouloir vivre avec ça ?

Lara attrapa une autre poignée de mouchoirs tandis que Cara plongeait dans celle qu'elle avait déjà.

— Et si tu commençais doucement ? Juste deux jours. Quarante-huit heures. Tu vas chez lui après le travail, vous dînez, vous traînez, vous faites ce que vous voulez... Tu te lèves le lendemain matin, tu vas au travail, puis tu retournes chez lui après. Au moment du dîner le deuxième jour, tu sauras si tu veux rester là-bas ou retourner chez toi.

— Tu vois ? C'est exactement ce que je lui ai dit, mais il est du genre tout ou rien. Il ne peut pas se contenter de demi-mesures.

— Car, laisse-lui une chance. La plupart des gens ne sont pas du genre à se contenter de demi-mesures. Il tient à toi ; il veut que tu sois là.

— Ouais, mais qu'en est-il de ce que je veux, moi ?

— Que veux-tu, justement ? Tu voulais le bonheur éternel avec Dale...

— Ne me parle pas de ce connard si tu veux vivre assez longtemps pour voir demain.

— Est-il possible que tu ne l'aies pas oublié ?

— Sérieusement, Lara, tu es peut-être ma cousine, mais je n'hésiterai pas à t'éliminer si tu continues sur cette voie. Dale et moi, c'est fini. Terminé. Il a perdu la meilleure chose qui lui soit jamais arrivée et je ne vais pas me remettre dans le trou dont il m'a fallu trop longtemps pour sortir, et si tu penses une seconde que j'envisagerais même de recommencer, alors tu ne me connais pas...

— Car...

— ...aussi bien que tu le crois...

— Car...

— ...et je ne veux absolument pas en entendre parler.

Lara plaqua sa main sur la bouche de sa cousine. — Hé. Tais-toi une seconde, tu veux ? Elle retira sa main, juste d'un centimètre, prête à la remettre en place si Cara pensait même à l'ouvrir à nouveau.

— Bien. Maintenant, ferme-la et écoute-moi une seconde. Lara glissa sa main sous sa cuisse. Je ne sais pas si tu t'es entendue, mais tout ce que tu disais à propos de Dale ? Tu le projettes sur Nick.

— Ce n'est pas vrai...

Lara sortit sa main d'un coup. — Je suis sérieuse ; arrête de parler. Elle attendit que Cara fronce les sourcils avant d'acquiescer.

Sa main retourna sous sa cuisse. — Bon, d'accord. Ce que j'ai entendu dans cette charmante petite tirade, c'est que tu ne veux plus jamais être blessée comme Dale t'a blessée, et qu'en cédant à ce que Nick veut, en t'ouvrant à une relation plus sérieuse avec lui, tu t'ouvres à la possibilité qu'il puisse le faire.

— C'est ridicule, Lar. Nick n'est pas Dale.

Lara croisa les bras, s'adossa et sourit.

— Oh, tu te crois si maligne, hein ? Cara la frappa à l'estomac avec un coussin.

— Euh, si j'étais si maligne, j'aurais esquivé ce coup. Lara se tortilla sur son siège pour protéger son ventre de toute nouvelle attaque de coussin. Mais sérieusement, Car, réfléchis-y. Nick n'a fait que te traiter merveilleusement bien, t'a donné ton espace, et maintenant il veut vivre avec toi. Où est le problème ?

— Le problème c'est... Sa bouche s'agita d'avant en arrière dans une expression typique de la colère d'un enfant de quatre ans, une expression que Cara avait perfectionnée à l'âge de deux ans et dont elle ne s'était jamais débarrassée.

— Oui ?

— Et s'il ne peut pas vivre avec moi ? Et si ce n'est pas acceptable que je plie les serviettes en trois dès que j'ai fini de les utiliser ? Et s'il ne supporte pas d'avoir un tiroir à ustensiles rangé par taille et par utilisation ? Et s'il laisse la lunette des toilettes relevée ?

Lara serra le coussin sous ses bras et essaya vraiment de ne pas rire. Si seulement ça avait été le problème entre elle et Jeff.

— Chérie, ce sont des détails. Je sais, je sais. Tu ne les vois pas comme ça, mais toi et Dale étiez compatibles de cette façon et ça n'a quand même pas marché. Peut-être que c'est la façon de l'Univers de te dire de donner une chance à Nick. Essaie quelque chose de différent. Sors de ta zone de confort.

Ou peut-être que c'était la façon de l'Univers de lui dire à elle que Gage était bien en dehors de sa zone de confort.

Cara comprit en même temps qu'elle. — Oh, comme si je devais être aventureuse ?

Ce fut à son tour de se prendre un coup de coussin dans l'estomac.

Ce qui déclencha une explosion de rires et de coups de coussin qui envoya un nuage de mouchoirs usagés tomber comme de la neige sur le tapis.

Quand les rires se calmèrent, elles étaient sur le sol devant le canapé avec les mouchoirs écrasés sous leurs fesses.

— On fait la paire, hein ? dit Cara, s'affalant contre le dos de Lara.

— On est quelque chose, c'est sûr. Deux femmes terrifiées par la seule chose que tout le monde semble vouloir.

— L'amour.

— J'allais dire l'engagement.

— N'est-ce pas la même chose ?

— Pas dans mon monde. Et dans le tien ?

Cara haussa les épaules. — C'est vrai. J'aimais Dale, mais ça n'avait rien à voir avec son engagement.

— Jeff aussi.

— Des connards.

— Ouais.

— Et Gage ?

— Oh, je suis sûre qu'il le deviendra un jour, mais pour l'instant, non, il ne l'est pas.

Cara se redressa et se repositionna, les jambes repliées sous elle. — Pourquoi penses-tu qu'il le deviendra ? Il a l'air d'être un type bien. Il semble certainement être attiré par toi.

Lara ramassa deux mouchoirs sur sa cuisse gauche et les jeta sur la pile de journaux sur la table basse. — Parce que les gars comme lui finissent toujours par le devenir. Je veux dire, je suis correcte, mais regarde-le. Il peut avoir n'importe quelle femme qu'il veut et puis je serai mise à la porte. J'ai déjà vécu ça, je ne veux pas recommencer.

— Ah. Cara froissa les mouchoirs dans la première page de la section sports. — Jeff qui montre sa vilaine tête.

— La tête de Jeff n'était pas vilaine. C'était une partie du problème.

— Je ne parlais pas de celle sur ses épaules.

Cela fit rire Lara. — J'aimerais pouvoir dire que tu as raison, mais ce n'était pas non plus le problème de Jeff.

— Des conneries. Cette petite tête a eu une idée à la con dans son minuscule cerveau et a décidé que tu n'étais pas assez bien pour le *ça* collectif qu'était Jeff McMonster.

Lara leva un sourcil. — McMonster ? Dis-moi que tu ne m'as jamais appelée comme ça quand j'avais son nom de famille.

— Bien sûr que non. Et je ne l'appelais comme ça que dans ma tête. Même si je pense avoir dérapé une fois. Sa mère m'a regardée bizarrement à sa dernière fête d'anniversaire que tu lui as organisée.

La fête d'anniversaire où elle avait voulu lui montrer son idée pour son entreprise de gâteaux. Elle s'était tuée à la tâche pour ce gâteau, et bon sang, il avait été bon. Elle avait pris des photos et il se comparait à ceux qu'elle faisait maintenant. Mais Jeff avait été horrifié que sa femme ait *fait un gâteau* au lieu de le commander à la pâtisserie haut de gamme que son cabinet utilisait.

Et elle était restée là, encaissant son mépris parce qu'*elle* n'avait pas voulu faire de scène.

— Tu imagines ce que McMonster dirait s'il te voyait avec Gage ? Surtout s'il voyait Gage au travail.

— BeefCake n'est pas la seule chose que fait Gage, tu sais.

Cara pouffa de rire, toujours en train de glousser. — Désolée, Lara, mais ça sonne tellement mal.

— Tu sais ce que je veux dire.

— Je sais, mais tu dois admettre que c'est drôle. Je veux dire, ils n'auraient pas pu trouver un nom, je ne sais pas, plus subtil ?

— Tu dois admettre que ça attire l'attention.

— Tout comme les gars.

— Donc, c'est le nom parfait. Je veux dire, il n'y a pas de faux-semblants sur ce qu'ils font. Autant y aller franco.

— Des mots que tu devrais peut-être prendre à cœur, Lar. L'homme te veut.

— Je pourrais te dire la même chose, Car.

Les gloussements s'arrêtèrent net comme du lait renversé et un rouleau de Brawny.

Gage était plutôt costaud…

Cara passa une main dans ses boucles et Lara s'abstint de lui dire qu'elle ressemblait à Méduse. Ç'avait été leur terreur secrète au lycée. Avec raison.

— D'accord, je le ferai si tu le fais.

— Gage ne m'a pas demandé d'emménager avec lui. Et elle ne mentionnait *pas* l'histoire de la lap dance. Trop d'informations, même entre cousines.

— Pas ça. Cara avait maîtrisé le regard mauvais de leur grand-mère italienne du côté de leurs pères. — Donne-lui une chance. Donnez-vous une chance d'en arriver là. Et je verrai si je peux convaincre Nick pour les quarante-huit heures. Peut-être soixante-douze s'il a de la chance.

Du progrès. Cara faisait définitivement des progrès.

Maintenant, avait-*elle* le courage d'en faire autant ?

Quinze

L'Univers décida de ne pas coopérer.

Entre le travail de jour de Gage et son afflux soudain de commandes, sans parler de ses activités nocturnes pour BeefCake, Inc., ils n'avaient pas eu le temps de finir ce qu'ils avaient commencé. Le jeudi soir — à vingt-trois heures sept — Lara se disait que l'Univers essayait de lui faire passer un message.

— Je déteste la pâte à sucre, marmonna Cara en essayant d'ouvrir sa voiture avec sa clé à l'envers.

Lara la retourna pour elle. — La pâte à sucre paie ton hypothèque.

— Hé, j'ai une idée. Et si on fabriquait des billets de cinquante et cent dollars avec ce truc ? Tu crois que les caissiers de la banque les accepteraient ?

Lara posa sa main sur la tête de Cara et la poussa dans le siège conducteur comme un flic avec un suspect. — Je ne suis pas sûre que tu devrais conduire jusqu'à chez toi.

Cara s'enfonça dans son siège. — Je ne rentre pas. Je vais chez Nick.

— Tu l'as fait ? Tu l'as convaincu ?

Cara hocha la tête. — Je lui ai dit que les relations étaient une question de compromis. J'étais prête s'il l'était aussi. Elle ouvrit un œil. — En plus, c'est plus près que chez moi en ce moment.

Chanceuse, cette Cara. La maison de Gage était à une demi-heure supplémentaire de la sienne, et à vingt-trois heures, c'était trop loin pour y aller. Sans compter que sa sœur et son neveu y séjournaient.

Ouais, qu'est-ce qui se passait avec l'Univers, d'ailleurs ?

— Conduis prudemment. Envoie-moi un message quand tu y seras.

— Toi aussi, Lar. Cara ferma la portière, démarra la voiture et baissa sa vitre. — Je t'aime.

Lara s'affala pratiquement dans son siège conducteur. — Moi aussi.

Mon Dieu, elle était fatiguée. Elle ne pensait pas avoir jamais été aussi épuisée jusqu'à la moelle. Elles allaient devoir se permettre les tapis en caoutchouc près des tables de préparation, sur lesquels elle n'avait pas voulu dépenser les bénéfices jusqu'à présent, mais les Crocs qu'elle portait ne suffisaient pas pour des journées de quinze heures. Son dos la tuait.

Elle alluma la climatisation, remonta ses vitres et mit la station de comédies musicales à fond, ayant besoin de quelque chose pour rester éveillée, mais le fait qu'elle ne *pouvait pas* chanter ne devrait pas avoir à tenir les autres éveillés.

Elle s'aperçut dans le rétroviseur. Oh, mon Dieu, ses boucles s'étaient resserrées comme des tire-bouchons à cause de l'humidité, avec des "mèches" vertes de crème au beurre datant du moment où Cara avait mis le mixeur trop fort et avait envoyé du glaçage partout (note pour plus tard : vérifier le dessus des placards demain avant que des souris accros au sucre ne débarquent). *Elle* ressemblait à Méduse. Heureusement qu'elle ne voyait pas Gage ce soir ; il se serait enfui en hurlant dans la direction opposée.

Quoique, puisqu'il avait supporté son coma au Sambuca, peut-être que non.

Comment diable avait-il pu s'intéresser à elle cette nuit-là ?

Elle n'avait jamais pensé à demander à Jeff ce qui l'avait attiré chez elle au début. Elle l'avait rencontré dans un restaurant qu'elle évaluait. Elle était assise au bar, goûtant le menu avec toute l'assurance d'une jeune diplômée qui avait décroché son job de rêve, et il avait pris place à côté d'elle. Une chose en entraînant une autre, il lui avait demandé son numéro. Il avait neuf ans de plus qu'elle, était magnifique d'une manière blonde et country club, avec un diplôme de droit et juste ce qu'il fallait de charme pour faire virevolter des papillons dans son estomac.

Elle avait compris plus tard — trop tard — que son âge avait été son plus grand attrait pour lui. Quelqu'un qu'il pouvait façonner selon son idéal parfait de l'épouse d'un associé. Même avant la nuit où elle l'avait surpris en train de la tromper avec la blonde, elle avait pensé qu'il aurait dû être avec quelqu'un comme cette pimbêche. Il était sorti avec quelques mannequins avant elle, mais il disait que les commentaires sur Barbie et Ken étaient devenus lassants au fil des ans. Il avait voulu quelque chose — quelqu'un — de différent, et une Italienne petite, brune et pulpeuse était certainement différente. Le fait qu'elle buvait ses paroles n'avait probablement fait qu'ajouter à son attrait.

Pendant un petit moment du moins. Du moins, elle avait *pensé* qu'ils avaient eu quelques bonnes années. Mais ensuite elle l'avait surpris, et eh bien...

Il aurait dû choisir une femme trophée dès le début. Sang bleu plutôt que sauce tomate. Ces types-là ne voudraient jamais d'autre carrière que d'être son hôtesse parfaite.

Elle se demandait ce que sa fiancée faisait dans la vie. Ou ne faisait pas. Et si elle s'appelait Barbie.

Lara se gara sur le parking de sa résidence alors que la dernière note du tube d'*Evita* s'estompait. Elle n'était pas une grande fan de la version de Madonna, mais au moins elle connaissait toutes les paroles. Le nom de la fiancée de Jeff n'avait pas d'importance. Ni la fiancée d'ailleurs.

Ni Jeff.

Mais Gage, en revanche... Que voyait-il quand il la regardait ? Était-il attiré par la sauce tomate ? Il avait été attiré par le steak et les pommes de terre, donc ils avaient ça en commun. Mais était-ce suffisant comme base pour une relation ?

Et qui pouvait dire qu'il en voulait même une ? Quelques bonnes nuits, oui, il était clairement partant pour ça, mais pour le long terme ?

Lara grimpa les marches du chemin menant à son appartement. Elle avait trente ans ; elle devait penser au long terme. Les hommes n'avaient pas autant à s'en soucier, mais ses ovules ne rajeunissaient pas, et si la douleur dans son bas du dos était un indicateur, elle n'allait plus pouvoir courir après des bambins pendant encore beaucoup d'années.

Elle ne pouvait pas gaspiller ces années avec un gars juste là pour s'amuser. Du super sexe, pas d'engagement, se voir quand ils pouvaient... tout ce truc de vivre dans l'instant aurait été bien dans sa vingtaine — sauf qu'elle avait gâché ces années en étant mariée à M. Ken la Poupée — mais c'était le reste de sa vie dont elle parlait maintenant. Elle devait rester concentrée sur ça et non sur le fait que Gage était comme du sucre sur un bâton et que tout ce qu'elle voulait faire était lécher.

Elle monta les deux marches de son porche, ouvrit la porte moustiquaire —

Et vit les fleurs.

Pas des roses. Bien sûr que non. Les roses auraient été trop communes. Trop clichées. Trop *femme trophée.*

C'étaient des lys. Des lys tigrés, des hémérocalles, des arums, avec des iris et des chrysanthèmes mélangés, allant du rouge à l'orange, et toutes les nuances de rose possibles — avec des fils de strass entrelacés.

J'ai vu ça et j'ai pensé à toi.

Mais tu es plus jolie.

~ G

D'accord, peut-être qu'il y avait quelque chose à dire pour vivre dans l'instant.

— N'oublie pas de laisser les tournesols dans la glacière jusqu'à la dernière minute, Cara, pour qu'ils ne se fanent pas. Cette chaleur va être terrible pour tout le glaçage.

Lara fourra plusieurs torchons roulés sous la boîte de tournesols sur la banquette arrière de la voiture de Cara. Elle avait dû couper les tiges à un mètre vingt au lieu d'un mètre cinquante, et aussi trouver une solution de dernière minute pour attacher la partie florale car elle avait besoin de la camionnette pour la livraison de la fête sur la plage et la banquette arrière de Cara était nettement plus courte que ce qu'elle avait prévu pour les transporter.

— Et ajoute une autre camionnette de livraison à notre liste de souhaits.

— Avant ou après ce deuxième mixeur ?

— Que dirais-tu en même temps ?

Cara se glissa sur le siège conducteur, faisant tomber sa toque de chef au passage.

— Je pense qu'on se tuerait à la tâche pour le faire simultanément, Lara. Sérieusement, je suis crevée. Je ne sais pas comment tu arrives à tenir le coup.

Par pure détermination inspirée par les chèques mensuels de pension alimentaire de Jeff.

— Tu te souviens comment connecter les tiges...

— Oui, oui, je m'en souviens. Bon sang, j'en ai même rêvé la nuit dernière, tellement tu m'as stressée à l'idée de mal le faire. Ce n'est pas de la science de fusée, Lar. Si j'ai pu réussir l'examen d'expert-comptable, je peux certainement visser quelques boulons dans du bambou.

— Mais ne les visse pas trop fort ou tu vas les fissurer et ils vont tomber. Et s'ils tombent...

— Ça aura un effet domino sur le reste du jardin. Oui, je sais. J'ai compris. Je crois que c'est pour ça que j'étais réveillée la moitié de la nuit dernière.

— C'était peut-être à cause de Nick.

Cara claqua la portière.

— C'était la première moitié de la nuit. Tu as monopolisé le reste. Maintenant, laisse-moi partir ou je n'arriverai jamais à l'heure. Amuse-toi bien à la fête sur la plage.

Lara s'écarta de la voiture pour laisser Cara partir et essuya son front d'un revers de bras. On aurait dit qu'elle allait à la plage. Moins la brise marine agréable. Ce n'était que le début juin et déjà Dame Nature avait décidé de tout lâcher, augmentant le facteur chaleur comme si on était en plein mois d'août.

Surtout quand elle gara la camionnette à la fête et vit Gage debout là en short, débardeur, tongs, avec ses cheveux blondis par de longues journées au soleil. Cet homme avait l'air plus appétissant qu'un de ses cupcakes.

— Salut, Cupcake.

Oubliez le fondant ; c'était *elle* qui fondait.

— Qu'est-ce que tu fais ici ?

— Tiens, laisse-moi t'aider avec ça. Il souleva la grande roue de l'arrière de la camionnette. Deux de mes gars sont ici pour se produire. Gina est la cousine de Bryan.

— Sa cousine ? Elle fit glisser le chariot, déplia les pieds, mit les freins, puis s'attela à tirer le gâteau rectangulaire dessus. Tu n'aurais pas eu quelque chose à voir avec le fait qu'on ait eu ce boulot, par hasard ?

Il haussa les épaules.

— Gina avait besoin de desserts, tu as des desserts. Ça semblait être la solution parfaite.

Il ne cessait de marteler son armure, n'est-ce pas ?

— Merci. Elle articula ces mots malgré la boule dans sa gorge – et le contrôle serré qu'elle avait sur ses émotions. Tous les beaux mecs n'étaient pas comme Jeff. Gage en était la preuve.

— Je t'en prie. Où veux-tu que je mette ça ? Gage souleva la grande roue et ses biceps se contractèrent.

Et Gage n'était *vraiment* pas comme Jeff.

Elle essuya une goutte de transpiration sur son front. Il faisait vraiment chaud ici au soleil.

— Gina a dit qu'elle aurait deux tables pour moi.

— Ah, oui. Elles sont à côté de l'extension de la salle de massage. Suis-moi.

Avec plaisir. Son short en nylon pendait sur ses fesses avec un balancement tentant, et de temps en temps, il épousait très joliment ses formes.

Ouais, vraiment chaud ici au soleil.

Il vida le reste de la camionnette pour elle pendant qu'elle installait la roue et mettait la touche finale au gâteau rectangulaire.

— Ça a l'air super, Lara. Il passa derrière la table et lui tendit la boîte de brochures, se penchant pour un baiser rapide. Toi aussi, tu es superbe.

Elle attrapa sa toque de chef avec gêne.

— La chaleur doit te faire fondre le cerveau. Personne n'a l'air superbe avec une toque de chef.

— Toi, si. Il l'embrassa à nouveau – trop rapidement et pas assez d'action avec la langue. En fait, *pas du tout* d'action avec la langue.

Elle soupira et se rappela que c'était une bonne chose. La pâtissière ne devrait pas baver sur ses cupcakes. Sur Gage ? Bien sûr. Les cupcakes ? Pas vraiment.

Elle s'éventa les joues.

— Bon sang, il fait vraiment chaud ce soir.

— C'est le cas maintenant. Il lui fit ce sourire en coin garanti pour chauffer son sang encore plus que le soleil, et passa une phalange le long de son bras. Tu m'as manqué.

Elle frissonna, ce qui était ridicule dans cette chaleur.

— Toi aussi. Merci pour les fleurs.

— Tu m'as déjà remercié pour ça.

— Un texto ne compte pas. Je voulais te remercier en personne.

— Je te prendrai au mot, disons, après ce tintamarre ?

Elle n'allait pas finir ici avant onze heures passées, puis elle devait ramener la camionnette, nettoyer les ustensiles, les plateaux et la grande roue, et tout préparer pour demain.

— D'accord.

Cette fois, il passa la phalange sur le bout de son nez.

— Super. C'est un rendez-vous.

Elle frissonna à nouveau.

— Gage ! Une femme accourut vers la table. Une très jolie femme.

— Gina, qu'est-ce qui se passe ? Tu as rencontré Lara ?

Lara se détendit un peu. Gina. La cousine de Bryan. Si Gage l'avait voulue, il aurait eu des années pour faire son move.

— Enchantée. L'accueil de Gina était au mieux tiède. Ah, eh bien, Lara était habituée à Mme Applebaum, donc ce n'était rien. Le client a toujours raison. Gage, on a un problème.

— Qu'est-ce que c'est ?

Gina jeta un coup d'œil à Lara.

— C'est euh... Peut-être qu'on ferait mieux d'en parler en privé.

Lara répéta son mantra *le client a toujours raison* et les congédia d'un geste. — Allez-y. On peut faire la découpe du gâteau quand vous voulez.

— Super. Merci, dit Gina en l'entraînant au loin, et Lara ne pouvait pas vraiment se plaindre. Gage était aussi beau de dos que... de face.

Ouais. Il faisait *vraiment* chaud aujourd'hui.

* * *

— Qu'est-ce qui se passe, Geen ? demanda Gage en se hâtant pour la suivre.

— Tanner est, euh, indisposé.

Il arqua un sourcil. — Et ?

— Il n'est pas en état de performer.

— Comment ça, il ne peut pas performer ? Gage se dirigeait déjà vers la maison. Merde. Il n'avait pas besoin de ça. Ce soir, c'était l'inauguration du nouveau spa qu'il avait construit pour Gina, et ses amies et clientes faisaient partie de la clientèle cible de BeefCake. Il espérait obtenir quelques contrats ce soir, mais ça n'arriverait pas si ce spectacle tournait mal.

Il traversa la cuisine à grands pas, mais s'arrêta en atteignant le couloir. — Où est-il ?

Gina pointa l'étage. — Dans la salle de bain. Ce n'est pas joli.

Il avait vu Tanner dans son costume à plusieurs reprises. Si Gina disait que ce n'était pas joli, quelque chose de grave était arrivé.

— Merde. Il monta les escaliers deux par deux.

Tanner était recroquevillé sur le sol de la salle de bain, Carlo se tenant à côté, l'air impuissant.

— Que s'est-il passé ? demanda Gage en s'agenouillant près de lui.

— Je ne sais pas. Je ne me sentais pas très bien ces derniers temps et quand je me préparais, j'ai eu une douleur vraiment aiguë. Il se tenait l'abdomen. — Je transpire comme un bœuf. J'espère que ce n'est pas mon appendice.

Gage l'espérait aussi. Ça mettrait leur meilleur gagnant hors service, et merde, Tanner n'était *pas* un bon patient. — Gina, appelle une ambulance.

— C'est déjà fait. Je vais les attendre. Elle quitta la pièce en courant.

— Détends-toi, Tan. On va t'emmener à l'hôpital et on verra ce qu'il en est.

— Je suis désolé de te laisser tomber, mec.

— Hé, t'en fais pas. Remets-toi, c'est tout.

La porte d'entrée s'ouvrit et il entendit les ambulanciers monter les escaliers. Gage sortit de la salle de bain pour leur laisser de la place.

— Je peux gérer ça tout seul, patron, dit Carlo. Je danserai deux fois plus longtemps. Je leur en donnerai pour leur argent.

Gage secoua la tête. C'était typique, non ? Normalement, Bryan serait là. Gina était, après tout, sa cousine. Il aurait dû être celui qui supervise, mais Gage avait voulu se rapprocher de Lara, alors ils avaient échangé. Avec Bry qui s'occupait de la sécurité à la fête d'anniversaire des 50 ans (ces femmes d'âge mûr avaient tendance à être beaucoup plus baladeuses qu'il ne l'aurait jamais imaginé), c'était à Gage de régler ça.

Il n'y avait qu'une seule façon de le faire.

— Apporte-moi le costume, Carlo. J'ai un short de rechange dans mon pick-up. Il avait commencé à en transporter un après la première fois où il avait dû remplacer quelqu'un. Danser était une chose, partager le slip d'un autre mec en était une toute autre. Il avait porté un préservatif et une chaussette cette première fois et depuis, il gardait sa propre paire d'urgence dans son pick-up. Ça lui avait sauvé les fesses — et la bite — plus d'une fois.

Il courut jusqu'à son pick-up pendant qu'on chargeait Tanner dans l'ambulance et jeta un coup d'œil à la table de Lara. Elle était occupée avec un groupe d'invités. Avec un peu de chance, ils la garderaient ainsi pendant toute la performance. S'il avait su qu'il allait devoir danser, il n'aurait pas demandé à

Gina de l'engager. Les lap dances privées étaient une chose, mais en public ? Ça allait être trop personnel.

Dix minutes plus tard, il portait le costume de Tanner et transpirait à grosses gouttes en coulisses.

Il secoua ses bras, roula du cou. C'était ridicule. Il n'avait jamais le trac. Il avait fait cette danse des dizaines de fois. Avait performé des centaines. Peut-être des milliers. Il devrait juste faire ce qu'il avait toujours fait. Choisir une femme dans la foule et danser pour elle.

Lara était dans la foule.

Ça devint un problème quand sa queue s'en rendit compte aussi.

Merde.

La musique commença et il donna une tape sur le bras de Carlo. — Merde.

— Toi aussi.

Il aimerait bien casser sa *troisième* jambe parce qu'elle devenait beaucoup trop intéressée par le fait que Lara allait regarder. Quand il avait proposé le pari du lap dance, c'était avec l'idée que ce serait juste eux deux. Une érection n'aurait pas été un problème — ça aurait été la solution, en fait, si une chose en avait entraîné une autre, mais maintenant ? Il allait devoir choisir une grand-mère sur laquelle se concentrer.

Même cette pensée ne le fit pas débander. Génial.

Son signal arriva et Gage prit une profonde inspiration, se concentra pour gonfler ses pectoraux, et se dandina sur scène.

Lara leva les yeux quand la musique commença. La terrasse arrière avait été entourée des panneaux de velours noir de BeefCake, Inc. suspendus à des cadres en PVC, avec leur bannière logo à l'avant. Les photos agrandies des gars n'étaient pas là, mais après tout, à quoi bon quand le public avait droit à la vraie chose ?

Les deux danseurs apparurent et—

L'un d'eux était Gage.

Oh là là.

Il portait un gilet noir, un nœud papillon, et un pantalon noir moulant qui ne laissait rien à son imagination.

Et puis il commença à se déhancher — ce qui ne laissa *vraiment* rien à son imagination.

Wow, ce mec savait *bouger*. Quel dommage qu'elle ait raté ces mouvements en s'évanouissant dans son lit.

Il fit quelques coups de bassin et ses abdos — non, son *huit*-pack — se contractèrent d'une manière à faire saliver. Son partenaire le faisait aussi, mais, eh bien, *lui* ne lui faisait pas le même effet que Gage.

La foule adorait. Les sifflements commencèrent et les femmes se frayèrent un chemin jusqu'à la scène.

Leurs petits amis se frayèrent *leur* chemin jusqu'à sa table. Elle comprenait totalement pourquoi.

Gage leva les bras et les mit derrière sa nuque, ses pectoraux ondulant au rythme du tempo lourd qui pulsait dans ses veines jusqu'à un endroit bien précis. Il fléchit ses biceps en cadence, d'abord l'un, puis l'autre, avant de faire un tour sur lui-même et — bon sang — de secouer son derrière à un rythme effréné.

Ce short en nylon qu'il portait plus tôt méritait d'être brûlé tant il ne rendait pas justice à ses atouts, contrairement à ce pantalon. Le cuir noir moulait les fesses les plus fermes qu'elle ait vues depuis longtemps — enfin, depuis le Lendemain Matin dans sa chambre d'hôtel.

— Euh, mademoiselle ? Un type claqua des doigts devant son visage. — Vous avez des cupcakes red velvet ? C'est les préférés de ma copine.

Lara secoua la tête, arrachant son regard de Gage. Le travail d'abord.

— Euh, oui. J'en ai. Ils sont... Voyons voir... Zut, elle était toute déstabilisée. *Concentre-toi, Lara.*

Voilà. Se remettre dans le bain. Et sortir du pantalon de Gage.

Il faisait vraiment une chaleur d'enfer ce soir.

Elle tendit le cupcake au type.

— Merci. On va voir si ça marche, marmonna-t-il avant de se fondre dans la foule de femmes qui dansaient.

— Et au chocolat ? demanda un autre type. Avec du glaçage au chocolat ? Et du chocolat à l'intérieur ? Plus il y a de chocolat, mieux c'est.

Lara lui tendit son Délice du Diable Spécial qui réunissait les trois.

Un autre gars voulait un shortcake aux fraises, un autre un cheesecake, tous emportant les cupcakes dans la foule ondulante, probablement pour tenter de détourner l'attention de leurs copines.

Bonne chance avec ça. Ses cupcakes étaient bons, mais rien ne pouvait rivaliser avec la pure perfection de la forme masculine qui se déhanchait au rythme sensuel et sexy de la musique là-haut sur scène. Ce spectacle était un festin pour tous les sens et le sucre n'était pas le goût que ces femmes recherchaient. Gage et Bryan savaient certainement ce qu'ils faisaient quand ils avaient mis au point leur plan d'affaires et — *ouf* ! — ils savaient certainement comment captiver un public.

Les femmes hurlaient pratiquement. Quelqu'un lança même un soutien-gorge sur scène. Le partenaire de Gage le ramassa et fit un clin d'œil à une femme au premier rang.

De façon totalement irrationnelle, une vague de jalousie monta en Lara, menaçant de l'étouffer.

En fait, Lara aurait bien voulu étrangler cette femme. Elle ne s'était pas jetée sur Gage, mais et s'il avait été de ce côté de la scène ? Il devait être tellement habitué à ce genre de choses. Bon sang, regarde comment elle s'était jetée sur lui à l'enterrement de vie de jeune fille alors qu'il n'était même pas à moitié déshabillé. Dieu seul savait ce qu'elle aurait fait s'il l'avait été.

Que pouvait bien lui trouver Gage ? Cet homme était la perfection physique incarnée — plus encore que Jeff ne l'avait jamais été et *lui* l'avait quittée.

Les mots de Cara résonnaient dans son esprit. *Gage te veut. Sois aventureuse.*

Facile à dire ; Gage représentait un énorme risque pour son ego fragile.

Heureusement, elle avait un flux constant de petits amis jaloux à la recherche de cupcakes pour l'occuper l'esprit, mais de temps en temps, elle levait les yeux et... oui, ce picotement tourbillonnait à nouveau au creux de son ventre.

La veste tomba. Il la faisait tournoyer au-dessus de sa tête comme un lasso quand elle leva les yeux et sa bouche devint sèche comme de l'os.

D'accord, pas un bon choix de mots parce que cela dirigea son regard droit vers son entrejambe, et oh oui, il ne laissait *rien* à son imagination. Même d'ici, elle pouvait dire que l'homme n'avait aucun problème dans ce domaine.

Puis il arracha son pantalon.

Sainte mère de- Elle attrapa la bouteille d'eau qu'elle gardait sous la table et s'en aspergea le haut.

Cela ne fit rien pour la rafraîchir.

Il portait un petit short noir moulant sur ces hanches ondulantes, avec beaucoup trop de déhanchements à son goût — enfin non, ce n'était pas vrai. Elle aimait ça ; elle ne voulait juste pas que les autres femmes aiment aussi.

Et puis les billets sortirent. Bien sûr, en l'espace d'environ trente secondes, Gage arborait une fortune.

Elle était jalouse. Elle n'en avait pas vraiment le droit, mais *il* l'avait embrassée *elle* à son arrivée. Certes, ça n'avait pas été aussi impliqué que celui d'il y a quelques jours, mais ils avaient des projets pour après. Ces femmes devaient garder leurs doigts et leurs billets pour elles.

Dans un monde parfait, ce serait le cas, mais c'était ce que Gage faisait pour gagner sa vie. Il jouait avec les fantasmes de ces femmes. Il les laissait glisser leurs petits doigts avides dans son pantalon. Peut-être que certaines iraient plus loin, qui sait ? Acceptait-il souvent leurs propositions ? Après tout, il l'avait fait avec elle.

Lara s'assit sur un tabouret. Mon Dieu, elle n'avait pas vu les choses sous cet angle. Elle avait été là cette nuit-là, plus que consentante, et il en avait profité.

Eh bien, non, il n'avait pas profité d'elle, juste de son offre. Il s'était en fait comporté comme un parfait gentleman, mais quand même. Ce ne pouvait pas être la première fois qu'il ramenait une femme dans sa chambre — voudrait-il que ce soit la dernière ?

Lara ne *partageait* pas.

Elle tamponna l'arrière de son cou avec un torchon. Elle était ridicule. Cara la giflerait si elle pouvait l'entendre. *Sois aventureuse. Il te veut.*

Mais pour combien de temps ?

C'était la question. Elle ne pouvait pas supporter d'être larguée à nouveau. C'était trop douloureux. Trop humiliant. Débilitant. L'amour n'en valait tout simplement pas la peine — et qui disait que l'amour était même envisageable ? Peut-être que ce n'était que de la simple luxure. Que, pour une raison quelconque, Gage trouvait quelque chose d'intéressant en elle, mais qu'après quelques parties de jambes en l'air, ce serait fini.

Où en serait-elle alors ?

Lui et son partenaire faisaient un carton là-haut sur cette scène. Il savait vraiment danser. Et ne disait-on pas que la façon dont un homme danse est directement liée à la façon dont il-

— Pas mal, hein ? Gina s'approcha de la table.

Lara se remit brusquement sur ses pieds. — Euh, oui. Vous avez eu une excellente affluence pour cet événement. Merci encore d'avoir fait appel à Cavallo's Cups & Cakes.

— Je parlais de Gage, dit Gina en faisant un signe de tête vers la scène où Gage taquinait maintenant la foule en effleurant la ceinture de son short avec les billets.

S'il enlevait ce short, elle fondrait sur place en une grosse flaque.

— Euh, oui, pas mal. Lui et Bryan ont un bon modèle économique.

Elle avait tellement envie d'enfouir son visage dans le gâteau quand Gina eut un petit sourire narquois.

— C'est la première fois que je l'entends formuler de cette façon, mais d'accord. Gina prit un cupcake Tasty Temptations. Alors Gage me dit que c'est une nouvelle entreprise pour toi.

Entreprise. Dieu merci. C'était parfait pour lui changer les idées et ne plus penser aux abdos de Gage - et à ses fesses, ses cuisses et ses bras. — Ce n'est pas nouveau. Ma cousine et moi sommes en activité depuis sept mois maintenant. Nous avons de nombreux clients satisfaits et les commandes arrivent tous les jours. Elle tendit une brochure à Gina, essayant de ne pas fixer par-dessus son épaule les abdos ondulants de Gage, mais mon Dieu, que c'était difficile de résister. Voici quelques témoignages et je peux vous donner des numéros de téléphone si vous souhaitez leur parler directement.

Gina prit la brochure. — Détends-toi. Je t'ai engagée sur la parole de Gage, et si tu es assez bien pour lui, tu l'es assez pour moi. Gina mordit dans le cupcake. Assure-toi juste d'*être* bien pour lui.

Elle parlait bien des cupcakes, n'est-ce pas ?

Lara réfléchissait à sa réponse quand, tout à coup, il y eut un énorme remue-ménage sur scène alors qu'une femme *plongeait* sur la scène. Oui, littéralement, *plongeait*. Lancée depuis le tremplin improvisé formé par les mains croisées de ses amies - et elles l'avaient projetée droit sur Gage.

— Oh bon sang. Tu te *moques* de moi ? Gina laissa tomber le cupcake sur la table et partit en courant.

Lara ne pouvait que regarder, bouche bée, Gage chanceler sous l'impact, mais réussir d'une manière ou d'une autre à rester debout avec la femme enroulée autour de lui comme une couverture. En train de l'*embrasser*.

Oh, mon Dieu. Lara ferma les yeux. Elle ne pouvait pas regarder ça. Certes, il ne l'avait pas provoqué, mais bon sang, il n'en avait pas besoin avec des femmes qui se jetaient littéralement sur lui.

Elle ne pouvait pas revivre ça.

La musique s'arrêta au milieu des acclamations de la foule. Super. Le pauvre Gage se faisait agresser et les gens encourageaient cette sangsue. Lara ouvrit les yeux et vit Gina et quelques gars de la foule essayer d'arracher la femme à Gage, une scène si similaire à celle où elle avait vu la blonde accrochée à Jeff au barbecue des Schmitt. Jeff s'était dégagé et lui avait dit que ce n'était pas sa faute - que c'était elle qui lui avait fait des avances - mais le mal était fait. Son ego avait été flatté - probablement pas la seule chose - et il avait commencé à regarder ailleurs. À trouver des défauts chez elle. À la critiquer, la rabaisser, la démoraliser.

Finalement, ils arrachèrent la sangsue à Gage, et vous savez quoi ? Il regarda par-dessus la foule, à travers l'étendue du jardin, son regard cherchant le sien comme un missile à tête chercheuse.

Les excuses qu'elle y lut la frappèrent tout aussi fort.

Elle devait trouver un homme gentil, au physique quelconque. Oublie les mecs sexy et canons ; toutes les femmes en voulaient. Elle devait trouver quelqu'un en qui elle pourrait avoir confiance ; quelqu'un qui voudrait s'installer avec elle pour le reste de leur vie et se contenter de ne pas chercher ailleurs. La passion ne serait peut-être pas celle qu'elle ressentait avec Gage, mais au moins elle pourrait compter sur un pour toujours.

Dix-sept

Gage prit la douche la plus rapide — et la plus froide — connue de l'humanité après sa performance, enfila son débardeur et son short, puis partit à la recherche de Lara.

Il avait vu l'expression sur son visage quand la femme l'avait pris par surprise. S'il n'avait pas été si concentré à ne pas regarder Lara, il aurait vu ce qui se passait juste devant lui avant que ça n'aille aussi loin. Mais il ne l'avait pas fait et l'expression sur le visage de Lara l'inquiétait terriblement.

Leslie avait prouvé à quel point la jalousie pouvait devenir un problème majeur. Pas que ça aurait dû l'être. Quand il était avec quelqu'un, il était avec elle et elle seule. Mais il faudrait une femme très sûre d'elle pour supporter son travail de nuit. Il le savait. Jusqu'à ce qu'il voie l'expression affligée sur le visage de Lara depuis la scène, il avait espéré qu'elle serait cette femme.

Elle devrait l'être, bon sang, indépendamment de ce que ce connard d'ex-mari lui avait fait ou dit. Elle était belle, gentille, amusante et réussissait dans ce qu'elle faisait — sans parler du fait qu'elle était sexy en diable. Comment ne pouvait-elle pas être sûre d'elle ?

C'est ce qu'il voulait découvrir. Aller au fond des choses. La convaincre que ce qui s'était passé ce soir n'était rien. Cela n'avait aucun impact sur ce qu'ils commençaient.

Mais bon sang — l'idée qu'ils commençaient quelque chose le terrifiait presque autant que de revoir cette expression sur son visage.

Il fut retardé par quelques femmes célibataires et fit de son mieux pour s'en dépêtrer sans être impoli. Cela faisait partie du boulot et il ne pouvait pas se permettre d'être non professionnel avec tous ces clients potentiels autour. Mais il devait retrouver Lara.

— Gage ! Gina lui attrapa le bras. Je suis vraiment désolée pour ça. Je ne sais pas ce qui a pris à Megan et sa bande. Certes, elles sont turbulentes, mais faire ça... Gina secoua la tête.

— C'est comme ça, Geen. Je ne peux pas dire que ça n'est jamais arrivé avant. Et ça arriverait probablement encore. Si seulement il n'avait pas besoin de l'argent que ces représentations rapportaient.

— Lara a l'air sympa. Gina lui tendit une bière et marcha avec lui vers la table des cupcakes. Pas ton genre habituel, cependant.

Il prit une longue gorgée fraîche. — Je ne savais pas que j'avais un genre.

— Magnifique, blonde et garce. Tes cinq dernières copines m'ont traitée comme si j'étais la bonne.

— Tu exagères.

— Si tu le dis.

— Mais Lara est magnifique.

Gina pencha la tête. — Pas une bombe sexuelle, cependant.

— Tu sais, Geen, à un moment donné, un gars grandit. Il commence à penser avec la tête sur ses épaules plutôt qu'avec celle dans son pantalon. Il prit une autre gorgée, ne voulant pas penser à *ça*.

— Je suis sûre qu'elle sera ravie de savoir qu'elle est le choix logique et pas celle que tu as envie de sauter dessus.

Il s'étrangla avec la bière. — Qu'est-ce qui te prend ce soir ? D'habitude, tu n'es pas si directe à propos de ma vie amoureuse.

Elle soupira. — Tu as raison. Je suis désolée. C'est juste que tu m'as surprise avec elle. Je ne m'attendais jamais à ce que tu veuilles quelqu'un comme elle.

— Qu'est-ce que tu veux dire par quelqu'un comme elle ?

— Gentille. Les pieds sur terre. Vraie.

— Oh. Il la regarda. Les autres ont vraiment été si terribles ?

— Pas terribles, mais plutôt pas le genre avec qui je pouvais t'imaginer rester. Elle ? Oui, je peux t'imaginer rester avec elle. Elle fit *tinter* le goulot de sa bouteille contre la sienne. Je dois aller couper le gâteau. Bonne chance, Gage.

Il la regarda se diriger vers l'autre table. *Rester avec elle.* Gina allait un peu vite en besogne. Il ne pouvait pas penser à long terme. Pas maintenant alors que Connor, Missy et Jayna avaient besoin de lui. Il y avait trop de choses à faire et jamais assez de temps pour les faire. Regarde comment Lara et lui n'avaient pas pu se connecter de toute la semaine. Quelques SMS — même pas un coup de fil — n'étaient pas la base d'une relation.

De plus, ils étaient tous les deux trop occupés à développer leurs entreprises. Elle sortait d'un mauvais mariage, et lui... eh bien, il ne savait pas quand il serait prêt pour le pour toujours. Pour l'instant, le jour le jour était un défi. Et après la débâcle de ce soir, il en affrontait encore un autre.

— Beau spectacle, dit une femme qui se mit dans la file derrière lui pour les cupcakes.

— Merci.

— Faites-vous des fêtes privées ?

Gage lui adressa le sourire lent qui les faisait fondre, tout en lui donnant le temps d'évaluer la situation. On lui avait fait des propositions des centaines de fois. Il en avait accepté quelques-unes par le passé, mais, ces jours-ci, il n'était plus intéressé.

— Les groupes de quatre sont les plus petits que nous faisons et ils nécessitent un minimum de deux danseurs. Bry et lui avaient établi cette règle dès le départ, tous deux ayant eu trop de rencontres qui auraient pu mal tourner à leur apogée.

Il regarda les signes dollar défiler dans le cerveau de la femme. La vit sortir une balance mentale et peser ce montant contre la possibilité qu'elle sorte gagnante de ce marché. Il aurait aimé lui dire que ce pourcentage était zéro — personne ne couchait avec les clients payants pendant les heures de travail, c'est pourquoi il avait dû attendre que le spectacle soit terminé pour partir avec Lara cette première nuit.

— Vous avez une carte ?

Il en sortit une de la poche de son short. — Bien sûr. Appelez-nous demain. Nous vous mettrons sur le planning et je pourrai rassembler quelques-uns des gars.

— Oh, mais vous pourriez le faire. Je veux dire... Son rougissement était complètement affecté. Vous l'avez si bien fait là-haut.

Oui, c'est bien ce qu'il pensait. Il n'y aurait pas de fête. Ou s'il y en avait une, elle essaierait de faire en sorte que ça finisse par être une fête à un — euh, trois.

— Ce soir était une occasion spéciale. Je ne danse plus. Je possède l'entreprise.

Ses sourcils se levèrent et elle se rapprocha un peu. — Il n'y a aucun moyen que je puisse vous faire changer d'avis ?

Il laissa tomber le sourire. Pas besoin de l'attirer. Elle l'engagerait ou pas, mais il ne vendrait pas son âme pour quelques centaines de dollars. C'était déjà assez mal qu'il vende son corps.

— Désolé, j'ai bien peur que non. Comme je l'ai dit, ce soir était une occasion spéciale.

— C'en était certainement une. Elle se lécha les lèvres.

Que Dieu le préserve des femmes en chasse.

Il sortit de la file. Il ne voulait pas vraiment de cupcake de toute façon, pas quand il voulait plutôt la *pâtissière* de cupcakes.

Si elle lui parlait encore.

Il se glissa derrière sa table, la regardant travailler avec la foule. Elle était sympathique avec juste ce qu'il fallait de professionnalisme pour que l'on sache que chacun de ses cupcakes avait son sceau d'approbation personnel. Les ayant goûtés, il pouvait attester de sa maîtrise de son art.

L'ayant *goûtée*, il pouvait attester de sa maîtrise de *lui*.

— Si vous voulez une saveur que nous n'avons pas, dit-elle à deux femmes qui tenaient des brochures dans leurs mains, je serai ravie d'envisager de vous la proposer.

Il n'allait pas commenter sa saveur à elle. Ça, il voulait le garder pour lui seul.

Lara donna le dernier cupcake à thème tortue de mer à l'un des invités. Gage savait qu'elle en gardait d'autres sous la table dans la boîte isotherme à roulettes qu'il avait aidé à décharger plus tôt, alors il remonta son short, s'accroupit à côté d'elle, attrapa une boîte et la lui passa.

— Merci, dit-elle avec ce sourire hésitant qui le frappa en plein plexus solaire.

Ils devaient parler.

— Que puis-je faire d'autre pour toi ? Il le pensait dans tous les sens du terme.

Elle déglutit, un mouvement infime, mais révélateur. Oui, il devait absolument l'isoler pour mettre les choses au clair.

— Y a-t-il encore des hippocampes ? Je n'en ai pas fait beaucoup parce que, généralement, ce sont les enfants qui préfèrent la saveur bâton de menthe, pas les adultes. Mais tout le monde semble avoir envie de quelque chose de sucré.

Il avait envie de quelque chose de sucré, c'est sûr. Et ça s'appelait Lara Cavallo.

Il fouilla dans les boîtes, mais les hippocampes étaient introuvables. — On dirait que tu n'en as plus.

Lara ne perdit pas une seconde ; elle recommanda plutôt un cupcake en forme de conque à l'invité. Elle dit que la barbe à papa était tout aussi sucrée et délicieuse que le bâton de menthe.

Tout ce à quoi il pouvait penser, c'était de lécher quelque chose. De préférence ses jambes. Il était assis juste à côté d'elles et il lui était impossible de ne pas en être conscient. Lisses, bronzées et nues... Il voulait juste y goûter.

Il ajusta son short. Il n'aurait jamais pensé que des cupcakes puissent être excitants, mais avec Lara, ils l'étaient définitivement.

Elle se déplaça à l'autre bout de la table à ce moment-là, alors Gage s'efforça de se rendre utile de son côté, là où il ne serait pas tenté —

Rayez ça. Il serait *toujours* tenté près d'elle.

Qu'est-ce qu'elle avait qui l'attirait tant ? Gina avait raison ; il n'avait jamais été avec quelqu'un comme Lara. Sans parler de son physique — pas qu'il puisse l'oublier — mais c'était ce côté *authentique* qui le captivait. Elle avait été si sexy cette nuit-là au club. Son look sombre et sulfureux avait capté son attention dans une mer de fausses blondes avec trop de silicone et de bronzage artificiel, l'étrange perception de la société d'un soi-disant idéal.

Puis elle avait un peu trop bu et il avait eu la chance de rencontrer la vraie Lara. *In vino veritas* n'avait jamais été aussi vrai. Elle était adorable. Si fière de sa pâtisserie, si partante pour faire la fête, danser et être avec lui. Elle avait même voulu l'embrasser sur la piste de danse. C'était lui qui s'était retenu à ce moment-là, voulant garder ce moment privé, à la fois pour éviter les moqueries des gars et parce qu'il voulait le savourer. La savourer.

Il le voulait toujours.

Gina s'approcha pendant que Gage sortait les deux dernières boîtes de cupcakes, fit son numéro de charme au micro, puis coupa le gâteau. Toute la fête se rua alors sur la table, et Gage n'eut aucune chance de parler à Lara, car ils étaient trop occupés à distribuer les desserts pour avoir un moment personnel.

Mais il trouverait le temps une fois que tout cela serait terminé.

Dix-huit

Gage aida Lara à démonter son installation et à tout emballer sur le chariot pour retourner à sa camionnette. Il avait proposé de le pousser pour elle, mais elle avait insisté qu'elle pouvait s'en occuper, et ayant deux sœurs, il avait appris que lorsqu'une femme dit qu'elle peut gérer quelque chose, elle le peut, et il ferait mieux de la laisser tranquille pour le faire.

— Lara, à propos de ce qui s'est passé avec le spectacle ce soir...

— Oh, oui. Ça. Comment vas-tu ? Tu vas bien ? Qu'est-ce qui l'a poussée à faire ça ? Tu la connais ?

Elle babillait et il trouvait cela adorable. La trouvait *elle* adorable. Et sexy en diable. Quand était-ce la dernière fois qu'il avait trouvé une femme adorable *et* sexy en même temps ? Peut-être que Gina avait raison à propos de son type de blonde plantureuse.

— Je vais bien. Sa fierté est probablement plus blessée qu'autre chose.

— Est-ce que ça arrive souvent ? Des femmes qui se jettent sur toi ? Elle mordilla sa lèvre inférieure tout en évitant le contact visuel en soulevant les moules à gâteau devant elle, obstruant parfaitement son champ de vision.

Gage aurait tout donné pour qu'elle se concentre sur lui à la place.

— Techniquement, ce sont ses amies qui l'ont jetée sur moi.

Elle baissa les moules à gâteau et le fusilla du regard.

D'accord, les plaisanteries légères n'étaient pas la bonne approche. — Euh, non, ça n'arrive pas souvent, mais c'*est* un risque du métier. Tu devrais savoir que malgré la politique de non-fraternisation de notre entreprise, j'ai mes propres normes, et les démonstrations d'affection en public n'en font pas partie.

En privé, par contre...

Elle poussa le chariot contre la camionnette et fouilla dans son sac à main pour trouver ses clés. — Mais je croyais que tu avais dit que tu ne dansais plus.

— Tanner est tombé malade. C'est peut-être son appendice. J'ai dû le remplacer. C'est pour ça que Bryan ou moi allons à chaque représentation. On ne sait jamais ce qui peut arriver, et comme dans ce cas, c'était une bonne chose que nous ayons quelqu'un d'autre de disponible. Les gens ont payé pour un spectacle ; ils méritaient d'en avoir un.

— Tu leur en as certainement donné un.

Il n'était pas sûr si c'était un éloge ou une condamnation. — Tu as aimé ? Enfin, avant que Megan ne perde le contrôle, je veux dire.

— Il aurait fallu que je sois morte pour ne pas apprécier. Lara ouvrit brusquement les doubles portes et se retourna vers le chariot. Toutes les femmes ici ce soir ont aimé. Tu dois le savoir.

— Ton opinion est la seule qui compte.

Elle s'arrêta à mi-chemin du chariot pendant l'espace d'un battement de cœur.

Deux.

— Lara ?

Elle prit une inspiration, puis tendit la main vers la pile de boîtes aplaties. — Je suis sûre que tu vas crouler sous les commandes dès demain matin.

Ce n'était pas ce qu'il voulait entendre.

— Je veux dire, j'ai vu Maryellen Bledsoe te parler après. Ça va être bon pour un enterrement de vie de jeune fille.

— *Elle* se marie ? Ça donnait une toute nouvelle perspective à la femme qui lui avait fait des avances.

— Non, sa fille. Lara replia le chariot et le glissa à l'arrière de la camionnette, puis elle se retourna et s'épousseta les mains. Merci de m'avoir aidée avec tout ça, Gage. J'apprécie.

— Alors c'est tout ?

— Je ne sais pas ce que tu veux dire.

— Je pense que si. Il croisa les bras, très conscient de ce que cela faisait à sa poitrine et à ses pectoraux, et de l'effet sur les femmes. Il n'était pas au-dessus d'utiliser ce que Dieu lui avait donné pour attirer son attention. Un coup bas, peut-être, mais il était désespéré. *Je n'ai pas dragué Megan. Elle et ses amies ont un peu perdu le contrôle. Ça arrive, mais pas de mal, pas de faute. Ce n'est pas comme si j'allais accepter son offre.*

Elle enleva sa toque de chef. — C'est justement ça, Gage. Ce n'est pas rien. Toutes les femmes ici te voulaient.

— Oui.

— Oui ? C'est tout ce que tu as à dire ? Tu le sais ?

— Bien sûr. Elles sont censées le faire. C'est le but du spectacle. Offrir un fantasme. C'est ce que je me suis fixé comme objectif.

— Mais leurs petits amis étaient juste là.

— Tu ne penses pas que les hommes vont dans des clubs de strip-tease ? Si quelque chose, nous avons apporté l'égalité dans les relations.

— Comment cela peut-il être égal s'ils convoitent quelqu'un d'autre ? Le but d'une relation n'est-il pas d'être *dans* une relation ? N'est-ce pas pour cela que les gens forment des relations, pour être avec cette personne ? Je ne comprends pas cette histoire de regarder d'autres personnes. Pourquoi se donner la peine d'être dans une relation si c'est pour faire ça ?

Donc son ex l'avait trompée, lui aussi. Une envie brûlante de mettre cet homme en pièces le submergea. *Ce connard ne méritait pas de vivre.* Il ne l'avait certainement pas méritée, elle. Qu'est-ce qui aurait bien pu pousser l'homme qui avait eu *Lara* à aller voir ailleurs ?

Mais Dieu merci, il l'avait fait, parce que maintenant Gage avait une chance avec elle.

Et juste comme ça, son monde bascula.

Il *voulait* vraiment une chance avec elle. Plus que quelques textos ou une nuit volée ici et là, il la voulait *elle*. Être avec elle. Explorer ce qui se passait entre eux. Ouais, ce serait difficile, mais ce serait plus difficile de ne pas l'avoir dans sa vie.

Il tendit la main vers la sienne. Il avait besoin de la toucher et il voulait qu'elle le sente. — Lara, je ne peux pas définir les relations des autres. Il y a une demande pour BeefCake, Inc. ; nous y répondons. Mais ça ne veut pas dire que c'est qui je suis. Que ça me définit ou définit ma façon de vivre. Tu sais pourquoi je fais ça. C'est l'essentiel pour moi. Connor et Missy. Je travaille d'arrache-pied pour les aider, à la fois dans mon travail de jour et ici. C'est notre meilleure chance. Ne fais pas l'erreur de penser que c'est qui je suis. Ce n'est pas le cas. C'est un fantasme - pour les clients.

Je sors, je fais un spectacle, je livre ce qu'ils veulent, et ensuite je pars. Je retourne à ma vraie vie. Missy et Connor et le travail de jour. Et toi. Il porta sa main à ses lèvres et l'embrassa. Je suis revenu vers toi. J'ai travaillé à ta table, je t'ai aidée à finir, j'ai nettoyé avec toi, et j'ai emballé pour toi. Pas pour quelqu'un d'autre.

Il voyait qu'elle voulait le croire. Il voulait la faire croire, et bien que les actes parlent plus fort que les mots, dans ce cas, cela ne ferait qu'embrouiller la situation car elle avait vu toute cette sexualité flagrante ce soir et n'avait pas pu y faire face.

Tout comme Leslie.

Il expira, priant pour qu'elle n'y mette pas fin avant même que ça n'ait commencé.

Ou... voulait-il qu'elle le fasse ? Ça rendrait sa vie beaucoup plus facile.

Mais pas meilleure.

C'est cette pensée qui le poussa à continuer. — J'aimerais vraiment aller quelque part et être avec toi. Peu importe comment tu veux définir ça, je veux juste être avec toi.

Elle le voulait ; il pouvait le voir dans le battement de son pouls dans sa gorge. À la façon dont ses yeux rencontraient les siens et cette manière si sexy qu'elle avait de se mordiller la lèvre.

Il effleura sa tempe du bout des doigts et descendit le long de sa joue. — S'il te plaît, ma chérie. Je veux juste être avec toi. Même si c'est juste pour parler. J'aime parler avec toi. J'aime être avec toi. Tu m'as manqué cette semaine. J'espérais que tu ressentais la même chose.

C'était le problème. Elle ressentait *effectivement* la même chose. Et ça lui faisait une peur bleue. Malgré le conseil de Cara d'*être aventureuse*, elle n'était pas sûre d'être prête à prendre le risque. Regarde ce qui s'était passé ce soir : Gage n'avait rien fait de mal, mais elle était prête à le crucifier pour ça. Tout ce à quoi elle avait pu penser était ce qu'il pouvait voir en elle. Quand l'autre chaussure tomberait et qu'il serait sur l'une de ces femmes — ou, bon sang, peut-être plus — et qu'elle serait coincée à soigner un cœur brisé *encore une fois*.

Mais alors Gage fit glisser ces délicieux bout des doigts qui avaient déjà envoyé des frissons de sa tempe à sa joue vers des parties plus au sud, tournoyant et culbutant à travers son cœur et son ventre, et les fit glisser le long de sa mâchoire, de sa gorge jusqu'à sa clavicule. Juste le plus léger des touchers, mais cela avait capté son attention et elle espérait... elle espérait vraiment que cette fois, avec lui, ce serait différent. Qu'elle pourrait avoir confiance en ce qu'il disait. Contrairement à Jeff.

Jeff.

Elle recommençait. Elle laissait son ex-mari définir sa vie et sa façon de voir le monde.

Pas question. Jeff avait perdu ce droit quand il avait choisi quelqu'un d'autre.

— Tu me veux, Lara. Tu veux être avec moi.

Eh bien, évidemment.

— Et je veux être avec toi.

Elle déglutit. *Sois aventureuse.*

Elle avait toujours suivi les décisions de Jeff. Quoi qu'il voulait faire dans n'importe quelle situation. Son travail, leur maison, son entreprise de pâtisserie, de quel côté du lit elle pouvait dormir, quels vêtements elle devait porter... Elle n'avait pas réalisé à quel point il avait été contrôlant et à quel point elle s'était laissée contrôler jusqu'à ce que tout s'effondre.

Si elle voulait vraiment se libérer de Jeff, elle devait faire ce qu'*elle* voulait faire.

Et elle voulait Gage. Pour aussi longtemps ou aussi peu qu'elle pourrait l'avoir, indépendamment de ce qui s'était passé sur cette scène ce soir, ou que des femmes lui aient fait des avances tout le temps. Si elle ne lui faisait pas confiance, si elle cédait à la paranoïa, elle laisserait Jeff gagner à nouveau.

Sois aventureuse.

Gage n'avait pas bougé. Il était à environ douze centimètres d'elle, son doigt juste au-dessus de son cœur et aucune autre partie de lui ne la touchant, la laissant prendre la décision.

— Oui, Gage. Tu as raison. Je te veux. Rentrons à la maison.

Dix-neuf

À la décharge de Gage, il n'avait enfreint aucune loi pour les ramener chez elle, mais cela ne l'aurait pas dérangée s'il l'avait fait. C'était une chose de faire le grand saut, mais c'en était une autre de devoir le remettre en question pendant les vingt-cinq minutes où elle l'avait suivi dans la camionnette.

Mais tout se résumait au fait qu'elle le désirait. C'était aussi simple que cela, parce que même si cette Megan lui avait tourné autour, *lui* ne lui avait pas tourné autour. Il était très important pour Lara de s'en souvenir. Contrairement à Jeff qui s'était comporté comme une pieuvre autour de Barbie en Plastique la nuit où elle avait découvert l'infidélité, Gage n'avait pas été le coupable, et si elle voulait avoir une chance d'aller au-delà de Jeff, elle devait laisser Gage être qui il disait être sans projeter ses problèmes sur lui.

Il ouvrit la porte de la camionnette quand elle coupa le contact et lui tendit la main pour l'aider à descendre — ou peut-être était-ce pour l'attirer contre lui.

Elle y alla volontiers.

— Je n'ai pas eu l'occasion de faire ça correctement avant, dit-il avant de l'embrasser.

Ce n'était pas du tout un baiser correct.

C'était chaud et affamé et tout ce dont elle avait besoin. Ces femmes pouvaient fantasmer autant qu'elles le voulaient, elle avait la vraie chose dans ses bras et bientôt, avec un peu de chance, dans son lit.

Oh mon Dieu. Les images qu'elle voyait dans son esprit alors que sa langue faisait des choses délicieusement pécheresses à la sienne, enflammant chaque terminaison nerveuse à plein régime, faillirent la faire basculer.

— À l'intérieur, fut tout ce qu'elle parvint à dire.

Mais c'était tout ce dont elle avait besoin. Gage lui prit la main, pressa un dernier baiser dur sur ses lèvres, puis la traîna pratiquement le long de l'allée. Ils tâtonnèrent un peu avec sa clé mais finirent par pousser tous les deux la porte et presque tomber à l'intérieur.

Gage claqua la porte derrière eux et la tira contre lui.

— Donc je suppose que tu ne veux pas parler.

Il était tellement sexy. Ses yeux bleu-vert la transperçaient, son corps dur pressé contre elle lui permettait de sentir chaque creux et relief, et ouais, parler était définitivement surestimé.

Elle se mordilla la lèvre, essayant de garder le sourire hors de son visage.

— Eh bien, si c'est ce que tu veux faire...

Il l'embrassa. Fort.

Elle avait besoin de ça. Besoin de lui. Besoin de ceci. Elle enroula ses bras autour de lui et l'embrassa en retour.

Il gémit et les genoux de Lara devinrent mous à ce son.

Heureusement, Gage la souleva dans ses bras forts et sculptés et la porta le long du couloir jusqu'à sa chambre, sans jamais rompre le baiser.

Ses pieds se balançant entre ses jambes, Lara s'en fichait. Tout ce sur quoi elle pouvait se concentrer était la chaleur et le goût et la sensualité absolue de son baiser. Ses lèvres étaient incroyables, sa langue encore plus, et la tension contenue qu'elle sentait en lui était enivrante.

Il alluma l'interrupteur près de la porte de sa chambre.

— Quoi ? Elle se recula brusquement quand il la posa sur ses pieds, la lumière trop éblouissante.

— Je veux te voir, Lara. Pas de tâtonnements dans le noir. Je veux voir tout ce que tu ressens. Je veux te regarder te défaire dans mes bras. Je veux te voir sourire après.

Ce qui arriverait trop vite s'il continuait à dire des choses comme ça. Elle mit sa main sur sa bouche.

— Attention. Ne précipitons pas les choses. Je veux profiter de chaque seconde.

Il lui mordilla les doigts.

— Fais-moi confiance, ma chérie, tu en profiteras.

Elle lui faisait confiance. Aussi surprenant que cela puisse être, étant donné ce qu'il faisait dans la vie et comment les femmes lui couraient après, elle lui faisait confiance.

Cela aurait dû l'inquiéter — beaucoup — mais ses mains effleuraient partout, faisant courir le feu dans ses veines et à travers chaque terminaison nerveuse alors qu'elles glissaient sous l'ourlet de son t-shirt pour caresser son ventre, et elle ne pouvait pas s'inquiéter. Tout ce qu'elle pouvait faire était ressentir. Et apprécier.

— Si douce et lisse, murmura-t-il. Comme du satin.

Des *draps* de satin peut-être. Elle aurait aimé en avoir.

Ils allaient figurer sur sa liste de courses demain.

Ses doigts plongèrent sous la ceinture de sa jupe.

— Je veux te sentir, Lara. Entièrement. Toucher et goûter et tenter chaque centimètre de toi.

— Tu le fais déjà.

— Oh, ma chérie, tu n'as encore rien vu. Et sur ces mots, il défit la fermeture éclair de sa jupe pour la laisser tomber à ses pieds, puis lui enleva son t-shirt par-dessus la tête, la laissant dans rien d'autre que les deux bouts de soie pêche et de dentelle qui constituaient ses sous-vêtements.

Donc, d'accord, peut-être qu'elle avait espéré que cela se produirait ce soir.

Gage inspira brusquement.

— Mon Dieu, tu es magnifique.

Non, elle était gênée. Après tout, c'était lui le beau. Avec le corps parfait. Qu'il avait exposé pour que tout le monde en profite.

Sois audacieuse.

D'accord. Elle n'allait pas laisser ses insécurités ruiner cette nuit. Gage était ici avec elle, la désirait, et elle serait folle de laisser quoi que ce soit se mettre en travers.

Alors à la place, elle rejoua la danse de ce soir dans sa tête, imaginant qu'ils n'avaient été que tous les deux là-bas. Pas de foule, pas d'autres femmes, pas de Gina, juste Gage et elle, et il avait dansé pour elle seule. Que chaque cercle de ses hanches, chaque clin d'œil et sourire, chaque main effleurant sa peau et regard aguicheur dans ses yeux... tout cela avait été pour elle.

Elle saisit l'encolure de son débardeur et l'arracha.

Les yeux de Gage s'enflammèrent et, oh mon Dieu, elle n'arrivait pas à croire qu'elle avait fait ça. Elle n'avait jamais arraché la chemise d'un homme avant.

Il sourit de ce sourire en coin diablement sexy et retira ses mains de son corps.

— Vas-y, Lara.

Pas le temps d'être embarrassée maintenant. Surtout quand ça l'excitait.

Elle saisit le dernier bout de tissu qui tenait encore la chemise en bas et le déchira, puis le poussa le long de ses bras et plaqua ses lèvres sur sa poitrine. Il avait si bon goût. Savon et sueur et Gage et... excitation. Oh oui, elle reconnaissait cette odeur. Il la désirait.

Pas qu'elle en doutait. La bosse sous son short ne pouvait pas le cacher.

Elle passa sa paume le long de sa longueur.

— Lara. Il gémit son nom et sa tête tomba en arrière, lui donnant un accès parfait à cette gorge forte et cordée et au pouls qui battait à sa base.

Elle l'embrassa. Le lécha. L'adora. Puis elle traça son chemin vers le bas à coups de dents, savourant chaque flexion de ses pectoraux, pour trouver son téton. Il durcit au premier coup de langue, ce qui n'était que juste puisque les siens brûlaient d'avoir ses mains et sa bouche sur eux.

Tout le désir refoulé et la frustration des trois années solitaires depuis qu'elle avait été avec un homme, avait été *désirée* par un homme, remontèrent en elle. Elle lutta contre ; si elle se permettait d'y penser, cela ruinerait ce qu'elle pouvait avoir avec lui.

Alors elle ne réfléchit pas. À la place, elle ressentit. Et bon Dieu, qu'il était bon.

Elle passa ses mains sur ce corps dur, sans un gramme de graisse. Elle caressa de sa paume les lignes sculptées de ses hanches, puis sur le côté et autour de ce postérieur parfait dont elle se souvenait si bien.

— Bon sang, on dirait que tu es pressée, grogna Gage contre la courbe de son cou. Fais attention, Lara.

Elle ne voulait pas faire attention. Elle avait été prudente et ça ne l'avait menée nulle part.

Elle glissa brusquement ses mains sous la ceinture et poussa son short — le gars ne portait pas de sous-vêtements — le long de ses jambes.

Cette fois, c'est elle qui recula et regarda. — Mon Dieu, *tu es* magnifique.

— Les hommes ne sont pas magnifiques.

— Ce n'est pas vrai. Tu l'es. Elle fit glisser un doigt le long du centre de sa poitrine, sur chaque « tablette » de ses abdos, jusqu'à cette fine ligne de poils sous son nombril qui menait…

Oh oui. Il la désirait vraiment.

— Lara ? Tu es sûre de vouloir ça, hein ? On n'est pas obligés de le faire.

Oh si, ils le devaient.

Elle fit glisser son doigt le long de sa ligne de poils jusqu'à la base de son sexe.

Puis elle le fit courir sur toute la longueur, s'arrêtant à l'extrémité.

Il tressaillit et Lara leva les yeux vers lui. — Je te veux, Gage. Fais-moi l'amour.

Après ça, ils n'eurent plus besoin de mots. Ils repoussèrent les draps de son lit et se touchèrent et se caressèrent, se taquinèrent et se titillèrent, haletant et souriant en découvrant le corps de l'autre. Gage aimait qu'on lui embrasse l'endroit sous son oreille gauche ; elle aimait l'intérieur de son coude. Les pieds de Gage étaient chatouilleux ; Lara adorait lui lécher le creux du pied.

Gage adorait lui lécher n'importe quelle partie du corps.

Et elle le laissa faire. S'ouvrant à lui, corps et âme, à son désir et à cette langue diaboliquement talentueuse qui découvrait tous ses endroits secrets, la tirant de son hibernation de trois ans avec une fougue incroyable.

— Tu es si belle, Lara, murmura-t-il contre son sein tandis que sa langue et ses dents faisaient monter le plaisir en elle. Tu dois le savoir.

Elle le savait maintenant. À cet instant précis, parce qu'il lui faisait ressentir ça.

Elle en avait besoin. Elle avait besoin de lui. Pour aussi longtemps que ça durerait.

Elle roula sur lui et posa ses poings sous son menton, son corps vibrant alors qu'elle le chevauchait. — Je te veux en moi, Gage.

Il tressaillit sous elle. — Oh bébé, c'est là que je veux être.

Mon Dieu, qu'il le voulait.

Elle attrapa son short quand il lui dit que les préservatifs étaient dans la poche, puis s'assit au-dessus de lui comme une petite Amazone conquérante et déroula le préservatif sur son sexe, et Gage pensa qu'il n'avait jamais rien vu d'aussi beau. Elle était si incroyablement sexy qu'il ne comprenait pas comment elle pouvait l'ignorer. Comment elle pouvait même penser à être jalouse d'une autre femme.

Il saisit ses hanches dès que le préservatif fut en place, fit pression pour qu'elle se penche en avant, puis la souleva et glissa dans sa chaleur humide et serrée. — Bon sang, Lar, tu es si bonne.

— Tu as raison. Je le suis. Elle s'enfonça, le prenant jusqu'à la garde, ses magnifiques seins se balançant devant lui.

C'était plus de tentation qu'on ne pouvait en attendre d'un homme, et il n'allait pas essayer de résister.

Il prit un de ses tétons durs et tendus dans sa bouche, le son de son gémissement envoyant du désir pulser dans ses veines, gonflant son sexe en elle si vite qu'il crut qu'il allait exploser. Il devait penser à quelque chose — n'importe quoi — pour se calmer et s'empêcher de les retourner et de la pilonner.

Attends. Pourquoi luttait-il contre cette idée ?

Il n'en avait aucune idée. Il la fit basculer sur le dos, glissa une main autour de sa jambe et sous ses fesses — cette courbe délectable qui s'adaptait parfaitement à sa paume — et la tira contre lui pour qu'elle le prenne plus profondément.

Il sourit quand elle gémit. — Tu aimes ça ?

— Mhm. Elle s'arqua contre lui, rejetant la tête en arrière, et Gage s'accrocha au pouls dans son cou qui battait au même rythme que le sien.

Il fléchit les hanches, se retirant un peu, mais elle enfonça ses ongles dans ses fesses.

— Ne pars pas.

— Chérie, je n'en ai aucune intention. Jamais.

Jamais ?

Gage arrêta de bouger. Non non non. *Jamais* n'était pas la question ici. Ce n'était pas envisageable. C'était pour ce soir. Quelques semaines, peut-être, mais ça ne pouvait pas être pour *toujours*.

Elle se tortilla sous lui. — Gage... s'il te plaît... haleta-t-elle, ses lèvres parcourant sa poitrine, sa langue taquinant son téton, et ses mains — doux Jésus — ses mains parcouraient son dos, ses fesses, chaque partie de lui, l'incitant à replonger en elle.

Il y alla. Il ne pouvait pas *ne pas* le faire.

Elle serra ses jambes autour de sa taille. — Encore, Gage.

Il voulait lui en donner plus. Tellement plus.

Il se retira. Replongea quand elle gémit. Se retira et recommença. Encore et encore. Tant de fois, si fort et si vite, que lorsque la vague aveuglante de plaisir le saisit, Gage n'avait plus rien en lui pour lutter.

Alors il ne lutta pas. Il la chevaucha et l'emporta avec lui, alors que ça déferlait sur eux, s'écrasant pour ne refluer que pour se reconstruire encore comme des vagues sur le rivage, encore et encore, la montée et la ruée, alors qu'il se déversait en elle.

Elle gémit sous lui, la tête rejetée en arrière, les yeux fermement clos, et elle prononça son nom d'une voix rauque alors qu'elle le serrait, tirant chaque parcelle de plaisir de son corps.

— Lara, murmura-t-il contre son sein, le film brillant de transpiration plus doux que n'importe lequel de ses cupcakes. C'est ça, bébé. Jouis pour moi.

— Je... C'est...

Bien. Il la voulait incohérente. Il bougea encore en elle, souriant quand elle haleta...

Il embrassa son cou. Sa joue. Ses lèvres. Passa sa langue dessus, voulant entrer.

Elle l'accueillit, le suçant dans cette chaleur humide comme son fourreau le faisait pour son sexe, et Gage sentit une autre vague monter en lui.

Il fléchit les hanches. Oui. Là. Elle était si bonne serrée autour de lui. Il devait bouger. Encore.

— Oh, Gage. Son souffle vint dans un murmure tremblant, mettant le feu à ses nerfs déjà à vif.

Il bougea encore.

Ses jambes claquèrent autour de ses fesses, ses chevilles se verrouillèrent, et elle s'arqua contre lui puis explosa tout autour de lui.

Gage perdit le contrôle, la pilonnant. Se cabrant contre ses chevilles croisées, plongeant en elle, le besoin impérieux de revendiquer chaque partie d'elle l'éperonnant. Il avait besoin de ça, la voulait, devait l'avoir, chaque morceau. Chaque partie. Chaque dernière réaction.

Ses cris résonnaient dans la pièce, ses ongles griffaient son dos et ses talons — Dieu du ciel, ses talons s'enfonçaient dans ses fesses, le poussant si profondément en elle qu'il ne savait plus où il finissait et où elle commençait.

Et puis cela n'avait plus d'importance lorsqu'il jouit, un long moment glorieux, lui coupant le souffle et la vue, suspendu dans le temps alors qu'elle prenait tout ce qu'il avait à donner et plus encore, et Gage bascula dans l'abîme, sachant que rien n'avait jamais été comme ça et ne le serait plus jamais.

Et qu'il ne pourrait jamais revenir en arrière...

* * *

Il fallut un moment pour que les tremblements s'apaisent, et quand il ouvrit les yeux pour trouver les siens, magnifiques, juste devant lui, toute la satisfaction sensuelle et brumeuse qu'il ressentait se reflétait en eux, et les tremblements recommencèrent.

— Salut, murmura-t-il.

— Salut toi.

— Ça va ?

— Je pense que ce terme est un peu faible pour décrire ce que je ressens, mais oui, ça va. Ses doigts dessinaient des cercles paresseux dans le creux de son dos et son sourire exprimait une pure satisfaction.

Il se retira de son corps et roula sur le côté, l'entraînant avec lui. — C'était plus que bien, tu sais. Je dirais plutôt incroyable.

— Ça me va.

Et elle lui allait. Ce qui aurait dû l'effrayer, mais ce n'était plus le cas. Plus maintenant.

Gage caressa sa joue et lui releva doucement la tête. L'embrassa. Frôla ses lèvres des siennes, doux et tendre, mais avec la promesse de tellement plus.

La question était de savoir combien.

Il blottit sa tête sous son menton et l'enveloppa dans ses bras, les protégeant de ces pensées. La réalité viendrait bien assez tôt avec le soleil ; ce soir, il voulait simplement profiter de Lara.

Lara flottait en entrant dans la boulangerie. La nuit dernière — et ce matin — avaient été... magiques.

Il lui avait fait l'amour — non, ils s'étaient fait l'amour. Puis ils s'étaient réveillés ce matin et l'avaient refait. Il avait préparé le petit-déjeuner pendant qu'elle se douchait, car ils avaient convenu que prendre une douche ensemble ne ferait que les mettre en retard pour le travail, ce que ni l'un ni l'autre ne pouvait se permettre. Ils avaient mangé ensemble, puis elle avait fait la vaisselle pendant qu'il se douchait, toute cette scène de domesticité lui serrant le cœur.

Aller au lit avec Gage avait été génial ; se réveiller avec lui encore mieux — au point qu'elle ne se souvenait plus pourquoi elle avait pensé que ce ne serait pas une bonne idée.

— Soit tu as avalé un kilo de crème au beurre ce matin, soit c'était un *autre* genre de crème.

Lara grimaça. Cara avait toujours été directe, mais là, c'était excessif, même pour elle.

— Tu as dormi *un peu* ?

Lara passa son tablier par-dessus sa tête. Avec un peu de chance, il resterait coincé sur son chignon et elle n'aurait jamais à affronter le sourire entendu de sa cousine.

Cara l'aida à tirer le tablier vers le bas. — Tu sais que je finirai par te faire cracher le morceau, alors autant tout me dire maintenant.

— Il n'y a rien à dire.

— Hum hum. Bien sûr. Tu n'as jamais eu cette tête-là, enfin, jamais.

Lara grimaça. Elle n'avait *effectivement* jamais eu cette tête-là avec Jeff. Même pas au début. — La soirée a été un succès et je pense qu'on va décrocher quelques contrats supplémentaires grâce à ça.

— Pas question. Tu ne vas pas t'en tirer avec une discussion professionnelle. Et puis, j'ai déjà entendu parler de ce qui s'est passé. Alors, Gage est aussi chaud au lit qu'il l'est apparemment sur scène ?

— Bon sang, Car, tu peux lâcher l'affaire ? Est-ce que je te demande de tout me raconter, moi ?

— Tu n'as pas besoin. Je te raconte tout de toute façon. Alors, ça veut dire qu'il y a eu des baisers ?

Lara leva les yeux au ciel et attrapa un paquet de pâte à sucre. Elle avait besoin de battre quelque chose.

— Allez, Lar. Je ne comprends pas pourquoi tu en fais tout un mystère.

— Parce qu'il n'y a vraiment rien à raconter. Gage a dansé, Megan a perdu le contrôle, et tout le monde a adoré les cupcakes.

— Eh bien, d'après ce que j'ai entendu sur sa danse, je suis surprise que tu puisses marcher aujourd'hui. Ça a dû te mettre en transe.

— En parlant de transe, c'est quoi cette personnalité de nympho que tu as soudainement adoptée ? Elle voulait détourner l'attention d'elle-même.

Malheureusement, Cara était trop agaçante et intelligente pour tomber dans le panneau. Elle posa son derrière sur la table de préparation. — Tu ne vas pas changer de sujet. Raconte.

— Il a dû remplacer un des gars qui était malade.

— Et il a *remplacé* autre chose ?

Lara lui jeta un morceau de pâte à sucre. — Tu es agaçante.

— C'est l'hôpital qui se fout de la charité. Viens-en aux choses intéressantes. Explique-moi pourquoi sa camionnette était devant ton appartement ce matin.

— Oh. Lara coupa un autre morceau de pâte à sucre avec un peu plus de force que nécessaire. Elle aurait dû savoir que Cara vérifierait en venant. — Ça.

— Ouais, ça. Alors, que s'est-il passé ?

— À peu près ce que tu imagines.

— Et ?

— Et quoi ? C'était génial. *Il* était génial.

— Dieu soit loué. Cara se signa. — Il était temps que tu remontes en selle.

— Ce n'est pas un cheval, Car.

— J'espère qu'il est monté comme un cheval.

Lara ne daigna même pas lever les yeux au ciel. Mais ouais, il l'était. Pas que ça soit l'affaire de Cara.

— Alors tu vas le revoir ou c'était juste pour une fois ?

Lara pouvait sentir la gêne lui monter aux joues. — Je fais un gâteau d'anniversaire pour son neveu. Pendant le petit-déjeuner, Gage l'avait invitée à célébrer avec eux demain soir et elle s'était portée volontaire.

— Celui dont il paie les frais médicaux ?

— Oui.

Cara pencha la tête et enroula une boucle autour de son doigt. — Magnifique, sait danser, s'occupe de sa sœur et de son fils... Tu sais, Lar, ce mec a l'air sacrément parfait. Pourquoi tu ne lui sautes pas dessus ?

En fait, elle lui avait sauté dessus, mais ce n'était pas ce que Cara voulait dire. — Je prends mon temps, Cara. Tu devrais savoir aussi bien que moi que ça pourrait ne pas aller au-delà des apparences. Cara l'avait consolée plus de fois qu'elles ne voulaient s'en souvenir quand elle pleurait à cause de Jeff. Ce salaud.

— Ne juge pas tout le monde selon les critères de McConnard, cousine. Tu lui donnes trop de pouvoir.

Non, elle prenait le pouvoir. Pendant trop longtemps, elle l'avait donné à Jeff. Maintenant, elle était responsable d'elle-même et les leçons apprises valaient la peine d'être retenues. Plus question d'être sous l'emprise de qui que ce soit. Si cette histoire avec Gage devait mener quelque part, elle voulait prendre les décisions avec lui, pas simplement se laisser porter.

Même si ça avait été une sacrée chevauchée... — Comme je l'ai dit, on prend notre temps.

— D'accord, comme tu veux. Cara jeta la pâte à sucre dans la poubelle. — Je dois m'occuper des contrats. Mme Applebaum a avancé la date d'une semaine.

— Aïe, ça va être serré.

— Pas si on engage de l'aide.

— On ne peut pas se permettre d'engager.

— En fait, si. Cara sourit. — J'ai dit à Mme Applebaum qu'on devait jongler avec les projets pour s'adapter à elle et qu'il y aurait des frais supplémentaires.

— Tu n'as pas fait ça.

— Si. Et elle a accepté. Alors propose le job à Jesse. On va avoir notre premier employé. Ça ne peut que s'améliorer à partir de là.

Lara espérait que c'était vrai dans tous les aspects de sa vie.

* * *

Gage n'arrivait pas à effacer le sourire idiot de son visage alors qu'il transportait les moulures de finition jusqu'au kiosque le lendemain matin. Dieu merci, il travaillait seul. Il n'aurait pas voulu subir les moqueries des gars ; Lara était trop spéciale pour ça.

Et c'était un énorme problème. Un problème qu'il allait devoir aborder à un moment donné, mais pas maintenant. Il voulait juste profiter de l'euphorie post-coïtale. Cela faisait trop longtemps qu'il ne s'était pas senti ainsi.

En fait, il n'était pas sûr de s'être déjà senti ainsi.

Ce qui était aussi un énorme problème.

Son téléphone sonna alors qu'il posait la moulure sur les chevalets. — Salut Missy, quoi de neuf ?

— C'est plutôt à moi de te poser cette question. J'étais inquiète quand tu n'es pas rentré hier soir. Tout va bien ?

Bien était un euphémisme. — Désolé. Oui, je vais bien. Il n'avait pas l'habitude de devoir rendre des comptes à qui que ce soit et ne lui avait pas envoyé de message pour lui dire qu'il ne rentrerait pas.

— C'était Lara ?

Il se pinça l'arête du nez, ne voulant pas encore partager cela. — Je l'ai invitée à dîner demain soir pour fêter l'anniversaire de Connor.

Elle renifla. — Et ça t'a pris toute la nuit ?

Il n'allait *pas* discuter de sa vie amoureuse avec sa petite sœur. — Tu as besoin d'autre chose, Miss ? Je dois monter sur ce toit.

— J'ai besoin de plein de choses, Gage, mais la plus importante c'est toi. Fais attention, d'accord. Sur le toit et ailleurs.

Elle avait beau être sa petite sœur, elle restait une mère et en avait le ton.

Il glissa le téléphone dans sa poche arrière et mesura la première planche.

Encore quelques morceaux de moulure et ce travail serait terminé. Ensuite, il pourrait facturer et se concentrer sur les autres chantiers, y compris le kiosque pour McCullough.

Il s'apprêtait à couper quand son téléphone sonna à nouveau. Bryan. Bon sang. Une nuit dehors et le monde entier devait connaître ses affaires.

— Salut, Bry.

— Quand comptais-tu me parler de Tanner ? J'aurais pensé qu'entre toi et Gina, je ne serais pas le dernier à le savoir douze heures plus tard.

Merde. Il avait oublié de passer ce coup de fil aussi. Il avait vérifié auprès de l'hôpital en arrivant ce matin, cependant. Tanner avait été admis pour une appendicite. — Je me suis occupé de ça.

— Ouais, j'ai entendu ça aussi. Très bien d'après ce que je peux comprendre. Megan Livezy n'arrête pas d'appeler ici depuis une heure pour te chercher. Elle dit que tu lui dois des excuses.

— *Je* lui dois des excuses ? D'où elle sort ça ?

— Apparemment, tu l'aurais touchée de manière inappropriée en essayant de te débarrasser d'elle.

— Bon sang. Il se pinça à nouveau l'arête du nez, cette fois à cause d'un mal de tête. — Cette femme était enroulée autour de moi comme un burrito et c'est *moi* qui ai eu des gestes déplacés ?

— Ouais, je sais. J'ai eu l'histoire de plusieurs personnes différentes. Maintenant, j'essaie d'obtenir une vidéo. On doit prouver qu'elle était l'instigatrice pour la faire taire. On n'a pas besoin de ce genre de publicité.

— Merde. Rien ne coulerait plus vite leur entreprise que des rumeurs sur les autres *services* qu'ils offraient...

— Exactement. Bry s'éclaircit la gorge. — Donc, Missy a appelé ici, te cherchant. Elle a dit que tu n'étais pas rentré.

— C'est quoi ce bordel ? Tout le monde doit connaître mes affaires ? J'étais hors service. Mon temps m'appartient. Il posa la scie de peur de couper quelque chose qu'il ne fallait pas.

— Je te demande ça en tant qu'ami, pas en tant qu'associé. C'était la fille aux cupcakes ?

— Ça a de l'importance ?

— Ouais, ça en a, Gage. Tu es accro à elle. Et comme je connais tout ce qui se passe dans ta vie - combien de fois m'as-tu parlé de tes priorités - je peux m'inquiéter. Je veux dire, ne te méprends pas, si tu es accro à elle et que tu as une relation, super. Mais sinon, je me demande ce que tu fais parce qu'elle est dans le métier. On n'a pas besoin de mauvaises ondes.

— Il n'y en aura pas, Bry. Tout va bien. Ne t'inquiète pas.

— Je m'inquiète pour toi. Tu es débordé ces derniers temps. Et avec le boulot de ce soir, eh bien, comme je l'ai dit, tu as beaucoup dans ton assiette.

Gage s'appuya contre le chevalet. — Tu te prends pour le Dr Phil ou quoi ?

Bry renifla. — Ouais, c'est ça. Dr Psy. Non, je vérifie juste que tu as la tête sur les épaules.

— C'est le cas. Ne t'inquiète pas.

— D'accord alors. Gage l'entendit feuilleter des papiers. Bry n'avait pas tout à fait saisi l'ère du zéro papier. — Tu veux faire la soirée Girls' Weekend Fling vendredi ou je m'en charge ?

L'idée de passer cinq heures avec un groupe de dix amies célibataires dans la trentaine ne semblait plus aussi attrayante. Surtout qu'il avait encore une autre soirée d'enterrement de vie de jeune fille ce soir. — Je passe mon tour pour celle-là. La prise de Megan était déjà plus que suffisante pour le mois.

— Compris. OK, tiens-moi au courant pour les pistes. Gina a dit que presque tout le monde avait rempli une carte.

Et au moins deux tiers d'entre elles avaient des messages personnels pour lui ou Carlo dessus.

Il raccrocha, intégrant les démarchages à froid dans son emploi du temps après le sous-sol des Torrington cet après-midi avant le kiosque de McCullough. Il n'y avait jamais assez d'heures dans une journée.

Et maintenant il avait ajouté Lara à l'équation, bien qu'il n'aurait aucun mal à trouver du temps pour elle.

Il l'appela. Cela ne faisait qu'une heure, mais bon, un homme avait le droit d'appeler la femme avec qui il avait passé la nuit une heure après le petit-déjeuner s'il le voulait.

— Salut. Sa voix était douce et rauque comme la dernière fois qu'elle avait prononcé son nom lorsqu'elle avait joui aux premières heures du matin.

— Salut toi. Comment se passe ta matinée ?

— Chargée. Comme d'habitude. Je dois encore vider la camionnette, le fondant refuse de coopérer, et Cara conclut des affaires à tout-va. On va embaucher notre premier employé.

— Hé, c'est super. Les affaires marchent bien.

— Exactement ce dont on a besoin.

— Je t'entends.

Et c'était vrai. Ça lui faisait du bien d'entendre sa voix. Elle allait lui manquer ce soir, mais ils avaient tous les deux des engagements et rentreraient trop tard pour se voir.

— Alors, pour le dîner de demain. Je peux passer te prendre en revenant du chantier, mais je serai assez sale. J'espère que ça ne te dérangera pas si je te laisse avec Missy pendant que je file prendre une douche.

Il avait pensé à lui proposer de la prendre avec lui, mais avec Connor dans la maison, ce n'était pas la meilleure idée. De plus, ils n'arriveraient jamais à la fête.

— Pourquoi ? Missy est-elle une personne dangereuse dont je devrais avoir peur ? Je veux dire, je l'ai déjà rencontrée et après avoir survécu à ce père de la mariée ivre à l'expo, je devrais pouvoir gérer une sœur.

Gage fronça les sourcils à ce rappel. Ce type avait eu des regards déplacés, sans parler des attouchements. Il devrait s'estimer heureux de ne pas avoir touché.

— Missy est inoffensive comparée à ce type.

— Il me semble que tu as rendu ce type plutôt inoffensif.

Il pouvait entendre le sourire dans sa voix et cela en amena un sur son visage. Il n'était pas contre jouer les chevaliers servants si c'était ce qu'elle voulait.

— Nous visons à satisfaire, madame, dit-il, faisant de son mieux pour imiter un cow-boy sans les chaps, le chapeau ou les bottes.

— C'est certain, Gage. Tu m'as définitivement satisfaite.

Et sur ces mots provocateurs, elle raccrocha.

Le laissant en plan.

Vingt et un

— C'est sûrement l'un des plus cool gâteaux d'anniversaire que tu aies jamais fait, dit Cara l'après-midi suivant, en examinant l'échiquier de Connor.

Gage lui avait parlé de l'obsession de Connor pour les échecs et son jeu vidéo préféré, alors elle avait sacrifié son après-midi libre pour chercher en ligne des idées de pièces d'échecs ressemblant aux personnages du jeu. Elle avait transformé l'échiquier en grande salle d'un château et utilisé le logo du jeu comme palette de couleurs. Toutes sortes d'armes médiévales, d'armures et de trônes bordaient les côtés, avec la cour composée d'encore plus de personnages.

— N'importe quel enfant de sept ans va l'adorer.

— J'espère.

— Oh, il va adorer. Le problème, ce sera quand il faudra le couper. Je parie qu'il voudra plutôt jouer avec.

Cette idée lui avait traversé l'esprit, mais avec tous les anniversaires qu'elles avaient organisés, elle n'avait encore jamais rencontré d'enfant capable de résister à un gâteau.

Lara ferma le couvercle de la boîte à gâteau et retira sa toque de chef. — Tu es sûre que ça ne te dérange pas de tenir la boutique pendant que je rentre me doucher avant le dîner ? Je devrais être de retour largement avant l'arrivée de Gage.

— Pas de problème. C'est le dimanche paperasse. Je vais juste travailler là-dessus et répondre aux appels qui pourraient arriver. Je dois aussi voir comment mettre en place la paie pour notre nouvelle employée. Jesse a sauté sur l'occasion d'avoir un emploi d'été à temps plein. Va te faire belle pour ton homme.

C'était exactement ce que Lara avait l'intention de faire.

De retour dans son appartement, elle jeta un coup d'œil au dernier message de Gage juste avant d'entrer sous la douche pour se débarrasser des efforts de la journée.

J'ai hâte de te voir.

Elle aussi. Ils avaient été des accros des SMS pendant les trente-six dernières heures, avec un appel d'une heure tard dans la nuit précédente.

Son visage — et le reste de son corps — s'échauffèrent à *ce* souvenir. Qui aurait cru que le sexe par téléphone pouvait être si excitant ?

Elle s'éventa. Elle n'avait jamais fait ça auparavant, mais c'était venu naturellement quand ils étaient tous les deux dans leurs lits respectifs et que la nuit les enveloppait de leur désir mutuel.

Elle utilisa sa réserve de savons et d'huiles parfumés de marque qu'elle avait achetés après avoir quitté son ancienne vie — des fragrances qu'*elle* avait choisies — prit un soin particulier à empêcher ses boucles de Méduse de jaillir comme de la paille de fer, puis s'angoissa sur le choix de sa tenue.

Elle était ridicule. Ce ne serait qu'elle, Gage, Missy, Connor et quelques-uns de ses amis. Pizza et chips avec gâteau et glace en dessert, pas une sortie au country club.

Et pour ça, elle pouvait dire qu'elle était reconnaissante. Elle n'avait jamais aimé le style de vie auquel Jeff aspirait. Ce n'était pas elle, mais elle l'avait fait pour lui.

Et où cela l'avait-il menée ?

Se regardant dans le miroir, dans une robe d'été et des sandales à petits talons, Lara devait admettre qu'essayer de s'intégrer dans le monde de Jeff l'avait menée là où elle était maintenant : impatiente de dîner avec un homme merveilleux et sa famille.

Pas un si mauvais endroit où se trouver, finalement.

* * *

Gage se gara sur le parking de la boulangerie quinze minutes en avance. Parfait. Quinze minutes de plus qu'il aurait avec Lara.

Il entra. L'espace d'accueil était petit. Ils auraient besoin d'un peu de peinture ici et peut-être d'un comptoir plus bas. Il avait toujours détesté quand la réceptionniste ne pouvait pas voir par-dessus pour accueillir les nouveaux arrivants. Ce n'était pas un problème pour eux pour le moment, mais avec le talent de Lara et la détermination de Cara, ça le deviendrait éventuellement.

Il s'engagea dans le couloir. — Il y a quelqu'un ?

— Par ici !

Il suivit la voix. C'était celle de la cousine de Lara dans un bureau à droite de la zone de cuisine. — Salut, Cara. Lara est là ?

Cara leva les yeux, ses boucles jaillissant de sa tête comme si elle avait mis la main dans une prise électrique. — Elle ne devrait pas tarder. Elle est rentrée chez elle pour se doucher.

Une image qu'il avait eue en tête toute la sacrée journée...

— Tu veux faire le tour du propriétaire ? Cara claqua la pile de papiers qu'elle tenait sur le bureau.

— C'est bon, tu es occupée.

Elle posa son crayon sur les papiers. — Pas grave. J'en ai marre de regarder ces trucs. Les contrats ne sont pas mon fort, surtout quand je dois comprendre comment faire la paie pour l'aide qu'on a embauchée, vérifier l'inventaire pour le travail d'un nouveau client, ce genre de choses. Elle pencha la tête, ressemblant suffisamment à Lara pour être jolie, mais sans ce petit quelque chose qui l'intéressait. — Tu n'es pas vraiment intéressé par tout ça, n'est-ce pas ?

— Bien sûr que si. Tout ce qui concerne Lara m'intéresse. De plus, je m'y connais en fournitures et en planification. Je travaille moi-même sur trois chantiers de construction en ce moment.

— En plus de BeefCake ?

Il haussa les épaules. — Trop de travail et pas de jeu font de Gage un garçon ennuyeux. C'était une blague sarcastique entre lui et Bryan parce qu'il n'y avait pas assez d'heures dans la journée pour tout ce qu'ils avaient à faire pour penser à s'amuser. Peut-être dans cinq ans.

Elle fit le tour de son bureau. — BeefCake est un *amusement* pour toi ? Tu trouves les femmes excitées, mal élevées et qui te tripotent amusantes ?

Cara n'avait visiblement pas saisi le sarcasme. — Whoa. Attends. Tu as mal interprété ce que je voulais dire.

Elle posa ses mains sur ses hanches et s'avança vers lui, une petite boule de fureur. — Eh bien, pourquoi ne m'expliques-tu pas puisque tu sors avec ma cousine ? Elle n'a pas besoin qu'un joueur se serve d'elle. Elle a déjà vécu assez d'enfer avec son connard d'ex. Je pensais que tu étais un type bien, avec tout ce que tu fais pour ton neveu. Je veux dire, je suis tout à fait pour que Lara sorte et s'amuse un peu, mais vu la façon dont elle a rêvassé ici ces deux derniers jours, il vaut mieux qu'il y ait un peu plus de substance en toi qu'un simple bon coup.

— Elle a dit ça ? Et lui qui espérait qu'elle avait trouvé ça phénoménal.

Cara leva les yeux au ciel. — C'est *ça* que tu retiens ? Les hommes. Je jure devant Dieu que je ne comprendrai jamais vos créatures.

— Peut-être que si tu arrêtais de nous appeler des créatures, tu pourrais.

— Quand votre espèce arrêtera d'agir comme telle, je le ferai.

Parle-moi d'avoir la dent dure... — Tu ne laisses pas ta taille t'arrêter, hein ?

— Qu'est-ce que ma taille a à voir là-dedans ?

Apparemment rien puisqu'elle l'avait acculé contre un mur.

Il leva les mains. — Une trêve ? Laisse-moi une chance de m'expliquer ?

Elle croisa les bras et tapota du pied. — Deux minutes.

Il ne devrait vraiment pas sourire. Il essaya de s'en empêcher. — Je travaille actuellement sur trois chantiers différents, j'essaie d'en obtenir d'autres pour quand ils seront terminés, j'ai des appels de vente à passer pour les prospects de BeefCake, sans parler d'aider mon partenaire avec la planification, l'embauche, la formation, les costumes et tout ce qui est associé à la mise en place d'un spectacle itinérant, je cherche un lieu pour avoir une présence permanente, et oui, j'ai un neveu blessé qui a besoin de thérapie et de chirurgie, avec une sœur qui fait tout ce qu'elle peut pour joindre les deux bouts. Donc parfois, je me plonge dans le domaine du sarcasme pour gérer le stress. Tu as juste surpris ce petit écart.

Étonnamment, il l'avait fait taire.

Elle s'assit sur le bord du bureau — en fait, elle s'y appuya parce qu'elle n'était pas assez grande pour s'y asseoir — et l'étudia.

— Tout va bien maintenant ?

Elle tapota sa lèvre. — Je pense que oui. Mais si tu fais du mal à Lara, tu auras affaire à moi.

Cette perspective l'effrayait plus que Megan se jetant dans ses bras l'autre soir.

— Ce n'est pas mon intention, Cara. Je tiens à elle. Mais la réalité de la situation est qu'il n'y a qu'un certain nombre d'heures dans une journée, alors je dois me contenter de ce que je peux avoir avec elle.

— C'est pour ça que tu l'as invitée à dîner ce soir.

— C'est l'une des raisons. L'autre est que je voulais qu'elle soit là. Elle est importante pour moi, et l'anniversaire de Connor est important pour moi. Si tu veux venir, tu es plus que bienvenue.

Elle tapota à nouveau ses lèvres. — C'est une idée.

Merde. Il n'avait pas pensé qu'elle accepterait l'offre.

Elle se leva. — Alors, tu veux cette visite ?

Heureusement, la porte de derrière dans la cuisine s'ouvrit. — Car, je suis de retour !

Lara était là.

— Bon sang. Tu n'as pas besoin d'avoir l'air si soulagé, marmonna Cara en le frôlant en sortant du bureau.

Gage sourit et secoua la tête. Il ne pouvait pas blâmer Cara ; Missy ferait la même chose s'il la laissait seule avec Lara —

Ce qu'il prévoyait de faire en rentrant chez lui. Peut-être que c'était une bonne chose que Cara vienne. Elle pourrait empêcher un interrogatoire qui n'avait vraiment pas besoin d'avoir lieu.

Il sortit après elle.

— Gage ! Tu es en avance.

Il était très content de l'être. Lara était éblouissante. Sa robe lui collait à tous les bons endroits et ses cheveux étaient un désordre de douces vagues tombant autour de ses épaules comme lorsqu'il y avait passé ses doigts l'autre soir en lui faisant l'amour.

— J'ai fini plus tôt que prévu, alors je suis venu. Je voulais te surprendre, mais la surprise était pour moi. Il regarda Cara. *C'est du sarcasme, ma chérie.*

Cara le fusilla du regard.

Lara regarda entre eux deux. — Tout va bien ?

— Ouais. Bien sûr, dit Cara. Je viens dîner avec vous.

— Euh, quoi ?

Gage haussa les épaules. — Plus on est de fous, plus on rit, non ?

— C'est ce que je dis toujours, dit Cara.

— Non, ce n'est pas vrai. Tu détestes les foules. Lara mit sa main sur sa hanche. — Qu'est-ce qui se passe, vous deux ?

— Rien, Lara. Honnêtement. Gage tendit ses bras. — Est-ce que je peux avoir un câlin ou est-ce que je vais gâcher ta tenue ? Deux sœurs lui avaient aussi appris l'importance de demander la permission pour cette raison précise.

Lara vint dans ses bras. — Le jour où un homme ne pourra plus faire un câlin à une femme pour cette raison sera le jour où le monde devrait prendre fin.

Une femme selon son cœur —

Whoa.

— Gage ?

Il s'était raidi et elle l'avait senti. — Je, euh, ne veux pas gâcher ta coiffure.

Elle recula et le regarda. — Vous agissez tous les deux de façon bizarre. Vous êtes sûrs qu'il ne se passe rien ?

— Tout va bien. Il la tira près de lui. Tout allait bien *maintenant*.

— Ouais, Lar, tout va bien, dit Cara, pour une fois de son côté. Maintenant, on prend le gâteau et on s'en va ? Moi, pour une, j'en ai marre de cet endroit aujourd'hui. Je n'ai pas vu la lumière du jour depuis des heures.

Gage regarda l'extérieur du bâtiment en portant le gâteau jusqu'à son camion et en le posant sur la banquette. Le bureau de Cara avait un mur extérieur. C'était du parpaing, mais s'il n'y avait pas de fils électriques qui le longeaient, il pourrait lui installer une fenêtre à un coût relativement bas. Il avait cette fenêtre supplémentaire qu'il avait récupérée d'une maison quand les propriétaires avaient opté pour des portes-fenêtres à la place. Il pourrait utiliser celle-là. Et il avait aussi quelques morceaux de granit de forme bizarre qu'il pourrait utiliser pour un nouveau comptoir d'accueil, maintenant qu'il y pensait. Des chutes de bois dont il pourrait faire une cimaise, et il avait assez de peinture restante pour rafraîchir l'endroit. En un jour, peut-être deux, leur zone d'accueil aurait l'air comme neuve. Et Cara pourrait avoir un peu de soleil pour la garder de meilleure humeur.

Il secoua la tête en marchant vers le côté conducteur. Regardez-le ; comme s'il n'avait pas assez à faire, maintenant il allait faire du bénévolat à la boulangerie.

Lara ouvrit la porte et s'assit dans la voiture de sa cousine, sa robe remontant pour révéler cette étendue de cuisse avec laquelle il avait passé un temps considérable à bien faire connaissance l'autre soir.

Ouais, il trouverait le temps.

La maison était envahie d'enfants de sept ans, la plupart d'entre eux déguisés en personnages fantastiques, avec Connor habillé en roi, dominant tout ce petit monde depuis son fauteuil, en particulier une petite trollesse blonde aux fossettes et aux yeux bleus angéliques qui le regardait comme s'il était vraiment un roi. Gage sourit. Ah, les gènes des Tomlinson commençaient à agir dès le plus jeune âge.

Ça faisait du bien à Gage de voir son neveu s'amuser. Les enfants venaient souvent, mais les visites en tête-à-tête devenaient lassantes à la longue, et avec Connor confiné à la maison la plupart du temps, cet après-midi était le bienvenu.

Missy lui adressa un sourire reconnaissant lorsqu'ils entrèrent dans la cuisine.

— Dieu merci, vous êtes là. Ils sont tous arrivés en avance. Apparemment, Connor a fait passer le mot qu'il voulait une bataille à grande échelle avant l'arrivée des pizzas, alors les voilà. Je me demandais pourquoi il n'arrêtait pas de me harceler pour savoir à quelle heure on allait commander. Tu peux les surveiller pendant que je prépare tout ici ?

— Laisse-moi monter prendre une douche rapide, et je suis tout à toi.

— Cara et moi pouvons les gérer, dit Lara. Va te doucher et on tiendra le fort.

À en juger par l'expression de Cara, Gage aurait parié qu'elle n'était pas fan de cette idée. Mais il embrassa Lara sur la joue en se dirigeant vers l'étage. — Merci. Je vous revaudrai ça.

— Et moi aussi, grogna Cara. Tu me le devras vraiment. Et pas qu'un peu.

Oh, Cara maîtrisait définitivement bien le sarcasme.

* * *

— Merci beaucoup pour votre aide, dit Missy quand son frère quitta la pièce. La pauvre fille avait l'air épuisée et la fête n'avait même pas encore commencé.

— Pas de problème, dit Lara. Y a-t-il quelque chose que nous devrions savoir avant de nous aventurer là-dedans ?

— Gardez juste les sabres laser loin de l'écran plat. C'est la fierté de Gage.

— C'est noté, dit Lara, se dirigeant vers la horde d'envahisseurs.

Cara ricana. — Tiens donc. Un mec amoureux d'un énorme tube cathodique. Pourquoi ça ne me surprend pas ?

— Il s'est passé quelque chose avec Nick ?

Cara leva les yeux au ciel. — Bien sûr que non. Je ne définis pas toute mon existence par mon petit ami, tu sais.

— Essaies-tu de me dire quelque chose ?

Cara la regarda. — Euh, non. Je suis désolée. Tu as raison. J'étais désagréable. Trop de paperasse, j'imagine.

— Oh, elle a dit un gros mot ! Un des enfants retira son masque et pointa Cara du doigt. — Cinquante centimes dans le bocal à gros mots !

Cinq autres reprirent le refrain. Apparemment, les bocaux à gros mots étaient monnaie courante parmi les amis de Connor.

Lara éloigna Cara d'eux. Pas besoin de déclencher une émeute.

— En garde ! cria un sbire en chargeant vers un troll, son français ayant besoin d'une révision.

— Je vais te transpercer, dit un autre, essayant réellement de le faire.

Lara saisit le sabre laser. — Hé, pas de transperçage autorisé. Sinon le gâteau va tomber de son ventre.

— Du gâteau ? Vingt paires d'yeux se tournèrent vers elle et le pandémonium s'arrêta net.

Pour repartir sur une autre tangente.

— Où est le gâteau ?

— J'en veux.

— Je peux avoir un bout du bord ?

— Il y a une rose ? Je veux une rose.

— Je n'aime pas le chocolat.

— J'aime seulement le gâteau au café.

— Vous avez de la tarte ?

Cara tournait sur elle-même comme si les enfants la tiraient comme une toupie. Lara ne put s'empêcher de rire. C'était incroyable à quel point Cara et elle se ressemblaient sur de nombreux points, mais l'idée d'un enfant déstabilisait complètement sa pauvre cousine. Vingt d'entre eux pouvaient l'envoyer à l'asile.

Lara leva les mains pour calmer la horde. — Allons, allons, tout le monde. Il y aura du gâteau, mais pas avant le dîner. Et pour arriver au dîner, nous devons garder la maison en un seul morceau. Vous savez comment faire ça, n'est-ce pas ? Si vous voulez courir partout, nous allons devoir aller dehors dans le jardin.

— Mais Connor ne peut pas aller dans le jardin, dit une jolie petite trollesse blonde qui s'était pratiquement collée au côté de Connor.

— Bien sûr qu'il peut. Quand son oncle Gage descendra, il le portera dehors et l'installera sur son trône. Ensuite, vous pourrez l'honorer comme un vrai roi.

C'était la bonne chose à dire. La poitrine de Connor se gonfla, son sourire doubla de taille, et la trollesse lui tapota la main.

— Allez, tout le monde ! Sortons et préparons le jardin pour un roi ! Lara balaya de la main vers les portes coulissantes menant à la terrasse, et comme une volée d'oiseaux, ils s'envolèrent tous dehors.

— Comment diable as-tu réussi ça ? Cara secoua la tête. — Tu as des super-pouvoirs de joueur de flûte ?

Lara tapota l'épaule de Cara. — Tu te souviens quand on gardait les O'Malley ? C'était de l'entraînement.

Les O'Malley avaient eu huit enfants, un né chaque année. Lara avait gagné tout son argent de poche du lycée en les gardant.

— Ouais, je m'en souviens. J'étais opportunément malade chaque fois que tu ne pouvais pas les surveiller. Ils me faisaient peur.

— Ah, Cara, ce n'étaient que des enfants.

Cara frissonna. — C'était mon pire cauchemar. Tout ce bruit et ce chaos. Elle regarda autour du salon, maintenant libéré des enfants, mais certainement pas du chaos. Il y avait plus d'épées et de capes perdues que Lara ne pouvait en compter. — Non merci.

— Moi, je dis merci. Missy passa la tête dans la pièce. — Je ne sais pas comment tu as fait, mais merci. J'essayais de les faire sortir depuis une demi-heure.

— Je peux sortir maintenant ? demanda Connor, sa trollesse toujours à ses côtés.

— Dès que Gage descendra, Connor. En attendant, je peux rester ici avec toi. Lara regarda Cara. — Tu veux aller superviser dehors ?

Cara la regarda bouche bée. — Excuse-moi ? Quelle partie de pire cauchemar n'as-tu pas comprise ? Et si tu allais dehors et que je restais ici tenir compagnie à Connor ? Je suis sûre que je peux gérer un seul enfant.

Lara cacha son sourire en attrapant un tas de boîtes de jus et se dirigea vers l'extérieur. Parfois, Cara était trop facile à manipuler. — Ça me va. À tout à l'heure.

* * *

Environ dix minutes plus tard, un Gage fraîchement rasé et à croquer sortit en portant son neveu dans ses bras, et le cœur de Lara vacilla.

Pas seulement à cause de la perfection physique qu'était Gage, bien que ce fût le cas, mais aussi à cause de la compassion et de l'attention qui étaient si évidentes alors qu'il aidait Connor à s'installer parmi ses amis.

Jeff avait voulu des enfants. Le garçon et la fille de rigueur, bien qu'elle ne comprenne pas comment il s'attendait à ce qu'ils aient ses cheveux blonds alors qu'elle constituait la moitié de leur patrimoine génétique. Il n'avait cessé de repousser le moment d'en avoir « jusqu'à ce que le moment soit propice ». Avec le recul, elle en était heureuse, mais à l'époque, elle n'avait fait que suivre ses décisions.

Elle l'avait fait beaucoup trop souvent.

Elle regarda Gage alors qu'elle installait les briques de jus. Il l'avait laissée prendre les décisions concernant ce qui se passait entre eux. Certes, il avait initié leur nuit ensemble, mais ce n'était rien à quoi elle n'avait pas déjà pensé.

Il avait simplement donné voix à ses pensées, puis l'avait laissée prendre la décision. Quelle que soit sa décision, il s'y serait conformé.

Elle était si heureuse d'avoir pris la décision qu'elle avait prise. L'autre soir avait été parfait. Effrayamment parfait. Personne ne pouvait être aussi parfait que Gage. Et pourtant, il l'était.

Il rit à quelque chose que Connor avait dit, le pur plaisir sur son visage lui coupant le souffle. L'extérieur était certainement très joli, mais c'était qui il était qui transparaissait dans ce moment de spontanéité. Il serait magnifique même sans cet extérieur séduisant.

Elle s'exposait à beaucoup de chagrin potentiel en baissant sa garde autour de lui.

Un mini-sorcier heurta la table, renversant la pyramide de briques de jus qu'elle avait construite, alors elle se mit à la reconstruire.

— Un penny pour tes pensées, dit Gage en se glissant à côté d'elle, déposant un rapide baiser sur sa joue et enroulant ses bras autour de sa taille. Ou valent-elles plus que ça ?

Elle chassa le désordre de son passé et regarda par-dessus son épaule. — Rien à quoi nous devons penser à nouveau. Alors, tu te sens mieux après ta douche ?

— Maintenant que je t'ai dans mes bras, oui. Que diraient les enfants si je t'embrassais ici même ?

— Beurk, dégoûtant ! M. T fait un câlin à une fille ! s'écria l'un des elfes en les pointant du doigt.

— Hé, ne critique pas avant d'avoir essayé, Nicky. Les filles sont cool. Pour le prouver, Gage l'embrassa à nouveau sur la joue.

Un chœur de « beurk » s'éleva.

— Je ne pense pas qu'ils soient convaincus, dit-elle en riant tandis qu'elle se dégageait de son étreinte. Aussi agréable que ce soit, les enfants n'avaient pas besoin de voir ça.

— Attendez qu'ils grandissent. Ils regretteront de ne pas m'avoir écouté maintenant.

Elle lui donna une tape jouette sur le bras. — Tu es une mauvaise influence.

— Je vais débattre de ce point avec toi. Il y a deux nuits, tu pensais que j'étais une bonne influence.

Il y a deux nuits avait été très bien.

Elle sentit le rouge lui monter aux joues.

— Tu es adorable quand tu rougis, tu le sais ?

Ce qui la fit rougir encore plus.

— D'accord, vous deux êtes plus écœurants de douceur que ce gâteau là-dedans, dit Cara en sortant de la cuisine, pour faire aussitôt demi-tour. Je rentre avant d'avoir une carie.

Lara secoua la tête. — C'est juste son excuse pour s'éloigner des enfants. Cara a toujours eu un problème avec eux.

— Et toi ? Tu as des problèmes avec eux ?

— J'adore les enfants. J'en veux plein un jour. Ce qui, avec un peu de chance, serait plus tôt que tard puisqu'elle ne rajeunissait pas. Ce qui signifiait qu'elle devait consacrer toute son énergie et ses efforts à la boulangerie pour s'assurer qu'elle était sur des bases financières solides avant même de pouvoir envisager d'avoir des enfants. Bien sûr, il faudrait aussi qu'elle trouve quelqu'un avec qui les avoir. — Et toi ? Tu veux des enfants ?

— Absolument. Un jour. Il regarda vers Connor. — Laisse-moi aller voir s'il a besoin de quelque chose. Missy a dit que la pizza devrait arriver dans environ quinze minutes, donc il n'aura pas beaucoup de temps dehors. Je devrais le faire sortir plus souvent. Je n'y avais pas vraiment pensé. Merci.

— Tout le plaisir est pour moi. C'est un enfant adorable et mon cœur se brise pour lui.

Gage regarda son neveu. Il cligna des yeux plusieurs fois. — Il ne mérite pas ça. C'était juste un enfant normal, tu sais ? Il s'amusait une minute et la suivante, toute sa vie a changé.

— Et la personne qui l'a renversé ? Il y a de l'argent de l'assurance ?

Gage haussa les épaules. — Pas beaucoup. Et Missy n'en avait pas parce qu'elle n'a pas de voiture. Sa police d'assurance locative ne couvre pas ça.

Elle posa sa main sur son bras. — Au moins, il a des gens autour de lui qui l'aiment.

Il s'éclaircit la gorge et força un sourire sur son visage. — Oui. Ça, il l'a. Il posa sa main sur la sienne. — Merci, Lara. D'être là.

— Il n'y a nulle part ailleurs où je préférerais être. C'était vrai.

— La pizza est arrivée ! cria Missy par la porte, brisant le moment. Et la paix. Tout à coup, vingt enfants piétinants et acclamants prirent d'assaut la terrasse, se faufilant entre elle et Gage comme une rivière entre des rochers.

Gage rit. — Je vais nager à contre-courant pour aller chercher Connor. Tu ferais mieux de ne pas lutter contre le courant.

Elle le salua. — Oui, Capitaine. On se voit sur le rivage.

Le dîner passa dans un tourbillon d'assiettes, de serviettes en avions en papier, de trop nombreux cotillons pour penser clairement, et beaucoup trop de caféine et de boissons sucrées pour une foule d'êtres qui n'avaient aucun besoin de stimulants.

Et puis ils voulurent du gâteau.

Lara alluma les « torches » sur le parapet du château et Gage le porta pour le placer devant le roi.

Suffisamment de « oh » et de « ah » suivirent, et comme Lara l'avait prédit, ils en voulaient tous un morceau. Connor garda son personnage préféré qu'elle avait fait en chocolat modelé, mais le reste était à prendre, même les murs du château qu'elle avait faits en riz soufflé et guimauves.

— Combien de temps ces barbares vont-ils rester ici ? demanda Cara, en décollant encore une autre boule de guimauve écrasée de sa chemise. Ils ne vont jamais aller se coucher ce soir.

Missy gloussa. — C'est le problème de leurs parents, pas le mien. Dans ces moments-là, je suis contente de n'en avoir qu'un.

Une fois le gâteau démoli, euh, mangé, et les cadeaux ouverts, ils rassemblèrent les enfants dehors pour qu'ils éliminent leur excès de sucre. Connor était à nouveau sur son trône, les enfants jouaient au loup-garou autour de lui, tandis que les adultes allumaient la cheminée sur la terrasse et veillaient à ce qu'aucun loup-garou ne soit laissé pour compte.

— C'est agréable, dit Cara, en appuyant sa tête contre le dossier de la balancelle. Je ne me souviens pas de la dernière fois où je me suis simplement détendue et j'ai regardé les étoiles. Bien sûr, je me souviens à peine à quoi ressemble la lumière du jour, tellement j'ai passé de temps dans mon trou de bureau.

— En parlant de ça, dit Gage en se redressant et en rapprochant Lara de lui avec son bras autour de ses épaules, je peux faire ça pour toi. J'ai une fenêtre supplémentaire d'un chantier si ça t'intéresse.

Cara leva un sourcil et le fusilla du regard sans bouger la tête. — Combien ça va me coûter ?

— Toi ? Rien. Il donna un coup de coude à Lara. Toi, en revanche...

Elle poussa un petit cri quand il lui chatouilla le cou.

— Oy vey, soupira Cara en fermant les yeux, mais un léger sourire se dessinait sur ses lèvres.

— Tu es prête à payer ce prix ? murmura-t-il en mordillant l'oreille de Lara.

Elle déglutit, puis hocha la tête.

Bien. — Et je pensais que je pourrais rafraîchir votre accueil. Un peu de peinture, un nouveau comptoir, et l'endroit aura l'air de valoir un million.

— Tant que ça ne coûte pas autant, dit Cara, de nouveau maîtresse du sarcasme.

— La seule chose que ça coûtera, c'est du temps. J'ai un sous-sol et une cuisine à finir pour deux clients, et je commence un kiosque dans le lotissement de Fox Run Hills demain. Je m'occuperai de votre bureau dès que je le pourrai.

— Fox Run Hills ? Lara, ce n'est pas là où...

— Oui, c'est là. Changeons de sujet.

Intéressant comme elle avait retrouvé sa voix pour ça.

— Ce n'est pas là où quoi ? demanda-t-il.

— Rien. Ce n'est rien.

Ce n'était pas rien, mais il n'allait pas la presser. Elle lui dirait quand elle serait prête.

Quelqu'un frappa à la porte d'entrée.

— On dirait que la cavalerie est arrivée, dit Missy en se levant, nous sauvant de tous ces petits envahisseurs.

Un flot continu de parents passa par la porte pendant la demi-heure suivante pour récupérer leurs fêtards épuisés. Gage, Lara et Cara aidèrent à nettoyer, puis ce fut au tour des adultes fatigués de partir aussi.

Gage accompagna Lara jusqu'à la voiture de Cara, mais n'ouvrit pas la portière. À la place, il la coinça entre la voiture et lui, les mains posées sur le toit de chaque côté d'elle.

— Merci d'être venue et pour le gâteau. Connor l'a vraiment aimé.

— J'en suis contente. C'était amusant à faire. Merci de m'avoir invitée. Et d'avoir laissé Cara venir aussi.

— D'une certaine façon, les mots "laisser Cara" ne semblent pas aller ensemble. Ta cousine fait ce qu'elle veut.

Lara acquiesça. — Oui, parfois j'aimerais pouvoir être comme elle.

— Je ne pense pas que tu aies besoin d'être quelqu'un d'autre que toi-même, Lara. Je t'aime comme tu es.

Surtout quand elle mordillait sa lèvre inférieure entre ses dents. Bon sang, il voulait le faire. Mais demain allait être une longue journée et c'était déjà presque demain.

Il prit une profonde inspiration. — Tu vas me manquer cette nuit.

Cette adorable rougeur se répandit sur ses joues et il ne put résister à l'envie de l'embrasser. — Tu vas me manquer aussi.

— Donc, je devrais chercher un moyen de rentrer, ou vous allez vous décoller de la voiture et prendre une chambre ?

Gage prit une dernière bouchée des lèvres de Lara. — Cara, tu es vraiment un sacré numéro.

— Et ne l'oublie pas, Gage. Elle ouvrit la portière côté conducteur. — Maintenant, laisse Lara monter dans la voiture. On a une grosse semaine qui nous attend et elle doit être assez réveillée pour y faire face, contrairement à samedi. On a une entreprise à gérer, tu te souviens ?

Gage, plus que quiconque, comprenait ce qu'elle voulait dire. Il l'embrassa une dernière fois. — Elle a raison. Je t'appellerai. N'oublie pas, je te dois toujours une danse.

Dieu savait qu'il n'allait pas l'oublier.

Vingt-trois

Gage franchit l'entrée surveillée du lotissement Fox Run Hills. Chaque maison était une variante du même thème, avec des pelouses bien entretenues, des clôtures en fer forgé, des piliers à l'entrée des allées, et des Acura, BMW et Mercedes partout. Tant de gens cherchant à impressionner leurs voisins, il pourrait faire fortune si J.C. McCullough parlait de lui en bien.

Quels que soient ses sentiments personnels envers ce type, il allait construire le plus beau kiosque que quiconque ait jamais vu, dans les plus brefs délais, afin qu'il soit le sujet de conversation non seulement lors de la fête de fiançailles du gars, mais aussi lors de chaque réunion de voisinage qui suivrait.

Y avait-il des réunions de voisinage ici, ou cela ne se passait-il qu'au country club ?

Il s'engagea dans l'allée, gara son camion et la remorque avec l'excavatrice derrière les thuyas à nouveau, et sortit ses panneaux publicitaires du plateau du camion. Parfois, c'était la meilleure publicité.

Il sonna à nouveau à la porte d'entrée. Que J.C. lui dise d'utiliser l'entrée de service. S'il en avait le cran.

La femme de ménage ouvrit à nouveau la porte.

Ce connard n'en avait *pas* le cran. Pourquoi Gage n'était-il pas surpris ?

— M. McCullough a dit que la porte de derrière est ouverte et que vous pouvez passer par là.

— Je fais livrer du ciment cet après-midi, donc si vous devez sortir, vous devriez peut-être garer votre voiture dans la rue pour qu'on ne vous bloque pas. Pouvez-vous transmettre ça à M. McCullough ?

La femme hocha la tête et ferma la porte, laissant Gage planté là. S'il y avait une chose que l'épreuve de Connor lui avait apprise, c'était qu'au final, tout le monde était pareil. Quand on souffrait, on souffrait, alors toute cette noblesse oblige l'agaçait vraiment. Mais le gars payait ses factures, alors Gage prit sur lui et passa derrière.

Le connard l'attendait, regardant sa montre comme si Gage pointait à l'horloge.

— Je dois être au bureau à huit heures, donc si vous pouviez être là à sept heures demain, j'apprécierais.

Gage fit un point d'honneur à vérifier son téléphone portable. Sept heures deux. Il fallait au moins deux minutes pour aller de sa voiture à la porte d'entrée puis faire le tour.

Il posa sa boîte à outils sur le mur en pierre entourant le patio. — Ouais, bien sûr. Ça ne valait pas la peine de se battre.

— Madeleine a dit qu'il y aurait un camion de ciment ici aujourd'hui ?

Gage hocha la tête et sortit son mètre laser et la peinture pour le sol. Il amènerait le Bobcat après avoir délimité son site de fouille.

— Vous avez bien une assurance pour couvrir les dommages à l'allée, n'est-ce pas ?

Gage retint sa réponse sarcastique en attachant sa ceinture de travail autour de sa taille. — Oui. Je peux vous en donner une copie si vous voulez. Il aurait pensé que M. l'Avocat Très Important aurait demandé ça avant, mais peu importe.

— Parfait. Laissez-la à Madeleine avant de partir. Le connard plia son journal et se leva. — Je serai de retour à dix-huit heures. Vous serez parti d'ici là.

Ce n'était pas une question, alors Gage ne sentit pas le besoin de répondre.

— Bien, alors je m'en vais. Essayez de limiter le bruit et le désordre, voulez-vous ? Je n'ai pas besoin que les voisins se plaignent.

Gage lui fit un salut - s'abstenant du salut à un doigt - et se dirigea vers le côté gauche de la piscine pour délimiter l'endroit où il allait creuser les fondations, se rappelant qu'il était là pour faire un travail et qu'il n'avait pas besoin d'aimer le client.

Heureusement, parce que ce gars, il ne l'aimait vraiment pas.

* * *

— J'abandonne ! Une rafale de papiers vola hors du bureau de Cara.

Lara en ramassa quelques-uns et se prépara mentalement avant d'entrer dans l'antre de sa cousine. *Elle* n'y allait jamais si elle n'y était pas obligée. Les chiffres lui donnaient de l'urticaire.

— Quel est le problème, Car ?

Cara agita un tas de papiers vers elle. — Ça. Ces contrats. Ils me rendent dingue. Des attendus que, des considérant que, et des par la présente... On a besoin d'un avocat juste pour suivre tous les changements que l'autre avocat recommande. Il est à peine huit heures et j'ai déjà une migraine. Elle se pinça l'arête du nez. — Je suis une personne de chiffres, pas une foutue littéraire.

— Alors appelle simplement l'avocat et pose-lui les questions que tu as.

— Et lui payer trois cents dollars de l'heure ? Tu es folle ? Je pourrais embaucher quelqu'un à temps partiel pendant une semaine pour ça. Peut-être même moins.

— Et la sœur de Gage ?

Cara ouvrit un œil. — Pardon ?

Lara posa les papiers sur le coin du bureau. Elle ne voulait pas perturber le système de classement de Cara, quel qu'il soit. — La sœur de Gage. La mère de Connor ? Elle étudiait pour devenir assistante juridique avant que Connor ne soit blessé. On pourrait l'embaucher pour quelques heures pour qu'elle nous aide à comprendre les choses et nous guide sur ce qu'il faut demander à l'avocat. Ça nous ferait peut-être économiser des heures facturables. Ce serait moins cher que d'appeler l'avocat et Gage a dit qu'elle pourrait avoir besoin d'une pause. Ce serait gagnant-gagnant pour nous tous.

— Oh. Mon. Dieu. Le bras de Cara s'affala sur son bureau. — Tu es vraiment accro.

— Accro à quoi ?

— À cette histoire avec Gage. Tu étais à fond dans cette scène domestique hier soir, admets-le.

155

Lara leva les yeux au ciel. — Cara, je viens juste de commencer à sortir avec lui.

— Ça ne t'a pas empêchée de coucher avec lui.

— *Tu* me fais la leçon ? Sérieusement ?

— Je ne te fais pas la leçon. Je te fais simplement remarquer que tu as été beaucoup plus vite que d'habitude.

— Étant donné que je n'ai couché avec personne depuis trois ans, je pense que c'est assez évident.

— Mais pourquoi lui ?

Lara croisa les bras. Elle n'avait pas besoin de cet interrogatoire de la part de Cara. Pas maintenant alors que les choses étaient encore si nouvelles. — N'étais-tu pas celle qui me disait d'être aventureuse ? Maintenant tu fais marche arrière ? Décide-toi, Car.

— Je veux juste m'assurer que tu sais ce que tu veux. J'étais pour que tu sautes dans le lit juste pour te détendre. Mais faire des trucs en famille, traîner là-bas, apprendre à les connaître - embaucher sa sœur, pour l'amour du ciel... Ça va au-delà de se gratter une démangeaison.

Ce qui, ironiquement, ne s'était pas produit hier soir.

Lara prit une profonde inspiration. Il lui avait manqué.

— La prochaine chose que tu sais, tu vas préparer un pique-nique et l'apporter sur son chantier.

Voilà une idée... — Vu qu'il est dans le quartier de Jeff, je ne pense pas.

— Ah oui. J'avais oublié ça. Ce serait marrant s'il tombait sur McMonster, non ? Tu imagines Jeff face à toute cette masculinité brute dans son petit monde de Stepford ?

— Wow. Tu n'aimes vraiment pas Jeff. Pourquoi tu ne me l'as jamais dit ?

Cara fit une tentative peu convaincante pour ranger le fatras de papiers. — Tu étais si heureuse avec lui que je me suis dit qu'il devait avoir quelque chose que je ne voyais pas. Qui étais-je pour gâcher ton bonheur ? Et puis, m'aurais-tu écoutée ?

Lara secoua la tête. Non, elle ne l'aurait pas fait. Elle était folle amoureuse.

— Exactement. Alors j'ai décidé de prendre sur moi et d'être là pour toi si ça tournait mal. Ce que je pensais qu'il arriverait. Il n'était pas le bon gars pour toi.

Elle l'avait appris à ses dépens.

— Je déteste avoir raison.

Lara haussa les épaules et ramassa encore quelques feuilles par terre. C'était de l'histoire ancienne. — Si ça ne te dérange pas, je préférerais ne pas revenir sur le désastre qu'a été mon mariage. Pourquoi ne pas envisager d'embaucher Missy, ne serait-ce que pour mettre de l'ordre dans ce bazar ? Ça préservera ta santé mentale, mes oreilles, et quelques arbres qui n'auront pas à finir en pâte à papier.

Cara prit les papiers en leur lançant un regard mauvais. Lara retira sa main vivement ; elle avait trop entendu parler de ce regard mauvais — elle ne voulait pas être brûlée si les papiers s'enflammaient soudainement.

— D'accord. Envoie-moi son numéro par SMS et je l'appellerai.

Lara retourna dans la cuisine et attrapa son portable.

Tu me manques. - G

Elle n'avait pas entendu le message arriver à — elle vérifia l'heure — six heures. C'était parce qu'elle dormait profondément, rêvant de lui.

C'était tout un rêve. Elle ne l'avait peut-être pas physiquement ramené chez elle hier soir, mais elle l'avait fait dans ses rêves. Et, oh, comme il l'avait fait *jouir*... Encore et encore. Elle s'était réveillée avec les draps emmêlés, une fine couche de sueur sur le corps, et un battement entre les jambes qu'elle avait dû soulager avant de se lever.

Ce n'était rien comparé à la présence réelle de Gage, mais c'était le mieux qu'elle puisse obtenir jusqu'à ce que leurs emplois du temps s'accordent.

Il y avait probablement plus de chances qu'une météorite frappe la Terre.

Tu me manques aussi. Passe une bonne journée. -Moi

D'accord, ce n'était pas le texto le plus romantique, mais au moins il saurait qu'elle pensait à lui.

Elle ne pouvait pas *s'empêcher* de penser à lui. Gage s'avérait être plus qu'elle n'aurait jamais pu espérer ou imaginer pour elle-même après le fiasco avec Jeff.

Sans parler du physique ; le lien émotionnel qu'il avait avec sa famille lui suffisait. L'amour entre sa sœur et lui, l'attention et l'inquiétude pour son neveu, la façon spéciale dont il la faisait se sentir... Ajoutez à cela le fait qu'il transformait son sang en feu liquide et pouvait l'exciter d'un seul regard — bon sang, même ce surnom idiot la faisait se sentir spéciale — Gage était presque trop beau pour être vrai.

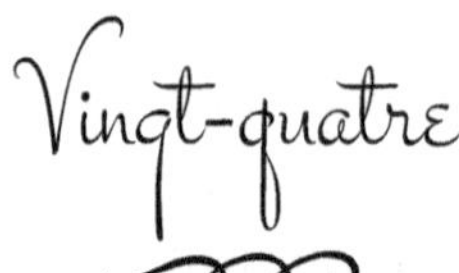

Tout le monde ne trouvait pas Gage merveilleux.

Lara assistait à la réunion mensuelle de la Chambre de Commerce, écoutant Gage s'adresser à l'assemblée au sujet d'un lieu pour ses gars, et tout ce qu'il recevait, c'était de la résistance de la part des autres membres.

Obscène, dégoûtant, sexiste, pornographique... Elle n'en revenait pas des mots qui étaient lancés. Et les attitudes... Elle était sérieusement tentée de se lever et de demander à tout le monde dans quelle décennie — non, dans quel *siècle* — ils se trouvaient, car ce n'était certainement pas le vingt-et-unième.

— Nous surveillerions l'entrée comme n'importe quel autre club. Vingt-et-un ans est l'âge légal pour boire, et puisque nous servirions de l'alcool, les clients devraient avoir vingt-et-un ans pour entrer. Des adultes légaux. Nous ne sommes pas là pour corrompre des mineurs.

Gage gardait son calme derrière le pupitre, mais comme elle le connaissait, elle pouvait voir l'effort que cela lui coûtait.

Elle aurait aimé arriver tôt ce soir, mais elle avait dû mettre la dernière touche au gâteau des Henderson avant que Jesse ne parte le livrer — c'est pourquoi elle avait pu assister à la réunion en premier lieu. C'était généralement Cara qui s'en occupait, mais ce soir était le seul moment où Missy avait pu trouver quelqu'un pour garder Connor, alors Cara était partie la former.

Si Lara avait su que Gage allait être là, elle se serait levée une heure plus tôt ce matin et aurait fini le gâteau de Mme Henderson à temps.

Il avait l'air bien là-haut dans son polo et son pantalon kaki. Comme un homme d'affaires, ce qu'il était. Pas le type louche qu'ils essayaient de le faire passer pour.

— Vous allez provoquer des émeutes, dit l'un des membres du Conseil. John Quelque chose. Qui semblait terriblement jaloux que Gage *puisse* provoquer une émeute.

— Nous offrons aux gens un bon moment et c'est étroitement surveillé par la sécurité. Ce n'est pas différent de n'importe quel autre club avec des artistes en direct, qu'il s'agisse de danseurs ou d'un groupe.

— Les groupes n'enlèvent généralement pas leurs vêtements.

— Ah non ? Vous n'avez jamais vu un batteur ou un guitariste enlever sa chemise et la jeter dans la foule ? Moi si. Nous, au moins, essayons de garder nos vêtements. Les costumes coûtent cher.

— Et les salles privées ? demanda une femme plus âgée. J'ai entendu dire que les clubs comme le vôtre ne sont que des façades pour la prostitution.

Le muscle de la mâchoire de Gage se contracta. Lara le vit déglutir et ses yeux se plissèrent.

— Je ne dirige *pas* un réseau de prostitution. En plus d'être illégal, c'est moralement répréhensible pour moi.

— Pourtant le strip-tease ne l'est pas ?

Gage exhala. Lentement et bruyamment.

— Les gars sont des danseurs exotiques. Ce qu'ils enlèvent ou non dépend d'eux, mais je peux vous garantir qu'il n'y a jamais de nudité frontale complète. Cela viole les lois sur la décence et je suis un citoyen respectueux des lois.

Il saisit le bord du pupitre jusqu'à ce que ses jointures blanchissent.

— Mon partenaire et moi proposons un spectacle propre, plein de bon divertissement avec un souci de sécurité publique. Rien que pour cela, nous devrions obtenir une licence commerciale pour le lieu de Craft Street.

Craft Street était à deux pâtés de maisons de sa boulangerie, et un petit frisson agita son ventre à l'idée de l'avoir si proche, puisque leurs interactions ces derniers jours n'avaient été que des textos et des appels téléphoniques.

L'Inquisition se poursuivit pendant encore quinze minutes, Gage maintenant son attitude professionnelle tout du long.

Curieusement, elle se souvenait de la seule fois où elle avait assisté à la réunion de l'Association des Propriétaires de leur quartier avec Jeff. Il voulait élargir leur allée, mais le règlement disait qu'ils ne pouvaient pas le faire sans l'approbation de l'Association. C'était triste de voir à quelle vitesse l'arrogance égoïste de Jeff les avait tous retournés contre lui, et non seulement ils n'avaient pas obtenu la dérogation, mais ils avaient été condamnés à une amende pour avoir installé la bordure en granit le long de l'allée, ce qui était également quelque chose pour lequel ils auraient dû obtenir l'approbation de l'Association avant son installation.

Elle était partie mortifiée ; Jeff était indigné d'une colère moralisatrice.

Inutile de dire qu'elle avait été plus qu'heureuse de vendre la maison et de déménager après le divorce. Maintenant, au moins, ses voisins n'avaient aucun problème avec elle.

L'interrogatoire était enfin terminé, et Lara saisit son sac, s'attendant pleinement à suivre Gage dehors et à lui parler, mais il la surprit. Il prit place au premier rang et resta pour le reste de la réunion. Non pas qu'il y ait eu d'autres gros problèmes, juste quelques mesures à adopter sur la façon dont les rapports étaient distribués, mais Gage s'assura que sa présence était connue.

Elle ne savait pas comment quiconque — quelle *femme* — pouvait ne pas savoir qu'il était dans la pièce.

Et apparemment, aucune femme ne l'ignorait, puisqu'elles se précipitèrent toutes vers lui une fois la réunion ajournée. Y compris la vieille bique qui avait évoqué les salles privées.

Elle avait probablement voulu l'y attirer.

Lara réprima sa jalousie. Ce n'était pas la faute de Gage si les femmes fantasmaient sur lui. Enfin, pas maintenant. Sur scène ? C'était une autre histoire. Mais même là, c'était un travail. Juste un travail.

Il fit le nécessaire pour socialiser, et si elle n'avait pas vu le clin d'œil qu'il lui avait fait quand il l'avait aperçue alors qu'elle s'approchait, elle aurait pensé qu'il était sincèrement intéressé par chaque femme à qui il parlait. Il avait une façon de faire sentir à chacune qu'elle était la seule femme dans la pièce, un sentiment que Lara ne connaissait que trop bien —

Et s'il ne le pensait pas plus avec elle qu'avec ces autres femmes ?

Ses pas et son sourire vacillèrent.

Oh Dieu, elle était ridicule. Bien sûr que ce n'était pas vrai. Il tenait à elle. Elle était paranoïaque.

Maudit Jeff. Elle avait l'habitude d'avoir confiance en elle quand il s'agissait des hommes. Quand il s'agissait de quoi que ce soit.

Elle avait retrouvé cette confiance en elle pour la boulangerie ; pourquoi ne pouvait-elle pas la retrouver quand il s'agissait de Gage ?

Il serra la main de la dernière femme et vint vers elle avec un rapide baiser sur sa joue.

— Tu es un vrai régal pour les yeux.

Il prit son temps pour la contempler.

— Tu m'as manqué.

Sa voix était basse, envoyant des frissons sur toute sa peau.

— Je suis content que tu sois là.

— Je ne savais pas que tu allais être là.

— Je ne le savais pas non plus jusqu'à ce que je reçoive un avis par courrier aujourd'hui m'informant que ma demande pour Craft Street avait été refusée. J'ai dû venir plaider ma cause.

— Je pense que c'était très efficace.

— Je n'en suis pas si sûr. Les opinions sont difficiles à changer et les gens pensent que nous ne sommes que dans le commerce du sexe. C'est assez décourageant.

— Pourquoi n'as-tu pas mentionné la raison pour laquelle tu fais ça ? Pour Connor, je veux dire.

Il passa une main sur sa bouche. — J'y ai pensé. Vraiment. Mais ce n'est pas seulement pour Connor. Je veux dire, Con est la raison pour laquelle *je* le fais, mais tous les gars ont leurs propres raisons. C'est une entreprise viable. Rentable. Les impôts que nous paierions auraient dû nous valoir l'approbation, mais les préjugés à son encontre leur font se mordre le nez budgétaire, ces idiots à courte vue.

— Alors que vas-tu faire maintenant ?

— Je ne sais pas. S'ils n'approuvent pas Craft Street, ils n'approuveront aucun autre emplacement. Cet endroit est vide depuis plus d'un an. J'aurais pensé qu'ils seraient ravis de voir une verrue disparaître. On dirait que nous n'avons pas de chance.

Lara était sur le point d'offrir une épaule réconfortante quand elle aperçut l'homme de l'autre côté de la pièce. — Euh, peut-être pas.

Le patron de Jeff. Bien que Jeff ait idolâtré cet homme, M. Davis avait été dégoûté par leur divorce et lui avait clairement fait savoir qu'il serait plus que ravi de l'aider si jamais elle en avait besoin. Pas de manière inappropriée ; l'homme était marié à son amour d'enfance depuis plus de cinquante ans. Il croyait au mariage et à la fidélité et avait été prêt à licencier Jeff sur-le-champ jusqu'à ce qu'il décide de le nommer associé pour que Lara puisse obtenir plus de pension alimentaire. Il lui avait même recommandé l'avocat qu'elle avait engagé pour la représenter. Jeff avait pesté à chaque réunion qu'ils avaient eue.

M. Davis en avait ri chaque fois qu'il la voyait. — La vengeance, disait-il. Et même avec le partenariat, Jeff restait toujours le dernier des associés et M. Davis comptait bien s'assurer qu'il le reste.

Oh oui, Weatherington Davis était une force avec laquelle il fallait compter, et elle avait bien l'intention de le faire.

— Excuse-moi, tu veux bien, Gage ?

— Lara, que vas-tu...

Elle se dégagea de son étreinte. — Fais-moi confiance. Je pourrais peut-être aider.

Elle se dirigea droit vers M. Davis. Son visage s'illumina quand il la vit.

— Lara. Quel plaisir de vous voir. Il lui prit les mains et lui fit la bise. Il sentait le savon à la lavande — celui de sa femme — et les cigares — les siens — avec une touche de fumée de bois, quelque chose de complètement déplacé par cette chaude météo estivale, mais c'était M. Davis.

— Bonjour, M. Davis.

— Allons, allons, je croyais que nous avions dépassé ce stade. Je vous ai dit maintes fois de m'appeler Weathers. Tous mes amis le font.

Jeff ne le faisait pas. Rien que pour cette raison, Lara se lança. — Merci, Weathers. Comment allez-vous ? Comment va Mary ? Les enfants ? J'ai entendu dire que vous aviez un nouveau petit-enfant.

— Ah, oui, la petite Candace. Le portrait craché de sa mère. Mon aînée, Susan. Je ne crois pas que vous ayez rencontré Susan.

Elle n'était allée que deux fois chez lui pour la fête de Noël du cabinet et les deux fois, seul son fils cadet était présent. — Non, je ne l'ai pas rencontrée, mais si ce bébé ressemble un tant soit peu à Mary, elle sera sûrement une beauté.

Flatter la femme de M. Davis, euh, Weathers, était un moyen sûr d'atteindre son cœur. Cela avait toujours réchauffé le cœur de Lara de voir à quel point il adorait sa femme.

Elle voulait que quelqu'un l'adore comme ça.

Elle jeta un coup d'œil à Gage. Elle avait senti son regard sur elle pendant tout le trajet jusqu'ici et pendant toute la conversation. C'était agréable de savoir qu'il la regardait.

Et, oui, peut-être avait-elle mis un peu plus de déhanché dans sa démarche.

— Je dirai à Mary ce que vous avez dit. Elle a toujours apprécié votre compagnie. Weathers jeta un coup d'œil aux deux hommes qui se tenaient de chaque côté de lui. — Eh bien, les garçons, nous en discuterons demain, d'accord ? J'ai l'impression que Mlle Cavallo a quelque chose dont elle doit me parler.

Les hommes acquiescèrent et s'éloignèrent.

— Maintenant, ma chère, qu'avez-vous en tête ?

— Pourquoi penseriez-vous que j'ai quelque chose en tête ? Je ne peux pas venir saluer un vieil ami ?

— Lara, je suis peut-être vieux, mais je ne suis pas sénile. Je ne suis pas non plus aussi beau que votre homme là-bas, alors je pense qu'il y a quelque chose dont vous devez me parler qui le concerne, sinon vous l'auriez amené avec vous. Et comme j'ai entendu son discours passionné à la tribune, j'ai une assez bonne idée de ce dont vous voulez me parler.

Elle sourit et secoua la tête. — Il y a une raison pour laquelle votre cabinet a tant de succès.

— Pas grâce à votre ex-mari. Je ne sais pas comment vous avez pu rester mariée à lui aussi longtemps. Je ne dois le supporter que sur une base de huit heures — et même pas — et j'ai envie de divorcer de lui.

— J'espère que vous pourrez bientôt le faire.

— Oh ?

— C'est ma boulangerie. La mienne et celle de ma cousine. J'espère la rendre assez rentable pour ne plus avoir à accepter la pension alimentaire de Jeff. Alors vous pourrez le laisser partir.

— Et perdre mon larbin ? Vous plaisantez ? Et pourquoi diable voudriez-vous cesser de prendre l'argent de cet homme ? Vous y avez droit, et Dieu sait qu'il doit être tenu responsable de ce qu'il a fait.

— J'apprécie cela, Weathers. Vraiment. Mais je n'aime pas être redevable envers lui. Je déteste devoir prendre son argent. Je veux le mien.

— Pour pouvoir le lui jeter à la figure.

Elle esquissa un sourire. — Quelque chose comme ça.

— Ah, ma fille, je savais que vous aviez du cran en vous. Certes, vous étiez abattue par ce qu'il avait fait, mais je savais que vous aviez en vous la force de renaître de vos cendres. Il l'éloigna des oreilles indiscrètes des personnes qui s'étaient rapprochées d'eux pendant qu'ils parlaient.

— Maintenant, que puis-je faire pour vous ? Vous voulez que je fasse pression sur la Chambre pour qu'elle lui accorde sa licence commerciale ?

— Si, je le connais. C'est une bonne entreprise. Équitable, rentable, et tout à fait légitime. Gage et son associé ont travaillé très dur pour la construire et ça les aiderait beaucoup d'avoir leur propre espace. S'enraciner et développer la société. Ils redonneront à la communauté, sous forme d'impôts et de création d'emplois, et en plus, le lieu est abandonné en ce moment. Ils vont le rénover. C'est bon pour le développement urbain, non ?

Weathers la regarda pendant quelques instants, son regard bleu glacé qui lui avait fait gagner de nombreuses affaires difficiles, évaluateur.

Puis il sourit. — Ça me fait chaud au cœur de vous voir comme ça.

— Comme ça ?

— Amoureuse.

Les yeux de Lara s'écarquillèrent. Elle n'était pas amoureuse de Gage. Un cas sévère d'attirance, oui. En pleine passion, certainement. Mais l'amour ? Ils avaient à peine été ensemble assez longtemps pour tomber amoureux.

Et elle ne faisait pas dans l'amour. Pas maintenant. C'était trop tôt depuis Jeff, et totalement inopportun.

— Je ne suis pas amou-

— N'essayez pas de me dire que vous ne l'êtes pas. Je suis dans cet état depuis plus de cinquante-cinq ans, depuis que Mary et moi avions treize ans. Je sais à quoi ressemble l'amour.

Lara mit ses mains sur ses joues, certaine qu'elles étaient rouge vif en ce moment. — Monsieur Davis-

— Weathers.

— Weathers. Vraiment, ce n'est pas ce que vous croyez.

— Ah. Je vous ai embarrassée. On me dit que j'empire avec l'âge. Il ajusta son col. — D'accord, laissons de côté cette histoire d'amour. Vous aimeriez que j'apporte mon soutien à l'entreprise de votre homme. Je suis d'accord avec vous que ce qu'il propose est une bonne décision commerciale et les commentaires idiots faits par le conseil n'ont fait que renforcer ma résolution de le faire avant même que vous n'arriviez. Mais j'accepterai votre gratitude à tout moment.

Il sourit en disant cela et Lara ne savait pas ce qu'elle avait fait pour mériter de l'avoir de son côté, mais elle était très heureuse de l'avoir fait.

— Merci beaucoup, Monsieur, euh, Weathers. J'apprécie vraiment et je sais que Gage aussi.

— Gage n'apprécie *pas* que vous soyez encore ici à me parler, alors je pense que nous devrions nous dire au revoir. Dites-lui de vérifier son courrier. Je suis certain que d'ici la semaine prochaine, il trouvera la licence dont il a besoin.

Elle donna un baiser sur la joue de Weathers, riant de bon cœur quand il lui lança un petit regard coquin, et se dépêcha de retourner vers Gage.

— Qui était-ce ?

Elle expliqua qui était Weathers.

— Je n'ai pas besoin de quoi que ce soit du patron de ton ex-mari. Je peux le faire tout seul, Lara.

— Vraiment ? Parce qu'il ne me semblait pas que tu te débrouillais si bien, Gage, puisqu'ils t'ont refusé. Et qu'est-ce que ça peut faire comment tu obtiens la licence tant que tu l'obtiens ?

— Parce que ton ex-mari est impliqué.

— Seulement de façon périphérique. Elle continua d'expliquer le positionnement de Weathers. — Tu vois, la seule raison pour laquelle Jeff a encore son emploi, c'est parce que Weathers veut s'assurer que j'ai une pension alimentaire. Ça, et aussi pour qu'ils puissent tous donner des ordres à Jeff. Nous obtenons tous les deux ce que nous voulons.

— Et moi ?

— Quoi, toi ? Tu obtiens la licence commerciale comme tu le voulais.

Sa bouche se tordit de côté. — Je suppose.

— Est-ce différent du fait que tu aies fait engager Gina pour organiser sa fête ?

Il ouvrit la bouche, puis la referma. Ensuite, il passa une main dessus. — Je suppose que non.

— Tiens, tu n'as pas l'air si ravi.

— Non, tu as raison. Merci.

— Je t'en prie. Maintenant, que dirais-tu de m'emmener fêter ça ? Je n'ai pas eu l'occasion de manger quoi que ce soit aujourd'hui et je meurs de faim.

— De quoi as-tu exactement faim ?

À cet instant, avec sa voix basse et ses yeux bleus fixés sur sa bouche, le badinage taquin avait disparu, remplacé par un autre type de taquinerie.

Lara se lécha les lèvres.

Gage gémit. — Mon Dieu, Lara, pas ici. Je ne pourrai pas sortir et tous ces gens penseront qu'ils avaient absolument raison à propos de BeefCake.

Elle ne put s'empêcher de sourire légèrement. C'était bon de savoir qu'elle l'affectait autant qu'il l'affectait. — On ne peut pas avoir ça, n'est-ce pas ? Pas quand M. Davis se donne tout ce mal pour les convaincre du contraire.

— Alors sortons d'ici pendant que je peux encore marcher droit.

Elle résista à l'envie de regarder en bas.

Enfin, presque.

— Tu me tues. Il lui saisit le bras et la dirigea vers la porte, et pour la première fois depuis qu'elle l'avait rencontré, il ne s'arrêta pas pour parler à aucune des femmes qui essayaient de l'intercepter.

Et, oui, Lara se sentait juste un petit peu fière d'elle-même pour ça.

Vingt-cinq

Ils se retrouvèrent de nouveau chez Donegan, mais cette fois, il n'y avait ni rondelles d'oignon, ni pommes de terre au four garnies, ni paris sur des lap dances — parce que c'était pratiquement acquis.

Elle commanda le poulet irlandais, lui un hamburger, et ils les dévorèrent en un rien de temps. Gage avait même demandé l'addition en même temps que la nourriture, si bien qu'ils avaient commandé, mangé et payé en moins de trente minutes.

Vingt minutes plus tard, ils étaient nus.

— Mon Dieu, Lara, je n'ai pas pu m'empêcher de penser à toi. À ça.

Ils se tenaient dans son salon, leurs vêtements éparpillés partout, et il caressa ses seins parfaits, soupesant leur poids, ses pouces effleurant ses mamelons jusqu'à ce qu'ils durcissent.

Elle se cambra contre lui. — C'est tellement bon, Gage.

— Oui, tu l'es.

Il devait en goûter un. Il se pencha et effleura doucement le mamelon de ses lèvres, souriant lorsqu'elle hoqueta. Il le mordilla alors, délicatement, juste avec ses lèvres, souriant encore plus quand elle lui tint la tête et se pressa contre lui.

— Lèche-moi, Gage.

Son souffle était rauque, sa voix désespérée.

Il connaissait ce sentiment.

Gage fit ce qu'elle demandait — ce qu'il voulait faire — faisant tournoyer sa langue autour du pic qui se raidissait, puis le suça dans sa bouche, le goût et la sensation d'elle menaçant sa santé mentale. Il devait l'amener au lit.

Il la souleva dans ses bras et étouffa son halètement avec un autre baiser, parcourut le couloir à grandes enjambées et la déposa sur le lit sans rompre le baiser.

Mon Dieu, qu'elle était bonne sous lui. Douce là où une femme devait l'être. L'enveloppant là où il avait besoin de pression, et le glissement soyeux de ses jambes contre les siennes était le paradis pur.

Il se redressa sur ses coudes et encadra sa tête entre ses paumes, ses boucles emmêlées entre ses doigts. — Tu m'as manqué.

Elle lui mordilla le menton. — Tu m'as manqué aussi.

— Tu es si belle, Lara.

Il lui mordilla le nez, cette espièglerie nouvelle pour lui, mais il voulait chaque partie d'elle. Il voulait son sourire et son mignon petit rire. Il voulait ses gémissements et ses respirations peu profondes et haletantes. Il voulait son nom sur ses lèvres alors qu'il lui donnait les meilleurs orgasmes de sa vie.

— Tu me fais me sentir belle, Gage.

Il ne devrait pas avoir à le faire ; elle devrait se sentir belle sans lui. Parce qu'elle l'était. À l'intérieur comme à l'extérieur. Sa façon attentionnée d'être avec Connor, avec sa cousine. Et comment elle se donnait à lui sans réserve. Cette générosité et ce désintéressement absolus faisaient d'elle une belle personne et les magnifiques boucles, les yeux chaleureux et sensuels, ce mignon petit nez retroussé, et ces lèvres... Mon Dieu, ces lèvres... Tout cela n'était que la façade de la belle âme qu'ils abritaient.

— Ne laisse jamais personne te dire que tu ne l'es pas, Lara. Il y a tellement de beauté en toi qu'elle transparaît. Il faudrait être idiot pour ne pas voir tout ça en toi.

Il tuerait son ex-mari. *Vanille* — ce type était-il fou ? Lara n'était pas du tout vanille. Elle était un chocolat décadent avec des tourbillons de fraise et de menthe poivrée, un festin pour son palais qu'il voulait goûter encore et encore.

Elle cligna des yeux — deux fois — contre les larmes au coin de ses yeux. — Merci.

Sa voix se brisa à la fin et Gage ne pouvait pas supporter ça. Ce n'était pas une nuit pour les larmes. C'était une nuit pour les sourires et les rires, et oh oui, de longs gémissements de plaisir prolongés. Peut-être même un cri ou deux — ou sept — de son nom. S'il pouvait tenir aussi longtemps.

Il l'embrassa. Pas charnellement, pas légèrement, mais suffisamment pour lui montrer tout ce qu'il ressentait pour elle. Chaque bonne action, chaque merveilleux sourire, chaque pensée douloureuse qu'il avait eue d'elle depuis leur rencontre.

Il s'occuperait de ce que tout cela signifiait pour lui plus tard.

— Tu es la plus belle femme du monde pour moi, Lara, et je vais m'assurer que tu le saches avant le matin.

Lara frissonna à ses mots. Elle voulait le croire — et peut-être, si elle se laissait aller, elle le croirait. — Fais-moi juste l'amour, Gage. Fais-moi sortir de moi-même comme tu l'as fait l'autre nuit. *Ça*, c'était beau.

— Tes désirs sont des ordres, dit-il avec ce sourire qui la faisait vaciller juste avant que ces belles lèvres ne descendent sur les siennes pour l'emporter dans un maelström d'excitation et de sensations auxquelles elle pouvait à peine croire.

Partout où Gage touchait se transformait en feu. Ses terminaisons nerveuses frémissaient sous sa peau, des ondulations se tordant sur elle, son ventre palpitant d'une réponse que lui seul avait pu susciter, et la chaleur se glissait le long de ses membres, se frayant un chemin jusqu'à son cœur et l'enveloppant si étroitement qu'elle ne pouvait plus respirer. Elle était tellement impliquée avec lui que cela pourrait être un désastre de proportions épiques si ça ne marchait pas.

Lara chassa cette pensée de son esprit. À un moment donné, elle devait lâcher prise sur le doute et apprendre à faire confiance à nouveau.

La confiance. C'était un gros problème pour elle.

Gage mordilla le long de sa mâchoire et descendit dans son cou, prenant un soin particulier à sa clavicule, plongeant dans le creux à la base, sa langue tourbillonnant là, irradiant un désir glissant et chaud dans chaque partie d'elle.

— Mon Dieu, bébé, tu as un goût incroyable, murmura-t-il contre sa peau et Lara ne put qu'acquiescer.

Et se tortiller. Elle le faisait plutôt bien quand ses lèvres trouvèrent son mamelon.

Ses doigts jouaient avec l'autre et les sensations montaient en elle, fracturant son esprit de tout sauf la glorieuse friction de ses doigts et de sa langue et la dureté de lui contre sa cuisse.

Elle passa ses mains sur son dos, chaque centimètre une expérience de proportions sensuelles. Il n'avait pas un gramme de graisse, et chaque muscle se contractait et se fléchissait sous son toucher, générant une contraction correspondante dans une zone très spécifique. — Je te veux, Gage. En moi. Maintenant.

Il leva la tête, ses beaux yeux aigue-marine voilés de désir. Pour elle. — Tu m'auras, Lara. Mais on va y aller doucement. Faire durer. Rendre ça beau.

Ça l'était déjà.

Gage embrassa son chemin le long de son corps, plongeant dans son nombril, sa langue tourbillonnant encore plus de sensations là, chacune se propageant de ce centre à un autre, un peu plus bas et beaucoup plus nécessiteux.

Elle se tortilla sous lui, ayant besoin de pression — ah, oui, là. Mon Dieu, la longueur et la force de lui...

Il berça ses hanches avec ses mains et puis, oh, mon Dieu, sa langue la trouva.

— Tu as un goût incroyable, chuchota-t-il contre ses boucles avant de prendre ce qu'elle voulait si volontiers lui donner.

Il la rendait folle de désir. Sa langue et ses doigts habiles exacerbaient son envie, l'amenant au bord du précipice, pour ensuite la faire reculer et la laisser suspendue, chaque partie de son corps frémissant de besoin. Elle agrippait les draps, secouait la tête, appuyait contre sa bouche, cherchant cette ultime délivrance, mais Gage ne faisait que la taquiner avec.

— S'il te plaît, Gage, haleta-t-elle, à moitié hors d'elle-même de désir, l'autre moitié si fermement concentrée sur ce qu'il faisait qu'elle avait l'impression de le voir derrière ses paupières closes.

— Je vais te faire plaisir, Lara, mais tu vas devoir travailler pour ça.

Ses yeux s'ouvrirent brusquement et elle rencontra son regard taquin. — Quoi ?

Il sourit alors et cela lui fit recroqueviller les orteils.

— Retourne-toi. Il souleva sa jambe et la tourna jusqu'à ce qu'elle soit sur le ventre et son postérieur...

— Qu'est-ce que tu vas faire ?

— Ce n'est pas ce que *je* vais faire. Il glissa du lit et mit ses mains puissantes autour de ses chevilles... et la tira hors du lit. — C'est ce que *tu* vas faire.

Elle le regarda par-dessus son épaule en essayant de tenir debout. Cela ne marchait pas très bien ; son corps était tellement excité que ses genoux menaçaient de céder.

— Tu vas danser pour moi.

Ses genoux cédèrent et elle tomba sur le matelas. — Quoi ?

Il la saisit par la taille et la remit debout. — Tu te souviens de la danse sur les genoux ?

— Mais c'est *toi* qui me *dois* quelque chose.

— Et je vais te le donner. Mais ensuite, tu vas m'en donner une.

— Pourquoi ?

Ce fichu sourire sexy en coin était de retour. — Pourquoi pas ?

Oh. Ouais.

— Ce sera amusant.

Amusant, érotique... c'est du pareil au même.

— Reste là. Je reviens tout de suite.

Elle ne bougea pas pendant qu'il quittait la chambre. Elle ne pouvait pas.

Il revint rapidement, son téléphone à la main et un préservatif sur son érection.

Ce mec était incroyable.

Il tapota l'écran quelques fois, puis de la musique se fit entendre.

— Tu plaisantes, dit-elle, reconnaissant l'introduction. *Simply Irresistible* de Robert Palmer.

Il sourit. — Non. Ça a un super rythme et les paroles sont parfaites. Tu *es* tout simplement irrésistible, Lara.

— Tu sembles bien réussir à me résister, pourtant, puisque tu es si loin.

— Oh, ne t'inquiète pas. Je serai juste *là* dans quelques secondes. Il posa le téléphone sur sa commode. — Maintenant regarde.

Comme si elle pouvait faire autre chose. Il. Était. Nu.

Et excité.

Et en train de danser.

Pour elle.

— D'abord, tu fais bouger tes hanches. Il le démontra oh si bien. — Mets un peu de poussée dans la zone des fesses.

Oh ouais. Ça marchait pour elle.

— Quelques secousses. Il se retourna et sa bouche devint sèche comme un désert.

Ou était-ce comme un *dessert* ? Cet homme pouvait secouer son derrière et c'était une chose de toute beauté.

— Maintenant combine tout ça avec quelques mouvements de bras. Il mit ses bras derrière sa tête, pivota, et ses pectoraux et ses abdominaux commencèrent leur propre concours de danse - qu'il rapprocha.

Plus près de ses genoux.

Par derrière.

Lara fit glisser une main le long de sa colonne vertébrale. L'électricité remonta en crépitant tout le long de son bras.

— Qu'en penses-tu ? demanda-t-il, regardant par-dessus son épaule alors que ses fesses frôlaient son abdomen et que ses testicules effleuraient ses jambes.

Elle ne pouvait pas penser, surtout qu'il dansait avec une érection complète.

Il se redressa et tendit la main. — Viens me rejoindre.

Elle voulait le rejoindre *avec* lui. Maintenant. Ici. Immédiatement.

Elle prit sa main, cependant, et se mit debout en tremblant.

Puis Gage la fit tourner et entoura sa taille de ses mains, son bassin toujours ondulant contre elle, et oh, mon Dieu, la sensation de lui frôlant la fente de son postérieur menaçait d'emporter le peu de force qu'elle parvenait à peine à conserver.

— Suis simplement mes mouvements, Lara.

Elle essaya. Vraiment. Mais c'était seulement parce que ses mains la guidaient qu'elle y parvenait. Son cerveau était *grillé* car chaque frôlement de sa peau contre la sienne le mettait en surcharge et tout ce qu'elle pouvait voir était l'étendue du lit devant elle où elle voulait être étalée sous lui, prenant cette partie pulsante et vibrante de lui qui faisait des choses terriblement pécheresses à son postérieur à l'intérieur d'elle jusqu'à l'accomplissement.

Puis Gage coupa son sein et lécha la courbe de son épaule.

— N'est-ce pas amusant ?

Amusant n'était pas tout à fait le mot juste.

Lara se mordit la lèvre et le regarda. — Je ne peux pas en supporter beaucoup plus.

— Bien sûr que si. Je fais ça pendant une heure d'affilée sur scène. Tu peux me donner quelques minutes. Il relâcha alors sa prise sur elle et recula.

Elle chancela.

Gage la rattrapa. — Ah ah. Tu peux le faire. Allez, Lara, montre-moi ce que tu as.

L'embarras l'envahit. Ce qu'elle avait n'était pas du tout ce qu'il faisait, mais...

Mais il semblait apprécier, alors pourquoi pas ? Elle n'avait rien à perdre si ce n'est ce moment si elle ne le faisait pas.

Elle ne voulait pas perdre ce moment.

Prenant une profonde inspiration, Lara roula des épaules et se retourna. Elle pouvait le faire.

Gage changea de chanson. *Addicted to Love*. Essayait-il de lui dire quelque chose ?

Il s'assit sur la chaise près de son lit et son sourire était absolument charmant. Et encourageant. — Danse pour moi, Lara.

Le premier battement frappa et Lara le sentit résonner en elle. Elle pouvait danser. Habillée en tout cas.

Ses hanches commencèrent à bouger. Apparemment, elle pouvait aussi danser sans vêtements.

— C'est ça, bébé. Fais-moi un petit déhanché.

Elle le fit, et la sensation de ses seins se balançant devant lui - et le regard dans ses yeux quand ils le faisaient - était absolument libérateur. Elle mit ses bras derrière sa tête, les levant, et mit un peu plus de roulement dans ses hanches.

Ses yeux s'enflammèrent. — Ah, c'est bon. Tellement bon.

Ouais, ça l'était.

Elle pointa son orteil et pivota dessus, ses hanches captant chaque battement de tambour alors qu'elle laissait la musique la traverser. Elle rejeta sa tête en arrière et ferma les yeux, sentant le tempo dans son sang, le laissant courir en elle, dicter ses mouvements.

— C'est ça, Lar. Sa voix était basse et rauque. Comme la sensation qu'elle avait au bas de son pelvis. — Viens plus près. C'était murmuré, mais elle l'entendit par-dessus la musique.

Elle se déhancha jusqu'à lui, son regard rencontrant le sien et ne le lâchant plus.

Ses doigts se crispèrent sur ses cuisses. Son sexe tressaillit.

Oh oui, elle l'affectait.

— Tourne-toi.

Elle le fit. Lentement.

— Reviens vers moi.

Elle le fit. Enjambant ses jambes. Ouverte et humide et avide.

Gage gémit quand elle plia les genoux.

Elle resta en suspens, au-dessus de ses genoux, laissant ses hanches le tenter tandis qu'elle passait ses doigts dans ses cheveux et sur son corps. Elle caressa ses seins, sachant qu'il ne pouvait pas voir mais qu'il saurait qu'elle se touchait.

C'était pervers. C'était décadent. C'était la chose la plus érotique qu'elle ait jamais faite et le pouvoir de ce qu'elle pouvait lui faire montait en elle. Cela lui donna l'encouragement, la force de faire onduler ses hanches un peu plus vite, de frôler son derrière un peu plus bas, de le taquiner encore plus.

— Tu me tues, marmonna-t-il.

— Quelle belle façon de partir, chuchota-t-elle en retour avec une pointe de rire. Dieu, quel sentiment de puissance elle ressentait.

— Tu es la chose la plus sexy que j'aie jamais vue, Lara. Ses doigts effleurèrent ses hanches.

Elle se sentait comme la chose la plus sexy qui soit. — Pas touche, Gage. N'est-ce pas ce que tu dis à tes clients ? Pas de contact ?

Son rire était rauque. — Tu as vu comme ça marche bien.

Elle regarda par-dessus son épaule. — Alors que vas-tu faire à ce sujet ?

Ses yeux s'enflammèrent à nouveau et il agrippa ses grandes mains fortes sur ses hanches et la tira contre lui. — Je déclare cette danse terminée et je vais t'empaler sur mon sexe comme ça et te laisser me chevaucher pendant le reste de ma playlist.

Et, oh, c'est exactement ce qu'il fit.

Il la prit là, sur la chaise, ses mains sur ses cuisses la tenant largement ouverte, ses doigts jouant avec elle, exigeant qu'elle s'accroche derrière sa tête pour que ses seins soient hauts et fermes et qu'il puisse les regarder par-dessus son épaule pendant qu'il la pénétrait au rythme de la musique.

— Dieu, bébé, c'est ça. Chevauche-moi.

Elle le fit. Elle cambra son dos, plia ses orteils sur le tapis, et le prit en elle, sentant chaque centimètre de velours d'acier le long de tout son passage et *ceci* était la chose la plus érotique qu'elle ait jamais faite.

Il y avait beaucoup de premières fois avec Gage et Lara était sincèrement heureuse qu'il soit celui avec qui elle les expérimentait toutes.

Leurs respirations haletantes étaient noyées par la playlist qui devait être celle sur laquelle ses gars s'entraînaient à danser car chaque chanson avait un tempo lourd et pulsant qui résonnait dans son sang, descendait en spirale jusqu'à cet endroit où ils étaient joints, augmentant la chaleur et le besoin et le désir jusqu'à ce qu'elle halète, sa tête tombant en arrière, et elle agrippa ses cheveux parce qu'elle avait besoin de quelque chose — n'importe quoi — à quoi se tenir.

La vague monta, un tourbillon bouillonnant de besoin douloureux, les sensations lui coupant le souffle jusqu'à ce qu'enfin, elle déferle sur elle, dans un crash pulsant et martelant, la poussant alors qu'elle le serrait et tirait chaque sensation quand il jouit, le moment infini...

Gage fut le premier à bouger. Il tressaillit en elle, ramenant Lara à chaque terminaison nerveuse délicieusement rassasiée de son corps.

— Tu es incroyable, murmura-t-il contre son cou, son souffle chaud envoyant plus de frissons à travers elle.

— Tu es assez incroyable toi-même. Je n'avais jamais fait ça avant.

— Tu m'aurais bien trompé. Tu étais naturelle. Toute sensuelle et séduisante et tu m'as rendu plus dur qu'un bloc de granite. Je jure, j'ai cru que j'allais exploser rien qu'en te regardant.

Elle ne put contenir un sourire satisfait.

— Tu te sens plutôt fière de toi, n'est-ce pas ? la taquina-t-il.

Elle hocha la tête contre son épaule, sentant la rugosité râpeuse de sa barbe contre sa joue. Ça ne la dérangerait pas de la sentir entre ses cuisses.

Oh, Dieu, elle se sentit gonfler à cette pensée.

— À quoi penses-tu ? souffla-t-il. Il l'avait senti aussi.

Elle le lui dit.

— Ça, ma chère, peut très certainement être arrangé.

Il parvint à les séparer et à la mettre sur le lit quand ses jambes refusèrent de coopérer.

Bien qu'elles se portèrent assez bien quand il s'agenouilla près du lit et les drapa sur ses épaules, alors qu'il entreprit de l'envoyer dans un autre tour de plaisir.

Au moment où ni l'un ni l'autre ne pouvait plus bouger, Lara avait perdu le compte du nombre de fois où elle avait joui. Perdu le compte du nombre de positions différentes qu'ils avaient essayées. Mais elle savait que chaque fois qu'il avait grogné son nom en jouissant, la serrant alors que les frissons le secouaient, Lara était tellement reconnaissante pour le cadeau qu'était Gage.

Il entrelaça leurs doigts alors qu'ils étaient allongés sur le ventre face à face, leurs yeux lourds d'épuisement, une de ses jambes jetée sur les siennes, mais il y avait encore une lueur de désir dans son regard quand il la regardait.

— Passe le week-end avec moi.

L'émotion la traversa. Elle n'aimerait rien de mieux. — J'adorerais, mais je ne peux pas. C'est notre week-end le plus chargé après la saison des fêtes d'hiver. Je suis réservée.

— D'accord, alors laisse-moi le passer avec toi. Je finirai plus tôt le 3 et je pourrai t'aider pour tes soirées.

— Tu veux vraiment passer tes vacances à travailler ?

— Si c'est avec toi, ce ne sera pas du travail.

C'était la bonne chose à dire. — Tu es sûr ?

Il passa le bout de son doigt sur son nez et ses lèvres. Lara résista à l'envie de le sucer dans sa bouche.

Pendant environ deux secondes. Sérieusement, pourquoi *ne pouvait-elle pas* le sucer ?

Il gémit au premier contact de sa langue et retira son doigt. — Dieu, femme, tu vas m'épuiser.

— Bien. C'est donnant-donnant.

Son sourire était beaucoup trop arrogant, mais elle ne pouvait pas vraiment se plaindre. Il l'avait mérité.

— Écoute, j'adorerais accepter ton offre, mais on doit tous les deux se lever demain matin. J'ai soudainement encore plus d'urgence pour le kiosque que je construis, donc j'ai besoin de dormir.

— Rabat-joie. Bien que, vraiment, elle était tout aussi épuisée, mais c'était amusant de le taquiner.

Il se retourna et la blottit contre son côté, sa tête reposant sur sa poitrine, et il embrassa le sommet de sa tête.

— Ouais, c'est moi. Un vrai rabat-joie.

Elle sourit et se pelotonna contre lui. Gage était définitivement une *joie*.

Le reste de la semaine de Lara, cependant, ne fut pas aussi joyeux. Le mariage du samedi était incertain côté météo, ce qui signifiait qu'elle devait avoir un plan de secours pour le gâteau de mariage et les neuf gâteaux des garçons d'honneur, la commande la plus complexe qu'elle ait eue à ce jour. Le gâteau de mariage lui-même faisait sept étages de haut, dont la plupart devaient être assemblés sur place, et l'humidité rendait cela difficile car la crème au beurre sous le fondant commençait à se plaindre.

Dieu merci, Gage était venu avec elle. Il avait installé une tente à l'extérieur que la wedding planner avait oubliée, puis avait tenu les étages pendant que Lara les mettait en place dans la cuisine du country club pour que le gâteau puisse être roulé à temps pour la réception. Cara l'aurait normalement aidée, mais elle avait pris une commande de dernière minute d'un nouveau client paniqué dont la boulangerie précédente ne pouvait pas livrer. Heureusement, il y avait un gâteau supplémentaire dans le frigo, alors Cara était partie le livrer. Jesse tenait la boutique, préparant d'autres « pétards » pour le gâteau que la municipalité avait commandé pour leur célébration du 4 juillet le lendemain.

Lara avait encore trois étages à assembler lorsque la mariée passa devant eux pour le début de la cérémonie. Gage était délicieux dans la veste de smoking qu'il avait enfilée. Lara se demanda si le pantalon qu'il portait était du genre à s'arracher.

Ça ne lui déplairait pas de le découvrir par elle-même.

— Pourquoi souris-tu comme ça ? La mariée est en larmes, lui chuchota Gage de façon théâtrale.

Mon Dieu, qu'il sentait bon. Même avec la chaleur et l'effort, ce parfum spécial qui n'appartenait qu'à lui l'enveloppait comme il l'avait fait la nuit dernière.

— Les mariages me font sourire.

— Ma chérie, ce n'est *pas* un sourire heureux. C'est un sourire qui dit « j'ai-un-secret-que-je-veux-que-tu-découvres », et tu me donnes envie de le faire. Il lui mordilla l'oreille.

— Arrête. On travaille.

— Tu ferais bien de t'en souvenir au lieu de me tenter avec ton corps sexy.

Elle leva les yeux au ciel. Elle portait sa veste de chef et sa toque. Aussi asexuée qu'elle pouvait l'être.

Il continua ses taquineries et ses regards brûlants pendant qu'ils travaillaient pour finir le gâteau à temps pour la réception.

Les regards ne firent qu'empirer pendant qu'ils attendaient le moment de couper le gâteau. — Allez, viens, on va trouver un placard à manteaux.

— Tu es incorrigible.

— Non, je suis excité. Et toi aussi.

Elle leva les yeux au ciel.

— *Je* sais comment te faire lever les yeux au ciel. Il remua les sourcils.

Elle essaya de ne pas rire, mais oui, ce mouvement qu'il avait fait avec sa langue la nuit dernière lui avait non seulement fait lever les yeux au ciel, mais aussi voir des étoiles.

— Gage, arrête.

— Ce n'est pas ce que tu as dit hier soir.

Comment il avait pu comprendre ce qu'elle avait dit hier soir la dépassait ; elle avait été incohérente. — Tu sais, à un moment donné, j'aurai vraiment besoin d'une nuit complète de sommeil. Les SMS et les sextos la gardaient éveillée bien trop tard.

— C'est pour ça qu'existe la retraite.

Il avait une réponse à tout. Et Lara commençait à le considérer *comme* la réponse à tout.

Il la faisait sourire. Il la faisait se sentir belle. Il la faisait se sentir spéciale et aimée. Il la faisait se sentir vivante d'une manière qu'elle n'avait pas connue depuis bien avant son divorce.

La cérémonie de découpe du gâteau se déroula sans accroc (de crème au beurre), la mariée le proclama le meilleur gâteau de tous les temps, et Lara et Gage s'en allèrent à temps pour aider Jesse à finir les cinq dernières douzaines de pétards avant minuit.

— Eh bien, Cendrillon, dit Gage, en enlevant la toque de chef de ces adorables boucles dans lesquelles il avait tant aimé enfouir ses doigts la nuit dernière alors qu'elle le faisait jouir et l'emmenait au paradis, c'est l'heure fatidique. Tu te transformes en citrouille si on ne te ramène pas à la maison et au lit avant ?

— J'ai plutôt l'impression d'être une courge. Elle se laissa tomber sur le siège de sa camionnette.

Elle n'en avait pas l'air.

Elle était magnifique.

Gage la regarda encore quelques secondes, appréciant la façon dont ses cils reposaient sur ses joues, se courbant légèrement à l'extrémité. Son maquillage s'était estompé depuis des heures, et pour lui, cette beauté naturelle ne la rendait que plus jolie. Lara était si honnête avec ses sentiments, avec qui elle était. Il ne pouvait pas compter le nombre de fois où il avait regardé dans ses yeux et su qu'elle était là, avec lui, dans l'instant, et qu'elle était si heureuse d'être là avec *lui*.

C'était ça avec la danse ; certes, ça lui avait valu beaucoup de femmes. Et, certes, il en avait été content. Mais presque tout le monde s'était intéressé à lui pour l'expérience. Parce qu'il était sexy et que son corps était sculpté. Parce qu'il savait comment l'utiliser. Tout n'avait été que plaisir physique, et hé, il n'y avait rien de mal à ça, mais il ne s'était jamais connecté à quelqu'un comme il l'avait fait avec Lara. Même pas Leslie, bien qu'elle ait été la plus proche d'être La Bonne. Mais Lara était avec lui à cause de *lui*, pas à cause de son apparence, et cela rendait le sexe d'autant plus incroyable. Plus sensuel, plus agréable.

Cela en faisait aussi de l'amour. Si différent du sexe.

Il la ramena chez elle, et pour la première fois depuis qu'ils étaient ensemble, il la tint simplement dans ses bras. Il la serra contre lui, passa sa main dans ses boucles, l'embrassa doucement sur les lèvres, et la tint alors qu'elle s'endormait.

C'était la plus belle chose dans son monde.

Vingt-sept

— Le kiosque a l'air plutôt bien.

Le connard se tenait sur la *terrasse* avec une tasse de café à la main, les cheveux plaqués en arrière après sa douche, un gilet argyle par-dessus une chemise boutonnée, des plis bien marqués sur son pantalon en lin, et même des guêtres, ou quel que soit le nom de ces drôles de chaussures que portent les gens pour jouer au golf, pendant que Gage suait à grosses gouttes sur les fermes.

Il avait laissé Lara endormie à cinq heures du matin pour venir ici et terminer la charpente. Le parement en cuivre devait arriver lundi, ce qui aurait été suffisant quand il l'avait commandé, mais c'était avant qu'il ne commence à passer du temps avec Lara. Beaucoup de temps.

Trop de temps pour continuer à ce rythme. Il le savait, mais il ne voulait rien changer. Pourtant, Missy lui avait déjà dit que Connor lui manquait. Et Connor lui manquait aussi. La pelouse de sa maison avait besoin d'être tondue, il avait promis d'installer une barre de douche dans la salle de bain avant la prochaine opération de Connor, et Missy avait besoin que l'étagère du haut dans le placard soit abaissée pour qu'elle puisse l'atteindre.

Mais il allait passer la journée avec Lara, quoi qu'il arrive. La vraie vie pourrait reprendre ses droits lundi.

— Tu ne bâcles pas le travail, j'espère, pour le finir si vite ? Je ne veux pas que ça s'écroule autour de nous pendant la fête.

Gage retira les clous de sa bouche. Normalement, il n'aurait pas daigné répondre à ce commentaire idiot, mais ce type avait le don de le faire sortir de ses gonds. Cela dit, la plupart des gens n'auraient pas eu le culot — ou la bêtise — de poser une telle question.

— Je ne lésine pas sur mon travail. Ma réputation est en jeu.

— Ravi de l'entendre. Trop souvent, les entrepreneurs viennent ici, voient ce que j'ai construit, et pensent que je leur dois quelque chose. C'est mon travail acharné et mon expertise qui m'ont permis d'obtenir ce que j'ai. Je veux le meilleur et je paie pour ça.

C'était parce que ce type était le pire. Dommage qu'il ne se rende pas compte que ce qu'il percevait de la part des autres entrepreneurs était du mépris. Ce n'était pas parce qu'un type avait un titre pompeux, une voiture de luxe et cinq mille mètres carrés de plus que ce dont un homme avait besoin qu'il était meilleur que celui qui travaillait de ses mains pour gagner sa vie. Dans le cas de J.C. McCullough, cela faisait de lui *moins* qu'un homme.

Mais Gage garda sa bouche fermée. Encore quelques jours et il encaisserait le solde de ce qui lui était dû et en aurait fini avec ce connard.

— J'ai été surpris de te voir aujourd'hui. Je pensais que tu prendrais congé pour le week-end férié.

Gage enfonça un autre clou dans la ferme, faisant semblant que c'était l'ego surdimensionné de ce type.

— Trop de choses à faire. Et puis je passe l'après-midi avec ma copine au parc.

Copine. Le mot sonnait bien. Il n'avait pas eu de copine depuis très longtemps.

— Ah oui, le pique-nique annuel de la communauté. J'y suis allé une fois avec mon ex-femme. C'était... agréable.

Ce type avait déjà été marié ? Il avait trouvé non pas une mais *deux* femmes prêtes à supporter sa pomposité ? Bien que l'autre ait été assez intelligente pour devenir une ex.

Gage enfonça encore quelques clous, puis passa à la ferme suivante. Il ne savait pas ce qui l'énervait tant chez J.C. McCullough, mais il avait hâte de terminer ce boulot.

Mais il avait pensé ce qu'il avait dit. C'était son nom, sa réputation, qui étaient en jeu avec ce kiosque. Indépendamment de ce qu'il pensait personnellement du client, il tenait à s'assurer que cette structure soit solide et résistante. Parce que c'était qui il était.

— Je me demandais combien de temps tu comptais laisser ce panneau sur ma pelouse ? Notre association de propriétaires n'autorise pas l'affichage ou le démarchage et j'ai reçu quelques plaintes.

Les plaintes n'existaient que dans sa tête. Gage connaissait exactement les règles de l'association de propriétaires ; il les vérifiait toujours avant d'afficher quoi que ce soit. Les entrepreneurs étaient autorisés à afficher jusqu'à l'achèvement du projet. Gage avait bien l'intention d'enlever le panneau quand il quitterait le terrain pour la dernière fois.

— Il sera enlevé mercredi.

— C'est juste avant la fête.

— Ce sera terminé. J'ai prévu du temps pour les derniers détails et le nettoyage. Rien à craindre.

— Oh, je ne suis pas inquiet. C'était la date que tu m'as donnée pour la fin des travaux. Je m'y tiendrai ou je réduirai ta paie en conséquence.

Il but une gorgée de son café, puis agita la tasse en un salut peu enthousiaste, tourna sur ses talons (et il y avait bien un petit talon sur cette chaussure prétentieuse), et retourna à grandes enjambées vers les portes-fenêtres surdimensionnées de ce mausolée qu'il appelait sa maison.

Gage avait envie de lui enfoncer la tasse dans le nez. Il savait exactement ce que J.C. avait voulu dire ; ce connard n'avait pas besoin de lui frotter le nez dedans. Mais bon sang, comme Gage aurait aimé lui frotter le poing dans la figure quand il aurait fini en avance.

Malheureusement, il n'allait pas le faire. Pas assez de temps. Il finirait mercredi, cependant, alors laissons ce connard suer sang et eau en se demandant si Gage allait laisser son jardin en désordre pour la fête ou pas. Il pensait peut-être que l'argent parlait, mais ça vaudrait le coup de prendre un coup juste pour le voir péter un câble.

Sauf que Gage ne ferait pas ça non plus. En plus d'avoir besoin de l'argent et de sa réputation en jeu, il avait pitié de la femme qui allait épouser ce type. Bien qu'elle soit peut-être comme lui.

Il se demandait à quoi ressemblait la première femme. Puisqu'elle avait été assez intelligente pour quitter J.C., elle avait l'air de quelqu'un qu'il aimerait connaître — enfin, s'il n'était pas avec Lara.

Mais il l'était. Il l'était définitivement.

Vingt-huit

— Tu n'avais pas dit que ton amoureux allait venir nous aider ? demanda Cara en hissant la boîte de sucettes-pétards tourbillonnantes — avec des étincelles au bout — sur leur table au parc.

— Il va venir. Il a aussi un travail, tu sais, répondit Lara en essayant de garder son calme tout en disposant les cupcakes rouges avec les bandes de réglisse à la fraise sur le dessus. Cara était de plus en plus irritable depuis le milieu de la semaine, mais le niait chaque fois que Lara essayait d'en parler avec elle.

Cara marmonna quelque chose à propos de l'endroit où elle aimerait allumer les pétards qu'elle mettait sur le gâteau.

Lara laissa passer. Elle était de trop bonne humeur pour se laisser abattre par la mauvaise humeur de Cara.

Gage avait laissé un mot sur l'oreiller quand il était parti ce matin. *J'ai hâte de te voir plus tard.*

Si attentionné. Si prévenant. Si merveilleux. Elle flottait sur un petit nuage depuis.

— Beurk. Tu vas te promener comme ça toute la journée, comme un chat devant un bol de crème ?

Elle ouvrit la boîte de cupcakes saupoudrés de sucre glace. — Car, qu'est-ce qui se passe ? Je pensais que ça allait bien entre Nick et toi ?

— Nick est... Elle enfonça trop le bâton d'une sucette dans le gâteau et fissura le fondant. — Merde. Désolée.

Lara retira le bâton et poussa doucement Cara sur le côté pour réparer les dégâts du mieux possible. — Pourquoi ne prendrais-tu pas une pause ?

— C'est exactement ce que j'ai dit à Nick. Je lui ai dit que c'était trop. On était trop dans l'espace de l'autre et tu sais ce qu'il a dit ? Tu *sais ce qu'il a dit* ?

Lara résista à l'envie de se déboucher l'oreille après ce cri perçant. — Quoi ?

— Il a dit que si j'avais besoin de prendre mes distances avec lui, ce serait permanent. Qu'il ne voulait pas être avec quelqu'un qui ne voulait pas être avec lui à cent pour cent du temps. Je veux dire, allez quoi. Cent pour cent ? Je ne veux même pas être avec *moi-même* cent pour cent du temps ; pourquoi voudrais-je être avec quelqu'un d'autre autant ?

— Tu devrais peut-être te demander pourquoi tu te sens comme ça à propos de toi-même et ensuite tu pourras peut-être donner à Nick la réponse qu'il veut.

— Oh, non, pas toi aussi.

— Si, moi aussi. J'adorerais être avec Gage autant. Si je pouvais trouver un moyen de passer tout mon temps avec lui tout en continuant à gagner de l'argent, bien sûr, pourquoi pas ? Je veux dire, tu ne t'amuses pas avec Nick ? Tu ne l'aimes pas ? Tu n'as pas envie d'être avec lui ?

— Eh bien, si, bien sûr, mais...

— Mais quoi ? Qu'est-ce qui t'arrête ?

Cara ouvrit la bouche pour dire quelque chose, mais ne dit rien. Elle la referma, fit volte-face et s'éloigna à grands pas vers le van.

Génial. Lara ne pouvait pas la suivre ou la moitié de la boîte de pétards disparaîtrait dans les mains — et les bouches — des enfants qui regardaient sa table. Quand cette journée serait terminée, elle et Car devraient avoir une sérieuse conversation à cœur ouvert.

En parlant de cœur... Gage courait vers elle et, wow. Il était aussi beau en courant qu'en dansant. Et elle en avait une connaissance de première main pour les deux.

— Hé, désolé de ne pas avoir pu arriver plus tôt, dit-il en la soulevant pour lui donner un baiser à couper le souffle en la faisant basculer en arrière.

— Tu peux être en retard tout le temps si c'est comme ça que tu t'excuses, dit-elle en s'agrippant fermement à ses biceps. Pas parce qu'elle avait peur qu'il la laisse tomber — elle n'avait pas peur — mais juste parce que ses biceps étaient incroyables.

— Dois-je payer d'avance pour la prochaine fois alors ? Il déposa un autre baiser sur ses lèvres, tout aussi fabuleux que le premier.

— Beurk !

Il fallait que ce soit les enfants qui gâchent le moment.

Ce n'était pas vraiment gâché, en fait. Gage mit fin au baiser, mais garda son bras autour d'elle alors qu'ils faisaient face à la horde en quête de sucre.

— Salut, la bande, dit-il, tout amical et sympathique, comme si son cœur ne battait pas la chamade.

Lara posa sa main dessus juste pour s'en assurer car le sien battait à cent à l'heure. C'était seulement juste que le sien le fasse aussi.

C'était le cas.

— On a le droit de prendre des cupcakes maintenant, monsieur ?

— Il faut demander à Mme Cavallo puisque ce sont ses cupcakes.

Elle se mordit la lèvre. Gage avait choisi ses mots pour une raison ; il avait complètement savouré et apprécié *ses* petits gâteaux plusieurs fois au cours des derniers jours.

— On peut, Mme Cavallo ? demandèrent six enfants en même temps.

— Laissez-moi d'abord sortir le reste. Que serait une célébration du 4 juillet sans les Stars & Stripes ? Elle montra le carré vide sur le drapeau en cupcakes. — Je n'ai que les bandes sur la table.

Gage sortit une boîte de sous la table. — C'est ça ?

— Oui. Elle sortit quelques cupcakes au glaçage bleu qu'elle avait saupoudrés de nonpareilles blanches pour les "étoiles".

Les enfants mirent beaucoup moins de temps à démanteler le drapeau qu'elle n'en avait mis à le mettre en place.

— Bon sang, qui aurait cru que les enfants étaient comme un essaim de sauterelles quand il s'agit de sucre ? dit Gage en secouant la tête tout en l'aidant à reconstituer le drapeau.

— La fête d'anniversaire de Connor n'était pas une preuve suffisante du pouvoir d'une dent sucrée ?

— Mmm, tu as raison. Comment ai-je pu oublier ? Connor n'a pas arrêté de parler de combien sa fête était géniale. Ou combien son gâteau était génial. Tu sais qu'il a toujours cette figurine que tu as faite ? Missy a finalement dû la mettre au frigo parce qu'elle commençait à fondre.

— Je suis surprise qu'il ne l'ait pas encore mangée.

— Tu plaisantes ? Il voulait dormir avec. Missy a eu du mal à l'en dissuader.

Lara sourit. Ça lui faisait plaisir d'entendre à quel point son travail avait rendu quelqu'un heureux.

— Tu as l'air plutôt contente de toi.

— C'est agréable à entendre. Je mets beaucoup de réflexion et d'efforts dans mon travail. Et bien sûr, je sais que les gens vont le manger. Je sais que ce n'est pas un grand chef-d'œuvre, mais pendant ces quelques heures où il n'a pas été touché, c'*est* un chef-d'œuvre. Un souvenir que les gens garderont toute leur vie si je fais bien mon travail. Je suis si contente que Connor l'ait apprécié.

— Tu sais quoi ? Je n'avais jamais vu les choses comme ça. Ce que tu fais. Tu as raison. Tu offres aux gens un souvenir. Ces enfants tout à l'heure, par exemple. Ils se sont tellement amusés à décider s'ils voulaient la réglisse ou le sucre glace ou les petits bonbons croquants.

— Nonpareils.

— Facile à dire pour toi. Pour moi, ce sont juste des trucs croquants. Il lui embrassa le nez. — Et pour les enfants aussi. Mais je parie que chaque fois qu'ils verront ces choses à partir de maintenant, ils se souviendront d'aujourd'hui. Tu offres vraiment des souvenirs aux gens.

Il lui caressa le cou du nez. — Et ceux que tu m'as offerts ces dernières semaines... Je les chérirai pour toujours.

Pour toujours. Gage avait dit *pour toujours.* Certes, il ne l'avait pas dit par rapport à elle ; juste qu'il se souviendrait de ce qu'ils avaient fait, de comment ils avaient été ensemble, mais le fait qu'il puisse penser à *toujours* devrait bien lui dire quelque chose, non ?

Que voulait-elle que cela lui dise ? Était-elle prête à penser à *toujours* ? Et concentrer toute son énergie sur l'entreprise ? Et devenir autonome avant de se lancer dans une nouvelle relation ?

— Tu as encore cette expression sur ton visage.

— Quelle expression ?

— Celle qui dit que tu portes le poids du monde sur tes épaules. Tu ne peux pas simplement accepter un compliment et passer à autre chose ?

— Bien sûr que je peux. Et elle le pouvait. C'était un compliment sur son travail. Ça, elle pouvait l'accepter. C'était quand il commençait à lui dire à quel point elle était belle, sexy, qu'elle ne pouvait pas l'accepter.

Mais pourquoi diable pas ? Gage ne lui jetait pas de la poudre aux yeux ; il la désirait. Il la trouvait attirante. S'il avait seulement voulu coucher avec elle, serait-il ici maintenant, en train de l'aider ? Se serait-il levé très tôt ce matin pour aller travailler juste pour pouvoir revenir ici et l'aider ?

Jeff n'avait *jamais* fait ça. Pas quand ils partaient en vacances et qu'elle devait faire les bagages pour eux deux. Pas quand ils organisaient des dîners et qu'elle était dans la cuisine aux aurores à préparer la nourriture avant qu'ils ne puissent se permettre des traiteurs. Certainement pas quand elle décorait leur maison et qu'elle avait parcouru les showrooms pendant des semaines pour trouver exactement les meubles qu'il avait spécifiés. Il s'attendait à ce qu'il s'attendait et peu importait comment elle y parvenait, mais elle *devait* y parvenir. Il n'avait pas levé le petit doigt à part pour signer le fichu chèque - l'affirmation dont il avait besoin pour se sentir bien d'être capable de s'offrir "le meilleur".

Peut-être que c'était parce que, au fond de lui, il savait qu'il n'était pas le meilleur.

Gage, en revanche, l'était, et ce n'était pas juste pour l'un ou l'autre de les comparer. Parce que Gage l'emporterait toujours.

Comme il l'avait fait la dernière fois...

— D'accord, maintenant cette expression-là, je la comprends parfaitement. Gage sourit de ce sourire sexy et aguicheur qui faisait bouillir son sang et l'attira contre lui.

— Bon sang, les gars, dit Cara. C'est un événement familial. Vous devriez peut-être vous calmer.

Gage leva la tête mais ne la lâcha pas. — Salut, Cara.

— Gage.

— Wow. Un seul mot ? Pas de commentaire sarcastique qui va avec ?

— Non. Il semblerait que tu aies ce domaine bien couvert.

Lara se dégagea des bras de Gage. Autant qu'elle voulait y rester, Cara avait raison. *Et* elle était en service. La municipalité l'avait payée pour être ici ; ce n'était pas un salon professionnel où elle était à son compte pour faire de la prospection.

Cara brandit un des sacs promotionnels que tout le monde recevait en entrant dans le parc. — Ils n'ont pas mis nos brochures dans les sacs comme ils étaient censés le faire. Voilà ce qui arrive quand on laisse des adolescents travailler gratuitement.

— Tu les as avec toi ? demanda Gage. Je vais les distribuer.

— Quoi, juste aller vers les gens et les leur donner ?

— Bien sûr, pourquoi pas ? Et comme je ne suis pas propriétaire, les gens seront plus enclins à me croire quand je dirai qu'il n'y a pas de meilleurs *cupcakes* dans la région.

Bien sûr, il lui fit un clin d'œil en disant cela, et Lara dut détourner le regard pour que Cara ne voie pas le rougissement qui se propageait de sa poitrine à son visage. Bien qu'elle ne sache pas pourquoi elle s'en inquiétait après que Cara les ait surpris en train de s'embrasser.

Cara lui tendit une pile de brochures sans un mot. Pas même un *merci*, mais Lara s'en chargea quand Gage l'attira contre lui pour un rapide baiser.

— À tout à l'heure, dit-il en partant.

— Y a-t-il quelque chose qu'il ne fait pas bien ? demanda Cara avec - si Lara ne se trompait pas - une pointe de nostalgie dans la voix.

— Pas encore.

— Sérieusement, Lar, ce type est un prince. Il doit avoir une belle-mère maléfique ou quelque chose. Des verrues ? Une halitose ? Un petit...

— Gage est merveilleux, Car. Laissons-en là. Elle n'allait *pas* partager *cette* information avec sa cousine.

Les cupcakes remportaient un franc succès, mais Lara avait du mal à repousser ceux qui voulaient des sucettes. Les organisateurs de l'événement voulaient que le gâteau reste intact pour le début du feu d'artifice, qui incluait toutes les sucettes étincelantes qu'elle et Cara allaient allumer.

Les efforts marketing de Gage portaient leurs fruits également, car de plus en plus de gens commençaient à passer par leur stand avec les brochures en main. Cara était dans sa gloire de femme d'affaires, prenant des noms et des numéros et même quelques commandes. Elle brandit son petit carré blanc de paiement qu'elle venait d'obtenir pour son téléphone portable afin de traiter les commandes avec un grand sourire sur le visage.

— Ce mixeur est à nous ! dit-elle, joyeusement.

Lara était juste reconnaissante qu'il y ait un sourire sur le visage de sa cousine.

Et puis il y en eut un grand sur le *sien*. Gage revenait en trottinant vers elle.

— Plus de brochures, mais j'ai pensé que tu pourrais avoir besoin de ça. Il tenait un hot-dog enveloppé dans une serviette.

— Hé, merci. Je meurs de faim, dit-elle avant de lui donner un baiser en remerciement.

Gage en prit deux. Et ça convenait parfaitement à Lara.

— Sérieusement ? Un hot-dog ? Ça vous rend tous les deux aussi guimauve ? Beurk. La bonne humeur de Cara disparut alors qu'elle se laissait tomber dans la chaise pliante de réalisateur qu'elles avaient apportée pour les moments de pause. C'était la première fois qu'elle était utilisée de tout l'après-midi.

Gage se dégagea des bras de Lara avec un sourire. — Je t'en ai pris un aussi, Car. Il tendit l'offre de paix.

Cara le regarda comme s'il l'avait injecté d'arsenic. — Pourquoi ? Elle tendit la main pour le prendre.

Gage recula sa main. — La bonne réponse est "Merci, Gage".

Elle le fusilla du regard. — Merci, Gage.

Il lui donna le hot-dog. — Tu vois ? Ce n'était pas si difficile, n'est-ce pas ? Je ne mords pas.

Pas à moins qu'elle ne le lui demande gentiment...

Lara rougit. Gage, bien sûr, le remarqua et lui fit un clin d'œil.

— J'espère que tu aimes les oignons et les condiments dessus, dit Gage à Cara.

Elle le fixa en le déballant. — Je... j'aime ça. Comment tu le savais ?

Gage haussa les épaules. — Il semble que le gars qui les distribue le sache aussi.

Cara s'apprêtait à y mordre, mais s'arrêta. — Le gars ?

— Ouais. Un pompier ? Bien bâti. Mâchoire carrée. Il y avait dix-sept femmes qui bavaient autour de lui depuis qu'il est en pantalon, bretelles, et pas grand-chose d'autre. Je devrais peut-être l'engager pour danser chez BeefCake.

Cara laissa tomber le hot-dog sur la table. — Je reviens.

Lara pinça le bras de Gage. — C'est Nick. Son petit ami.

— Je m'en suis douté quand j'ai mentionné que je prenais les hot-dogs pour les femmes de la boulangerie. Il voulait absolument savoir qui j'étais. Du genre jaloux ?

Lara secoua la tête. — Il est probablement plus agacé. Cara ne lui facilite pas la vie.

— Toi non plus, Lar. Je me suis écrasé le pouce plus de fois cette semaine sur un chantier que durant les deux dernières années parce que tu me distrais complètement.

— Oh, alors c'est de ma faute si tu n'arrives pas à te concentrer sur ton travail ?

— Ce n'est certainement pas celle de quelqu'un d'autre.

C'était bon à entendre. Elle n'y avait pas vraiment pensé, mais c'était quand même agréable de l'entendre le dire. Jeff ne l'avait jamais fait.

— Alors comment tu as su ce que j'aimais sur mon hot-dog ? Du ketchup avec juste un soupçon de moutarde.

— Bonne intuition ?

Elle arqua un sourcil vers lui. — Vraiment ? Tu as juste eu de la chance de ne pas mettre de la moutarde épicée ?

— J'ai pensé que tu étais assez épicée comme ça. Tu n'as pas besoin d'aide. Il lui caressa le cou du nez et Lara était tout à fait pour explorer le côté épicé de leur situation, mais un événement public n'était pas l'endroit. Elle était peut-être prête à essayer de nouvelles choses avec Gage, mais pas celle-là.

— On peut remettre ça à plus tard ce soir ?

— Il n'a pas l'air de pleuvoir.

— Depuis quand ça t'a déjà arrêté ?

— Bon point. Il lui donna un dernier baiser langoureux puis recula. Juste assez pour être correct. Mais il tenait toujours sa main.

Lara sourit.

— Tu souris encore.

— Tu me fais sourire.

— Tant mieux, parce que tu me fais sourire aussi.

Ce qu'il fit avec des résultats dévastateurs pour son équilibre. Heureusement, quelqu'un s'approcha de sa table à ce moment-là.

— Hé, Gage. Je ne suis pas surpris de te voir ici.

— Salut, Bry. Gage lâcha la main de Lara. Lara Cavallo, Bryan Lassiter, mon partenaire chez BeefCake, Inc.

— Alors c'est la fameuse dame aux cupcakes dont j'ai tant entendu parler. Il lui serra la main.

Lara regarda Gage. — Il a entendu *quoi* à mon sujet ?

Gage leva les mains. — Hé, je ne raconte pas ce qui se passe entre nous. Il savait que je m'intéressais à toi. C'est tout.

— Ça veut dire qu'il y a plus ? Bryan appuya une hanche contre la table et croisa les bras. Ses gros bras musclés. Tout comme le reste de son corps. Oui, elle pouvait l'imaginer comme danseur. Raconte.

— Ça ne te regarde pas, Bry. Est-ce que j'ai raté un spectacle ?

— Non, mais hey, je comprends totalement pourquoi tu pourrais. Il sourit à Lara. Ne fais pas attention à Gage, c'est juste un grand taquin. Moi, par contre...

Cela faisait si longtemps que personne n'avait flirté avec elle - avant que Gage n'arrive - que Lara ne put s'empêcher d'en profiter ne serait-ce qu'une minute. Vanille, hein ?

— Hé, mec, recule. Gage n'avait pas l'air de plaisanter.

Cela faisait *jamais* que quelqu'un s'était battu pour elle.

— Wow, calme-toi, tu veux, Gage ? Je plaisante seulement. Bryan avait les mains levées et il s'était éloigné de la table. Je passais juste dire bonjour et goûter un de ces fameux cupcakes. Les gars disaient qu'on devrait en commander un lot pour notre prochain spectacle. Donner aux femmes des sucreries *et* du sexe. Ce sera une aubaine marketing.

Gage lui fourra un des cupcakes bleus. — Tiens. Goûte ça. C'est incroyable.

Le frisson que Lara ressentit à son approbation était différent du frisson qu'il lui donnait quand il l'embrassait - ou la regardait - mais tout aussi agréable.

Bryan fit tout un spectacle en gémissant pendant qu'il mangeait le cupcake - il fit même un glissement de langue aguicheur sur ses lèvres qui fit hérisser Gage, mais Lara n'était pas affectée. Elle était plus affectée par la jalousie de Gage que par tout ce que Bryan pouvait faire parce que peu importe à quel point il était beau, il n'était pas Gage.

— Oui, Lara, dit Bryan, en léchant le dernier bout de crème au beurre sur ses lèvres - bien qu'il en ait manqué une des "étoiles" - tu as vraiment des cupcakes incroyables.

Il garda très ostensiblement ses yeux au-dessus de sa clavicule. Ou peut-être qu'elle était juste sensible à tout type d'insinuation, mais elle ne manqua pas la façon dont Gage se raidit à côté d'elle.

— Tu devrais réfléchir à ce que j'ai dit, Gage. Bryan froissa le support du cupcake et marqua également deux points en le jetant dans la poubelle à côté du stand. Avoir des cupcakes pour notre stand ne serait peut-être pas une si mauvaise idée.

Gage savait quel cupcake il aimerait avoir dans leur stand.

Bry l'agaçait. Oh, le gars n'avait pas de véritable intérêt pour Lara ; il ne ferait jamais ça à Gage. Mais il ne pouvait s'empêcher de titiller les instincts protecteurs de Gage en flirtant. Inoffensif, Gage le savait, mais quand même. C'était Lara. *Sa* Lara.

Le monde bascula à cette pensée. Elle était à lui. *À lui*. Et il voulait la garder.

Il fit un salut moqueur à Bry alors que son partenaire s'éloignait, mais son esprit était figé sur Lara.

D'une manière ou d'une autre, elle s'était faufilée dans son cœur. Ce n'était pas de l'engouement ou du simple désir. Il l'avait dit l'autre soir ; ils avaient fait l'amour.

Putain. Il était amoureux d'elle.

— Ça va, Gage ? Tu sais, il plaisantait juste. Lara posa une main sur son bras et Gage ne put que la fixer.

Il l'aimait.

Il était amoureux de Lara.

Il n'avait pas le temps pour l'amour. Pour une relation. Ces dernières semaines ne l'avaient-elles pas prouvé ? Il n'avait pas vu Connor depuis un moment, n'avait pas eu le temps de réparer quoi que ce soit chez lui, faisait attendre Missy, et avait quitté un travail plus tôt pour être avec Lara. Cela allait à l'encontre de tout ce qu'il s'était dit vouloir. Et puis il y avait toute cette histoire de jalousie qu'il avait dû gérer avec Leslie...

Il aimait Lara.

Maintenant, qu'allait-il bien pouvoir faire de ça, bon sang ?

Vingt-Neuf

Les feux d'artifice illuminaient le ciel nocturne, mais ils ne pouvaient rivaliser avec ce que Gage lui faisait ressentir quand il l'embrassait.

Ils avaient allumé le gâteau, distribué les parts à la foule, puis s'étaient installés sur une couverture sur la colline surplombant le terrain de football où la municipalité tirait les feux d'artifice, la nuit les enveloppant de sa chaude étreinte. Et bien qu'ils fussent entourés de presque toute la ville, la couverture que Gage avait étalée pour eux était devenue leur petit coin de paradis.

N'importe quel endroit était un paradis quand elle était dans les bras de Gage.

Lara sourit à cette phrase clichée, mais il y avait une raison pour laquelle c'était un cliché. Parce qu'elle décrivait parfaitement tout ce qu'elle ressentait. Il avait son bras autour de ses épaules, sa tête blottie contre la sienne, faisant battre son cœur avec la même intensité que le *boum* retentissant des feux d'artifice alors qu'ils s'exclamaient « Oh ! » et « Ah ! » avec la foule.

— Mommipop.

Une petite fille s'aventura sur leur couverture, tenant l'une des sucettes torsadées du gâteau que Lara avait fait. La fillette la tendit, le sucre coloré entourant son poing à la base du bâtonnet.

— Oui, c'est une sucette, dit Lara, cherchant les parents du regard. Tu aimes les sucettes ?

La petite fille hocha la tête. — Tuptate.

— Tu aimes aussi les cupcakes ? Ses fans commençaient jeunes, mais Lara n'était pas ravie d'avoir instillé ce genre de loyauté au point qu'une bambine s'éloigne de ses parents. Où est ta maman ? demanda Lara.

La fillette se retourna et pointa du doigt une femme à une demi-douzaine de couvertures de là qui s'était levée d'un bond et regardait frénétiquement autour d'elle.

Lara se leva d'un bond et souleva la petite fille, sans se soucier qu'elle portait maintenant suffisamment de sucre sur son avant-bras pour attirer toute la population de moustiques du parc. — Elle est là ! cria-t-elle en courant vers la femme.

La femme se retourna. — Oh, Dieu merci ! Elle arracha la petite fille des bras de Lara. — Merci beaucoup. Elle était là il y a une minute et la suivante...

Lara tapota la tête de la petite fille. — Tu as dû avoir si peur. Elle est venue me voir pour me montrer sa sucette.

— Sa sucette ? La femme regarda sa fille puis Lara. — Oh, vous êtes la dame aux cupcakes. Elle n'a pas arrêté de parler de vous. Merci beaucoup de me l'avoir ramenée. Elle ne s'est jamais éloignée comme ça avant. Je suppose que l'attrait de plus de cupcakes était trop fort pour elle.

— Eh bien, je n'ai plus de cupcakes ce soir, mais si vous voulez l'amener chez Cavallo's Cups & Cakes, j'en aurai un autre pour elle.

La femme embrassa la joue de sa fille en la berçant doucement dans ses bras. — Je ne sais pas si je veux récompenser son mauvais comportement, mais en fait, j'allais vous appeler pour une commande. Son anniversaire approche, et bon, je suppose que je sais ce qu'elle veut.

Lara sourit et tapota les bras de la mère et de la fille. — Bien sûr, pas de problème. Je ferai un lot spécial juste pour elle. Comment s'appelle-t-elle ?

— Wendy.

— Je les appellerai les Wandering Wendys. Que dirais-tu d'un parfum citron-citron vert ?

— Vous allez vraiment créer un cupcake rien que pour elle ?

— Bien sûr, pourquoi pas ? Personne d'autre en ville n'aura de cupcakes parfum Wandering Wendy. Quelle meilleure façon de récompenser mes clients fidèles qu'en nommant un cupcake d'après eux ?

L'idée venait juste de lui venir, mais Lara savait reconnaître une bonne idée quand elle en avait une. Cara adorerait ça.

— Oh, merci beaucoup, dit la mère de Wendy. Nous en prendrons deux douzaines pour samedi prochain. Elle organise une fête d'anniversaire sur le thème des sirènes.

— Parfait. Nous les aurons prêts pour vous le matin. Elle sortit son téléphone portable et prit le numéro de la mère de Wendy pour un appel de suivi lorsqu'elle retournerait à la boulangerie lundi.

— Tout va bien ? demanda Gage quand elle revint sur leur couverture.

— Oui. Elle lui raconta son idée pour le cupcake de Wendy. — Et tu sais comment Bryan a mentionné de commander mes cupcakes pour vos spectacles ? Je pourrais en concevoir un spécifique pour chacun des gars et le nommer d'après eux. Qu'en penses-tu ?

— D'après les gars ? Gage plissa le visage. — Tant que ce n'est pas quelque chose comme les Canons de Gage, ça me va.

Elle lui donna un coup de poing dans l'un de ces « canons ». — Hé, c'est de mon entreprise dont on parle. Je trouverai quelque chose d'accrocheur, mais de classe.

— Oui, parce qu'on sait tous que les stripteaseuses sont toutes pour la classe.

Il y avait une note dans sa voix... — Tu as honte de ce que tu fais ?

Gage la regarda. — *Tu* as honte de ce que je fais ?

— Moi ? Pourquoi ce que je pense importe ? C'est ton entreprise.

— Parce que je connais les problèmes que ça peut causer. Il la regarda, ses yeux bleus s'assombrissant. — Certaines de mes anciennes petites amies... elles ne pouvaient pas le supporter. C'est devenu un gros éléphant dans la pièce. La jalousie. Elles en sont arrivées au point où elles n'aimaient pas que d'autres femmes fantasment sur moi. Elles ont commencé à me voir comme les autres femmes me voyaient, et quand il s'agissait d'intimité, eh bien, merde. Il se frotta le visage, puis glissa l'une de ses boucles en tire-bouchon derrière son oreille. — Je ne veux pas que ça arrive avec nous. Je ne veux pas que tu me voies comme ce type sur scène. Je ne veux pas *être* ce type pour toi. Je veux être moi. Gage. Entrepreneur général le jour qui a un travail de nuit pour gagner un peu plus d'argent. Je n'ai jamais eu l'intention que ça me définisse, et quand j'ai tout quitté il y a toutes ces années, c'était fini. C'était terminé. Mais maintenant je suis de retour là-dedans - devant occasionnellement danser - et tu es dans ma vie. Et après ce que ton ex t'a fait subir... je ne veux pas que ce soit un problème.

Elle se mordit la lèvre inférieure. — Je ne peux pas dire que j'aime que d'autres femmes te désirent, mais ça fait partie du territoire.

Elle n'avait pas répondu à la question - ou plutôt, elle l'avait fait, mais pas de la manière dont il voulait l'entendre.

C'était sa réponse.

Le bouquet final des feux d'artifice explosa autour d'eux, emportant avec lui la bonne humeur de Gage. Que faisait-il ? Il n'avait aucune raison d'être assis dans ce champ avec elle, prétendant que ce qu'ils avaient était normal. Durable. Sans parler de ce qu'il faisait exactement, ils travaillaient tous les deux des heures ridicules et ce n'était pas près de changer dans un avenir proche. Connor avait encore au moins dix-huit mois de chirurgies et de thérapie devant lui, et probablement beaucoup plus longtemps pour les factures, ce qui signifiait que BeefCake, Inc. faisait partie de qui il était pour au moins cette durée.

Il s'était laissé distraire par Lara. Excité par la possibilité. Mais Connor avait souffert et Missy avait besoin de lui. Son foutu pouce lui faisait mal de l'avoir cogné, et le kiosque aurait pu être terminé beaucoup plus tôt s'il n'avait pas pris du temps pour être avec elle.

Ce n'était pas de l'amour. Ça ne pouvait pas l'être. Pas le genre qui durerait, surtout si cela affectait négativement le reste de sa vie. Et parce qu'il avait perdu sa concentration, quelque chose qu'il s'était promis à lui-même et à Connor alors que le petit gars se battait pour sa vie après l'accident qu'il ne ferait jamais, il serait préférable d'y mettre fin maintenant et de les laisser tous les deux le cœur intact.

Eh bien, qu'elle garde son cœur intact. Le sien était une toute autre affaire.

Trente

Le lendemain matin, Lara essuya le nuage de farine qui avait explosé sur son visage lorsqu'elle avait laissé tomber le sac sur la table de préparation.

Évidemment. Son esprit avait vagabondé car elle avait à peine dormi la nuit dernière. Gage avait été trop silencieux lors de leur retour vers leurs voitures. Pas qu'elle ait été très bavarde non plus ; cette discussion sur son travail l'avait fait réfléchir.

Elle n'aimait *pas* l'idée que des femmes fantasment sur lui pendant qu'il se déshabillait devant elles. Il ne pouvait pas lui en vouloir pour ça. Si les rôles étaient inversés, il ressentirait la même chose.

Du moins, elle aimerait *penser* qu'il ressentirait la même chose, mais elle ne le connaissait pas assez bien — et ne savait pas assez ce qu'il ressentait pour elle — pour en être sûre. Ce qui faisait partie du problème.

Tout se résumait à savoir si elle pouvait lui faire confiance. La confiance était un gros problème après ce que Jeff avait fait.

Mais Gage n'est pas Jeff.

Elle le savait. Logiquement, elle le savait. Émotionnellement, c'était une toute autre histoire.

Était-elle même prête pour l'émotionnel ?

La nuit dernière, elle pensait qu'elle l'avait peut-être été avant que la conversation ne devienne bizarre. Elle s'était assise entre ses genoux, ses bras enlacés devant elle, se blottissant contre les baisers qu'il déposait sur son cou et son oreille dans l'obscurité entre les feux d'artifice, profitant de leur journée parfaite. Le rendez-vous parfait. Tout avait été merveilleux — tellement merveilleux qu'elle s'était laissée imaginer *et si*.

Son ventre papillonna comme la veille. Et si elle et Gage étaient ensemble ? Et si ce n'était pas une aventure passagère ? Et si c'était le début de leur éternité ?

Et puis il avait évoqué son travail et les questions avaient commencé. Le malaise. L'insécurité. Tout comme à la fin de son mariage.

Elle avait débattu avec elle-même toute la nuit — toute cette longue nuit solitaire où elle était restée allongée dans son lit sans lui, se demandant ce qu'ils faisaient.

Il avait deux emplois. Un neveu qui avait besoin de lui. Elle avait la boulangerie. Elle s'était bercée d'illusions en pensant qu'une relation pourrait fonctionner — tout comme elle l'avait fait pendant son mariage. Quelque chose qu'elle s'était promis de ne plus jamais faire.

Bien. Elle redressa les épaules et balaya la farine dans une poubelle. Elle était indépendante. Forte. Confiante. Elle prenait ses propres décisions. Elle ne laissait pas ses émotions dicter ses actions. Elle allait simplement reléguer Gage à la partie « bon moment » de sa vie et en rester là. Il avait été là quand elle avait eu besoin de quelqu'un pour l'aider à faire ce premier pas — et si ses premiers pas avaient été en musique, eh bien, au moins elle avait appris à faire un lap dance.

Son cœur tressaillit à ce souvenir, mais elle le repoussa. Elle ne pouvait pas se permettre d'imaginer des choses qui n'existaient pas. Et elle ne pouvait pas ignorer les problèmes qui existaient. Gage était peut-être un type formidable, un amant formidable, mais le fait est que c'était trop tôt. Trop intense. Il ne pouvait pas lui promettre ce dont elle avait besoin et ce n'était pas juste de le lui demander. Pire encore, c'était les condamner tous les deux à l'échec. Elle avait déjà vécu ce cauchemar une fois.

Lâche.

Elle pouvait entendre la voix de Cara dans sa tête, mais elle devait l'ignorer. Peut-être qu'elle était lâche, mais avec ce qu'elle avait vécu et le comportement étrange de Gage la nuit dernière, elle devait se protéger.

Elle coupa un autre morceau de pâte à sucre et s'apprêtait à commencer à l'étaler lorsqu'un « Bonjour ? » résonna depuis l'accueil.

Zut. Elle s'essuya les mains sur un torchon et se dirigea vers l'entrée. Elle n'avait pas besoin de clients sans rendez-vous aujourd'hui.

— Bonjour, ma chère.

Elle n'avait surtout pas besoin de Mme Applebaum dans toute sa condescendance gracieuse. Personne ne pouvait être aussi condescendant que cette femme. Même pas Jeff.

— Madame Applebaum. Elle fourra ses mains dans les poches de sa veste. Que puis-je faire pour vous ?

— Cara est-elle là ?

— Non. C'est son jour de congé.

— Ah, parfait. Je voulais vous parler.

— Est-ce à propos de la fête de remise des diplômes de votre fils ?

— En effet. Mme Applebaum serra son sac à main contre elle. Y a-t-il un endroit où nous pourrions nous asseoir pour en discuter ?

Lara grimaça. Elles n'avaient pas encore installé l'espace d'accueil. Dommage que Gage n'ait pas eu l'occasion de retoucher la peinture et de réparer le comptoir —

Non. Elle ne pouvait pas compter sur Gage. Elle ne se le permettrait pas.
— Je reviens tout de suite.

Elle courut dans le bureau de Cara et en tira la chaise de bureau à roulettes et la chaise en bois que le précédent locataire avait laissée. C'était le mieux qu'elle puisse faire dans l'urgence.

Et pincé était le visage que fit Mme Applebaum quand elle vit ce que Lara lui avait apporté.

— Désolée pour l'installation. Notre, euh, mobilier d'accueil n'est pas encore arrivé. Ce n'était pas un mensonge ; elles ne l'avaient tout simplement pas encore commandé.

Bien sûr, la femme sortit un mouchoir de son sac et essuya la chaise de bureau avant de s'y asseoir.

— Maintenant, ma chère, en ce qui concerne la fête de Phillip. Elle pinça les lèvres. J'ai bien peur de ne pas payer le montant que votre cousine m'a indiqué. Vous comprenez sûrement que c'est du vol. Vous ne pouvez pas me dire que le coût de la *préparation pour gâteau* a triplé entre ma dernière fête et l'événement de mon Phillip. C'est tout simplement inadmissible.

Lara serra les dents. Elle avait dit à Cara que le prix était trop élevé. Que Mme Applebaum n'accepterait jamais.

Mais... Mme Applebaum *avait* accepté. Lara avait vu le contrat signé. Elle avait encaissé le chèque d'acompte qui couvrait leurs frais, *et* elle avait fait pas mal de jonglage avec le planning pour pouvoir s'adapter à cette femme.

Elle se redressa. *Confiante. Forte. Prendre ses propres décisions. Compter sur elle-même.*

— En réalité, Madame Applebaum, c'est une offre équitable. Nous avons dû embaucher du personnel supplémentaire, réorganiser les horaires de nos autres clients et commander plus de fournitures à un coût plus élevé. *Et vous avez signé le contrat.* Lara ne voulait pas en arriver là à moins que ce ne soit nécessaire — et elle espérait vraiment que ça ne le serait pas. Elle détestait ce genre de discussions, mais elle devait soutenir Cara.

— Je vais devoir demander le remboursement de mon argent, ma chère.

Oh, merde. Ça allait *être* nécessaire.

Lara inspira et se redressa de nouveau. — Mais Madame Applebaum, que comptez-vous faire pour la fête de votre fils ?

— Oh, ne vous en faites pas pour ça. Je trouverai un autre pâtissier.

— Ils vous feront payer le même prix. C'est une commande de dernière minute, et plutôt complexe en plus.

— Balivernes. Ce n'est qu'un gâteau.

Une représentation architecturale en trois dimensions n'était *pas* « qu'un gâteau ». Mais Lara ne pouvait pas le dire car elle était censée maintenir l'illusion que la création de ses gâteaux était simple. Si les clients en savaient trop sur le processus, sur tout ce qu'impliquait la construction, cela détruirait le mystère, et leur réputation était bâtie sur ce mystère.

— Je comprends que vous soyez contrariée. Que pouvons-nous faire pour rectifier cette situation ?

— Vous devrez baisser le prix.

Lara secoua la tête. — Je suis désolée, mais je ne peux pas faire ça. Nous avons engagé des frais que nous devrions assumer, et selon notre contrat, il n'y a pas de remboursement à ce stade.

Madame Applebaum la regarda bouche bée. — Vous ne pouvez pas être sérieuse.

— Je le regrette autant que vous, mais je suis sérieuse. C'est dans le contrat que vous avez signé.

— Eh bien. Elle renifla. Je n'ai jamais vu ça.

— Mais peut-être pouvons-nous faire autre chose pour vous. Vous avez commandé le gâteau en forme de son université. Peut-être pourrais-je inclure un gâteau individuel pour vous et votre mari. Une reproduction de son diplôme, par exemple ? Après tout, c'est vous qui l'avez guidé tout au long de ses études, n'est-ce pas ? Vous avez payé sa scolarité ? Il n'est que juste que vous ayez aussi un souvenir spécial pour cette occasion.

Elle avait suffisamment de pâte et de fondant pour faire un gâteau rectangulaire simple avec quelques extrémités en « parchemin », et cela ne lui prendrait pas plus d'une heure environ, donc son seul coût serait son temps. Mais si cela gardait Madame Applebaum satisfaite et l'empêchait d'annuler sa commande, cela en vaudrait la peine.

Madame Applebaum se mordilla la lèvre tandis que ses doigts jouaient avec le fermoir de son sac à main. — Un gâteau rien que pour nous... Oui, je pense que mon mari apprécierait la reconnaissance de tout ce que nous avons sacrifié pour Phillip.

Non, *Madame* Applebaum apprécierait la reconnaissance, c'était pour cela que Lara l'avait suggéré.

— Super. Alors nous sommes d'accord ?

— Oui, eh bien, je suppose que ce sera convenable.

— Merveilleux. Lara se leva. Je suis contente que nous ayons pu trouver un accord. Je vous verrai dimanche à midi avec les deux gâteaux.

Madame Applebaum tapota ses cheveux en se levant. — Excellent, ma chère. J'ai hâte d'y être. Et je sais que Frank sera ravi.

Frank. Mouais. Monsieur Applebaum était l'un de ces maris harassés dont la femme lui passait sur le corps et qui s'était résigné aux marques de pneus.

Ayant traité avec succès avec Madame Applebaum, Lara pouvait dire que, pour la première fois depuis son mariage, elle ne ressentait plus la même chose.

* * *

Gage se passa une main dans les cheveux en entrant dans sa cuisine.

— Tu es là ? Missy se retourna de la cuisinière avec une poêle à la main. Tu n'as pas pris le petit-déjeuner ici depuis un moment. Est-ce que le monde touche à sa fin ?

On aurait dit que oui.

Gage passa la main sur son visage. Il avait besoin de se raser. — Un homme ne peut pas passer une nuit dans son propre lit sans que ça fasse la une des journaux ?

— N'importe quel autre homme, bien sûr, mais toi... ? Missy sortit le pain perdu de la poêle et le mit dans une assiette. Il s'est passé quelque chose avec Lara ?

À part le fait qu'il avait réalisé ce qu'il ressentait pour elle ? Et ce qu'il ne pouvait pas avoir ? — Non. On a juste été à fond et on a tous les deux beaucoup à faire.

— J'entends un « mais » qui arrive.

Il secoua la tête. Il n'allait pas discuter de ça avec sa sœur. — Pas de mais.

Missy n'y croyait pas. Qu'est-ce qu'elles avaient, les femmes ? Elles avaient un enfant et obtenaient immédiatement le Troisième Œil Maternel, celui à l'arrière de leur tête qui leur permettait de tout voir ?

— D'accord, si tu le dis. Elle posa l'assiette sur la table. Si tu veux du pain perdu, tu vas devoir le faire toi-même. Je dois aller chercher Connor.

— Et si *je* vais chercher Connor, et que tu fais le pain perdu ?

Missy lui tapota l'épaule. — Mon Dieu, tu es si facile à manipuler. D'accord, je vais te faire ton petit-déjeuner.

Gage se dirigea vers la chambre de Con. Facile à manipuler ? Non, il n'était pas facile à manipuler. Il voulait ce qu'il ne pouvait pas avoir et était un amas de contradictions et de responsabilités, dont aucune il ne voulait s'occuper, mais dont il s'occuperait toutes.

Gage soupira en se tenant devant la porte de Connor. Son neveu était une responsabilité dont il ne se plaindrait jamais. Au moins, il *pouvait* s'occuper de lui. Si cette voiture qui l'avait percuté avait roulé plus vite...

Gage chassa cette pensée. C'était une réflexion qu'il avait eue bien trop souvent ces derniers mois et qui ne manquait jamais de renforcer tout ce qu'il faisait pour sa sœur et son fils. Sacrifier sa vie amoureuse était minuscule en comparaison.

— Hé, Con, prêt pour le petit-déjeuner ? Il plaqua un sourire sur son visage et afficha l'air jovial qu'il portait toujours autour de son neveu.

— Gage ! Le visage de Connor s'illumina comme les feux d'artifice de la veille.

Feux d'artifice. Oh, mince. Où Connor les avait-il regardés ? *Lui* avait été tellement absorbé par Lara qu'il n'avait même pas pensé à ce que Connor ferait. Quel genre d'oncle était-il ?

— Comment vas-tu, mon pote ?

— Bien maintenant. Regarde ce que je peux faire. Il souleva sa main gauche avec sa main droite. Regarde. Son index tressaillit. Tu as vu ça ? Il a bougé. Ça va s'améliorer.

Gage ravala les larmes qui lui montèrent à la gorge. Mon Dieu, ce minuscule tressaillement leur donnait à tous de l'espoir. — Ta maman l'a vu ?

— Nan, je voulais te le montrer en premier, pour que tu puisses commencer à planifier ce voyage au parc d'attractions.

— Je m'en occupe, Con. Oh que oui, il s'en occupait. Orlando, avec ses nombreux parcs à thème renommés. D'une manière ou d'une autre, il y arriverait, mais Connor méritait le voyage d'une vie.

— Tu crois que dans combien de temps le reste de ma main va bouger ?

Le cœur de Gage se brisa un peu plus. — Eh bien, si tu continues ta thérapie, probablement assez vite. Regarde le chemin que tu as déjà parcouru. Quatre mois, trois jours et vingt-deux heures.

— Je pense que c'est à cause de tous les jeux vidéo auxquels j'ai joué. On a besoin des deux mains pour ça et cette main se sentait délaissée.

Ç'avait été déchirant de voir Connor essayer de faire fonctionner les commandes avec sa main handicapée. Encore plus triste de le voir abandonner de dégoût. Peut-être que Gage devrait simplement lui acheter le jeu COD qu'il voulait et s'inquiéter de ce que les images feraient au cerveau de Connor après que ses doigts recommencent à fonctionner.

Gage secoua la tête. Mauvaise idée. Connor faisait des progrès. Il n'y avait aucune raison de penser qu'il n'en ferait pas davantage.

— Alors, tu as regardé le feu d'artifice avec Lara hier soir ?

Gage fit un double take. Le gamin était un peu trop perspicace pour ses sept ans. — Oui, en effet. Elle devait travailler au pique-nique communautaire. Auquel il aurait dû emmener Connor.

— Maman m'a demandé si je voulais y aller, mais il aurait fait trop chaud dans le fauteuil avec les plâtres. Il regarda sa main gauche et fit à nouveau tressaillir son doigt. — Elle est plutôt cool, tu sais.

— Ta mère ? Oui, elle l'est. Elle t'aime beaucoup.

— Pas elle. Lara. La dame aux cupcakes.

Tout le monde avec les cupcakes de Lara... — Oui, c'est une bonne pâtissière.

— Tu vas l'épouser ?

Heureusement qu'il était appuyé contre le cadre de la porte. — L'épouser ?

— Tu l'aimes bien, non ?

Gage enfonça ses mains dans ses poches. — Oui, mais c'est quoi cet interrogatoire ?

— J'ai seulement posé trois questions. Et tu n'en as pas répondu à une.

— Qui es-tu et qu'as-tu fait de mon neveu accro aux jeux vidéo ?

Connor croisa son bras valide sur celui paralysé. — Je pense que tu devrais l'épouser.

— Et pourquoi ça ?

— Elle est jolie.

Vrai.

— Elle est amusante.

Vrai.

— Elle fait de super cupcakes.

Absolument vrai.

— Et tu es de meilleure humeur quand elle est là.

Quelque chose cogna dans le ventre de Gage. Il était de meilleure humeur ? Connor percevait ses *humeurs* ?

Si c'était le cas, il saurait qu'il était d'une humeur de chien en ce moment.

Il sortit ses mains de ses poches. Il n'allait pas laisser la question de Lara gâcher son temps avec Connor. Il le voyait déjà trop peu comme ça. — On verra, Con. Pour l'instant, je dois t'emmener à la cuisine pour le fabuleux pain perdu de ta mère.

Connor arqua un sourcil vers lui. Tel oncle, tel neveu.

— J'y réfléchirai, Con, d'accord ? Je ne peux rien promettre, mais j'y penserai.

Comme si ce n'était pas déjà le sujet principal dans son esprit.

Trente et un

Trente et un

— Tu as une chance de voir Gage aujourd'hui ? cria Cara en passant la tête hors de son bureau pour s'adresser à Lara dans la cuisine quelques jours plus tard.

— J'en doute, pourquoi ?

— Je voulais donner ces dossiers à Missy. Elle va y jeter un coup d'œil pour moi.

— Je croyais qu'elle ne travaillait que sur les contrats ?

Cara haussa les épaules. — Je te l'ai dit ; je suis comptable, pas secrétaire juridique. J'ai fait de mon mieux, mais ça ne peut pas faire de mal qu'elle les examine.

— Tu lui donnes du travail pour l'occuper.

— Je ne vois pas de quoi tu parles.

— Mais si. Tu donnes à Missy du travail pour l'occuper, des choses dont on n'a pas vraiment besoin, mais elle ne le sait pas. Tu lui donnes l'occasion de gagner de l'argent sans qu'elle ait l'impression de recevoir la charité.

Cara leva le menton. — Tu délires.

— Cara Marie Cavallo, je te connais depuis toujours. Ne crois pas que tu peux me duper. Tu fais une bonne action et tu ne voulais pas que ça se sache.

— Tu ne peux pas lui dire. Elle a sa fierté. Si elle savait...

— Ton secret est en sécurité avec moi, Robin des Bois.

— Je ne vole personne.

— Mais tu lui donnes et c'est vraiment gentil de ta part.

— Elle pourrait utiliser l'argent, mais plus important encore, ça lui donne le sentiment d'être utile. Nécessaire.

— Tu n'as pas besoin de me convaincre, Car. Tant que tu dis qu'on peut se le permettre, je suis pour. C'est vraiment gentil de ta part.

Cara marmonna quelque chose.

— Quoi ? Je n'ai pas entendu.

Il y eut encore quelques marmonnements. — Eh bien, Gage m'a offert un hot-dog.

Si Lara pouvait rire, elle le ferait. Mais elle n'avait pas eu envie de rire depuis le week-end. — Tu as raison, Car. Un hot-dog mérite bien une œuvre de miséricorde.

— Alors... vous aviez l'air de bien vous amuser au parc. Super. Cara essayait de retourner la situation contre elle.

— Je travaillais. Elle ne voulait pas discuter de Gage avec Cara. Elle ne voulait même pas *penser* à Gage. Il n'avait pas appelé. Pas un mot de lui depuis quatre jours.

Est-ce que sa danse était vraiment si importante pour que son malaise à ce sujet le dissuade d'être avec elle ? Était-ce son insécurité ?

— Oh, je t'en prie. Le hockey des amygdales n'est pas du travail. À moins qu'il ne te paie pour ça ?

Lara lui jeta un morceau de pâte à sucre. — Ton point ?

— Mon point est que je suis heureuse pour toi. Tu mérites d'être heureuse et il te rend heureuse.

Mais pourquoi un homme devait-il la rendre heureuse ? Pourquoi n'était-elle pas heureuse par elle-même ?

En fait, elle l'avait été avant Gage. Elle et Cara travaillant ensemble à la boulangerie, vivant dans son propre appartement avec des choses qu'elle avait choisies... Elle avait même pensé à adopter un chaton, ce que Jeff n'aurait jamais accepté. Tout cela la rendait heureuse.

Oh, pas du genre à tournoyer sur la pointe des pieds en chantant des chansons joyeuses comme lorsqu'elle était avec Gage, mais elle était heureuse. Gage l'avait juste rendue *plus* heureuse.

C'était une grande différence, être heureuse ou plus heureuse. Sa vie avait tourné autour de Jeff ; ce n'était pas le cas avec Gage. C'était sain, non ? Cela lui permettait d'être elle-même, d'être qui elle voulait, de faire ce qu'elle voulait. Et si elle voulait qu'il partage sa vie avec elle, c'était aussi son choix.

S'il voulait bien l'appeler à nouveau...

Ou elle pourrait l'appeler. Rien de mieux pour prendre en main sa vie et prendre ses propres décisions que d'appeler le gars auquel elle ne pouvait s'empêcher de penser et le ramener dans sa vie. D'autres femmes avaient vécu ce qu'elle avait vécu avec Jeff. Certaines avaient vécu bien pire. Il était temps d'arrêter de laisser Jeff définir sa vie post-divorce aussi, et si elle voulait Gage dans sa vie, elle se devait d'essayer. — Ça ne te dérange pas qu'il soit dans les parages ?

Cara haussa les sourcils. — Sérieusement ? Tu rayonnes comme un sapin de Noël, il fait tout le travail physique et la vente directe, *et* il nous apporte des hot-dogs. Pourquoi ça me dérangerait ?

— Sérieusement, Car, suis-je folle de penser à lui comme ça ?

— Comme quoi ?

— Comme...

Le souffle lui manqua lorsque la réalisation la frappa. — Comme... je pense que je suis peut-être tombée amoureuse de lui.

Le simple fait de dire ces mots à voix haute lui retournait l'estomac comme si elle était dans des montagnes russes. Des montagnes russes vraiment amusantes et sexy dont elle ne voulait jamais descendre.

— Si tu *penses* que tu l'es, Lar, tu l'es. Tu n'es pas du genre indécis. Quand tu aimes quelqu'un, tu le fais de tout ton cœur. C'est pour ça que Jeff a pu te faire autant de mal. Pourquoi sa trahison t'a fait si mal. Tu étais la seule à ne pas l'avoir vu venir.

Cela ne la faisait pas se sentir mieux. Si quelque chose, cela ne faisait que renforcer son insécurité. — Et si Gage était pareil et que je ne pouvais pas le voir à nouveau ?

Cara descendit de son tabouret et vint la serrer dans ses bras. — Gage n'est en rien comme Jeff. Jamais. Et au fond de toi, tu le sais. Il te l'a montré d'une manière que Jeff n'a jamais fait. Mais *tu* dois le savoir, Lar. Tu ne peux pas te fier à ma parole. Tu dois être sûre de ce que tu ressens pour lui et de la confiance que tu as en lui pour que quoi que ce soit fonctionne entre vous. Si ce n'est pas le cas, tu douteras toujours de lui et de ses sentiments, et rien ne ruinera une relation plus vite que de douter de son partenaire.

Cara avait raison. Tout se résumait à la confiance : en ce qu'elle ressentait pour lui, en ce qu'il ressentait pour elle, et en ce qu'elle ressentait pour elle-même.

Elle s'aimait. Elle était fière d'elle-même. Elle avait repris sa vie en main : dans son entreprise, dans sa maison, même avec Mme Applebaum. L'amour était la prochaine étape. Elle méritait de retrouver l'amour. D'*être* aimée, et si elle voulait aller de l'avant dans sa vie, elle devait prendre le risque.

Gage en valait la peine.

Elle rendit son étreinte à Cara. — Tu as raison, Cara. Je l'aime vraiment.

— Eh bien, sans blague. Cara l'embrassa sur la joue. — Et il t'aime si je ne me trompe pas.

— Tu crois ?

— Ce n'est pas à moi qu'il faut le demander.

— Je ne peux pas lui demander *ça*.

— Je dirais bien 'pourquoi pas', mais ce n'est pas à lui non plus qu'il faut le demander. Cara tapota le nez de Lara. — 'Penses-tu qu'il t'aime' est une question, chère cousine, que tu dois te poser à toi-même parce que si tu ne le ressens pas, ce qu'il dit n'a pas d'importance.

Trente-deux

✦

Gage fixait le morceau de papier dans sa main. Le copain avocat de Lara avait tenu parole. BeefCake, Inc. avait enfin un domicile permanent.

Quel soulagement. Il pouvait enfin avoir un semblant de vie. Il n'aurait plus à passer vingt heures par semaine au téléphone pour réserver des spectacles. Il n'aurait plus à voyager deux fois plus longtemps *pour* ces spectacles — enfin, une fois que l'endroit serait opérationnel. En attendant, il allait devoir assumer une double charge de travail puisqu'il était l'entrepreneur général chargé de la remise en état du bâtiment. Mais au moins, ils pourraient compter sur un flux de revenus régulier.

Et peut-être que Lara et lui pourraient trouver un arrangement.

Il prit une autre gorgée de sa bouteille d'eau et plia la licence, se faisant une note mentale d'appeler Bryan une fois dans son camion. Ce serait un long appel téléphonique et il voulait d'abord nettoyer l'arrière-cour de J.C. McCullough et quitter la propriété puisqu'il avait terminé le kiosque. Il travaillait quinze heures par jour depuis le week-end pour finir ce projet, déterminé à faire entrer l'argent *et* à se changer les idées de Lara.

Pas que ça ait marché.

Mais sa pelouse avait été tondue et l'étagère déplacée dans le placard. La nuit dernière, il avait arrêté de laisser Connor gagner leurs parties d'échecs.

Comme ils avaient joué tant de parties, le gamin était en passe de devenir un maître et n'avait plus besoin de ce coup de pouce pour sa confiance.

Mais la nuit, quand il était allongé dans son lit, il n'avait pas pu l'oublier. Il avait pris son téléphone portable plus de fois qu'il ne pouvait compter, ses doigts planant au-dessus de son numéro, pour finalement le reposer sans passer cet appel parce qu'elle méritait mieux de sa part. Ils le méritaient tous. Bon sang, *lui aussi* le méritait.

Mais il n'y avait qu'un seul lui à partager, et ce n'était pas juste de lui demander de supporter ça. Elle devait se sentir aimée, chérie et désirée, et bien qu'il ressentît toutes ces choses, les fleurs et les appels téléphoniques ne pouvaient transmettre ce message que pendant un certain temps. Ce serait différent s'il servait son pays ou s'il était en déplacement professionnel, mais en ville ? Pas d'excuse.

Tu cherches des excuses.

Était-ce le cas ? Dieu savait qu'il avait essayé de trouver un moyen de faire fonctionner les choses, mais jusqu'à ce qu'il obtienne les chiffres du bénéfice la nuit dernière, il n'avait rien trouvé, avec les factures médicales qui s'accumulaient et les fournitures dont il avait besoin pour le prochain chantier. Sans parler de sa maison qui avait besoin d'un nouveau système de chauffage. Et puis il y avait ce voyage à Orlando qu'il savait totalement frivole étant donné tout le reste pour lequel il avait besoin d'argent, mais Connor n'était enfant qu'une fois et il méritait que *quelque chose* de bien lui arrive.

Mais maintenant, avec le bilan du bénéfice plus élevé qu'il n'avait osé l'espérer, et le revenu régulier que représentait cette licence, il pouvait espérer avoir plus de temps libre une fois qu'il aurait remis l'endroit en état. Et avec les revenus de ce travail et des deux autres qu'il avait maintenant le temps de terminer, et Missy qui gagnait un peu plus en faisant la paperasse de Cara — bon sang, il devait une fière chandelle à Cara pour ça — il n'aurait plus à suer sang et eau pour chaque facture médicale qui arriverait. Les choses commençaient enfin à prendre un bon tournant.

Lara était si merveilleuse.

— Alors, c'est tout ? Vous avez terminé ? Le connard était de retour sur sa terrasse, encore une fois avec le liquide ambré dans un verre, et une paire de mocassins ridicules aux pieds qui avaient probablement coûté plus cher que la dernière IRM de Connor.

C'était vraiment difficile de ne pas détester ce type, alors Gage n'avait même pas essayé de s'en empêcher.

C'est de la jalousie.

Peut-être. Mais indépendamment de sa propre situation financière, ce type l'agaçait pour bien d'autres raisons que l'argent.

Gage laissa tomber le marteau dans la boîte à outils et ramassa le matériel d'emballage de la girouette pour le fourrer dans la boîte dans laquelle elle avait été livrée. — Oui, c'est tout. L'éclairage est connecté aussi. Vous êtes fin prêt pour la fête.

J.C. se balança sur ses talons et examina le kiosque.

Gage le mit au défi de trouver quoi que ce soit qui cloche.

— Beau travail. Envoyez-moi votre facture et je demanderai à mon comptable de vous envoyer un chèque par courrier.

— En fait — Gage sortit la facture qu'il avait imprimée la veille de son presse-papiers — la voici. Si ça ne vous dérange pas d'écrire un chèque maintenant, je pourrai clôturer les comptes.

Ce n'était pas sa façon habituelle de procéder, mais il avait modifié les conditions du contrat pour ce travail parce qu'il voulait avoir le moins d'interactions possible avec M. J.C. McCullough.

Le connard haussa un sourcil. — Vous ne pensez pas que j'ai ce montant sur mon compte courant, n'est-ce pas ? Ce ne serait pas prudent de laisser autant là où n'importe qui pourrait pirater. Je dois déplacer un peu d'argent.

— Vous pouvez postdater le chèque. Je l'encaisserai demain.

— Oh, il ne sera pas disponible avant la semaine prochaine au plus tôt.

Après la fête. Gage serra les dents. Le type savait quand le kiosque serait terminé — il avait insisté là-dessus. Et il avait fait un tel cinéma à propos de tout ce que son « travail acharné et son expertise » lui avaient rapporté, sûrement que le solde ne viderait pas son compte en banque.

— Écoutez, J.C. Il apprécia la façon dont le type grimaça quand il l'appela par son prénom. — J'ai fait le travail pour lequel vous m'avez engagé. Et vous avez signé le contrat qui stipule spécifiquement quand je dois être payé. J'aimerais mon chèque. Ou il défairait le câblage — au minimum — mais il ne le dit pas. Il essayait de ne pas lancer d'ultimatums, mais ce type était déjà dans ses mauvaises grâces de toute façon, alors il pourrait bien faire une exception à cette règle si le gars ne cédait pas.

Mais il céda. — Très bien. Mais vous ne pouvez pas l'encaisser avant demain soir. Vendredi serait préférable.

Gage serait à la banque à 15 h 59 demain après-midi.

Il rassembla les déchets, sa boîte à outils et la scie à onglet, et les mit dans son camion pendant qu'il attendait que J.C. écrive le chèque.

— N'oubliez pas les panneaux de pelouse, dit le connard en lui tendant le chèque dans l'allée.

Message reçu : les ouvriers n'étaient plus autorisés sur la propriété.

— Je les prendrai en descendant l'allée. Gage empocha le chèque et tendit la main. Il avait beau détester le type, les affaires restaient les affaires. — Ce fut un plaisir de faire affaire avec vous.

Le connard considéra sa main, mais finit par la serrer. Gage savait qu'il le ferait ; le gars était du genre à respecter les conventions, c'est pourquoi Gage pensait qu'il paierait si on le confrontait. Les brutes le faisaient généralement quand on les défiait.

Gage se demanda si l'ex-femme avait compris la même chose.

Trente-trois

— Tu sais que McMonster a appelé six fois au cours des deux dernières heures pour s'assurer que tu seras à l'heure ? On perd le courant pendant six heures à cause de la tempête d'hier soir, mais les fichus téléphones fonctionnent toujours. Tu peux m'expliquer où est la justice là-dedans ? Cara jeta les messages téléphoniques roses sur la table de préparation et glissa un crayon derrière son oreille. S'il te plaît, laisse-moi lui dire qu'on ne peut pas faire la fête. S'il te plaît.

Lara leva les yeux de la rose qu'elle était en train de confectionner. La trois cent soixante-quinzième. Plus que vingt-cinq à faire.

— Non, Car, tu ne peux pas dire ça à Jeff. C'est un travail. Ça nous aidera à payer les factures. Rappelle-toi ça et tu pourras le gérer beaucoup plus facilement.

— Je ne comprends vraiment pas. En fait, je ne comprends plus rien. Nick, toi, Gage... il n'a pas appelé, n'est-ce pas ?

Chaque fois que Cara posait cette question, cela enfonçait un peu plus dans son cœur le fait qu'il n'avait pas appelé — et lui rappelait qu'elle avait décidé de l'appeler malgré tout et ne l'avait pas fait. Elle avait prévu de le faire, mais Cara avait lâché ce petit commentaire sur "tu dois te poser cette question" et depuis, elle n'arrêtait pas de douter. Et à juste titre, puisqu'il ne l'avait pas appelée non plus.

Il semblait que prendre sa vie en main et risquer son cœur pour Gage était beaucoup plus difficile que de tenir tête à Mme Applebaum.

— La réponse n'a pas changé depuis la dernière fois que tu me l'as demandé, Cara. Maintenant, est-ce qu'on peut se concentrer sur ce qu'on doit faire ? On doit partir dans moins d'une heure et on doit encore charger la camionnette.

— Tu veux que je m'en occupe, c'est ça ?

— Pas encore. Mais si tu continues à nous interrompre Jesse et moi tout le temps, on aura du mal à être à l'heure.

Cara leva les mains.

— D'accord. J'ai compris. Je vais sortir et déplacer quelques branches d'arbres ou quelque chose comme ça. On dirait que c'est tout ce que j'ai fait ce matin aussi.

Un orage s'était abattu pendant la nuit et avait mis hors service les feux de circulation, fait tomber des câbles, arraché des branches d'arbres et semé le chaos général pour l'heure de pointe. La rumeur disait qu'il y avait eu une tornade qui avait rebondi en ville et causé quelques dégâts. La maison de Jeff en avait subi une partie, il n'était donc pas étonnant qu'il soit nerveux à l'idée que la fête se passe bien.

Lara avait vraiment envie de dire à sa fiancée que c'était un signe. Elle devrait fuir. Rapidement. Et ne pas regarder en arrière.

Elle n'arrivait pas à croire qu'il avait trouvé quelqu'un d'autre prêt à supporter ses conneries. Non, pas quelqu'un *d'autre*. Lara n'avait pas tout supporté. Elle aurait juste aimé être devenue plus intelligente plus tôt.

Vouloir être avec Gage était-il plus intelligent ?

Elle rata le glaçage de la rose et dut recommencer. Apparemment, ce n'était pas intelligent si elle ne pouvait pas se concentrer sur son travail.

Elle effaça Gage de son esprit comme elle effaçait la rose du clou à pâtisserie et recommença. Si seulement la vraie vie était aussi facile.

* * *

— Je n'aurais jamais dû vous donner ce chèque. J.C. McCullough faisait les cent pas au pied du kiosque et tendait même à Gage les ardoises pour remplacer celles qui avaient été arrachées par la tempête.

Heureusement, il restait presque un quart de palette du travail précédent, et le hangar où Gage les avait stockées n'avait pas été endommagé, mais si McCullough continuait à bavarder, Gage n'était pas sûr de vouloir finir le toit à temps pour la fête.

— Je *savais* que vous aviez fini trop vite. Si vous aviez pris votre temps et cloué ces ardoises correctement, elles seraient encore en place.

Gage retira les clous de sa bouche.

— J'ai fait un sacré bon boulot, mais rien ne peut résister à des vents de force tornade.

— Vous ne savez pas s'il y a eu une tornade. Vous dites ça juste pour couvrir votre incompétence.

Gage délogea un clou de la chevron. La chose ressemblait à un tire-bouchon. — C'était une tornade. Il le jeta aux pieds de McCullough.

Le connard le ramassa. — Maintenant vous balancez du tétanos partout ? J'ai appelé la banque, vous savez. J'ai fait opposition sur le chèque.

Gage ne prit pas la peine de relever son bluff pour lui dire que le chèque avait été encaissé hier à seize heures comme prévu.

— Hé, je suis là, non ? Il en avait assez de l'attitude du type. Au diable les recommandations commerciales ; ça lui ferait tellement de bien d'envoyer balader cet enfoiré. — Je suis venu tout de suite après votre appel et je me suis démené tout le temps. Sous la bruine, ramassant les ardoises dans le jardin — et la piscine — et les triant en piles utilisables et inutilisables. Malheureusement, la pile inutilisable était plus grande.

— Combien de temps cela va-t-il encore prendre ? Les traiteurs vont bientôt arriver et le groupe doit s'installer ici.

Gage regarda ce qu'il lui restait à faire. — Vous pouvez faire commencer l'installation du groupe quand vous voulez. À moins que vous ne prévoyiez de les mettre sur le toit ? Voilà que son sarcasme refaisait surface.

L'enfoiré l'avait compris. Et ne l'avait pas apprécié. Ça convenait à Gage ; il n'appréciait pas l'enfoiré.

McCullough lui tendit les dernières tuiles qu'il avait en main. — Vous pouvez vous occuper du reste tout seul ? Les traiteurs viennent d'arriver.

— Ouais. Bien sûr. Allez-y. *S'il vous plaît.* Mais il n'ajouta pas ça. Maintenant qu'il s'était débarrassé de J.C. McCullough, il pourrait trouver son rythme et le travail irait beaucoup plus vite.

Sauf qu'un des membres du personnel de restauration passa la porte de la piscine et Gage perdit complètement son rythme.

Lara.

Il était sur le point de dire quelque chose — quoi, il n'en avait aucune idée car la gêne de leur dernier au revoir avait été aggravée par le fait qu'il ne l'avait pas appelée depuis — quand l'Enfoiré sortit de l'entrée latérale, s'approcha d'elle et... *l'embrassa sur la joue.*

Gage faillit glisser de l'ardoise. Sûrement, Lara allait le gifler. D'une minute à l'autre, elle allait le faire. Elle n'allait pas permettre à cet enfoiré ce genre de liberté.

Mais elle le permit. Ou du moins, elle ne fit rien pour corriger ce geste trop familier —

Attendez une minute.

Ils semblaient un peu *trop* familiers. Et ce commentaire que Cara avait fait sur ce quartier étant l'endroit où quelque chose s'était passé/vivait...

L'Enfoiré lui tapota les fesses.

Gage était prêt à sauter du toit à ce moment-là, mais Lara gifla enfin le salopard.

Gage relâcha l'emprise mortelle qu'il avait sur la tuile, heureusement avant de s'être fait saigner, mais pas avant d'avoir réalisé quelque chose.

Lara était l'ex-femme. Ça ne pouvait être qu'elle. Tout prenait sens — autant que le fait que Lara ait épousé ce Connard en premier lieu pouvait avoir du sens.

Que diable faisait-elle ici ?

Gage se ressaisit mentalement et se remit au travail, terminant le toit plus rapidement qu'il ne l'aurait cru possible. Intéressant de voir ce dont il était capable quand il était motivé.

Il s'arrêta.

C'était *vraiment* intéressant de voir ce dont il était capable quand il était motivé. Et quoi de plus motivant que d'être avec la femme qu'il aimait ?

Il était idiot de ne pas essayer — tout autant qu'un crétin arrogant et pompeux que ce Connard là-bas pour avoir pris la décision pour eux deux.

Il devait lui parler. Voir si elle ressentait la même chose. Voir si elle voulait tenter le coup.

Il descendit l'échelle, jetant un coup d'œil pour voir où elle était allée. Elle, Cara et Jesse roulaient des tables pliantes et des chariots isothermes pour cupcakes.

Il ramassa quelques autres éclats d'ardoise sur l'herbe et les laissa tomber dans sa ceinture à outils en s'approchant. — Hé, mesdames. Vous voulez de l'aide ?

— Oh mon Dieu, oui. Cara n'hésita même pas une seconde ; elle se pencha vers lui avec une grande boîte en carton. — Ces trucs sont lourds. Si tu peux les tenir, je vais installer la table.

Gage jeta un coup d'œil à l'intérieur. Deux sculptures de colombes blanches. Ce Connard visait l'écœurant de douceur. — C'est quoi comme parfum, barbe à papa ?

Lara le regarda avec un petit sourire complice. — Vanille.

Gage éclata de rire. Putain, c'était parfait. — C'était une demande spéciale ou il t'a laissé carte blanche ?

— À ton avis ?

Dieu qu'elle lui avait manqué. Avec ses yeux pétillants de malice, Gage avait du mal à ne pas poser ces stupides colombes là tout de suite et la prendre dans ses bras.

— Hé, Gage, tu peux les poser ici. Cara lui fit signe de venir vers la table le long du mur extérieur de la terrasse.

— Il faut qu'on parle, Lara, dit-il avant de s'y diriger.

— Je ne peux pas maintenant, Gage. J'ai un travail à faire.

— Je sais. Je voulais dire plus tard. Après. Si tu veux. Bon sang, il bégayait comme un écolier — et il n'avait même jamais bégayé à l'époque.

— J'en ai envie.

Bon Dieu, lui aussi.

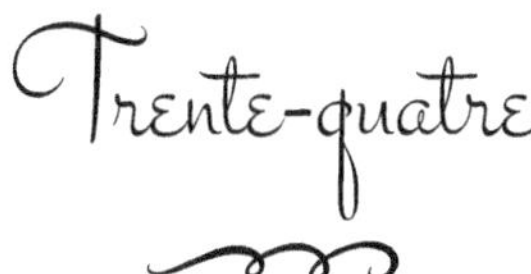

Jeff décortiquait chaque petit détail au point que Lara avait envie de lui enfoncer les colombes dans la figure.

Elles étaient — tournées dans le mauvais sens ? Pardon ? Les colombes étaient enlacées, leurs ailes gracieusement courbées, se regardant amoureusement dans les yeux. C'était une fête de fiançailles ; ne *devraient-elles pas* se regarder ainsi ?

Ensuite, il n'y avait pas assez de cupcakes aux roses blanches et aux perles en sucre exposés en forme de cœur. Puis il trouvait que le blanc n'était pas assez blanc, que les emballages en papier d'aluminium argenté n'étaient pas assez élégants, et quand il insista pour goûter un cupcake, il se plaignit que la fraise au centre — qu'il avait demandée — était agaçante.

— Sérieusement, Lara, tu vas devoir te surpasser si tu veux avoir une chance de réussir dans ce business. Je pourrais t'arranger une consultation avec le chef cuisinier de Koba si tu veux. C'est un ami personnel.

Jeff avait visiblement oublié qu'elle savait qu'il mentait effrontément pour l'impressionner. Le chef cuisinier de Koba ne pouvait *pas supporter* Jeff. Son ex avait renvoyé tant de plats en cuisine pour qu'ils soient — plus cuits — que Lara ne s'était plus sentie à l'aise d'y manger depuis.

— Merci, Jeff, mais ça va aller.

— C'est ça le problème, Lara. Ça a toujours été le problème. Tu te contentais du statu quo. Tu n'as jamais eu de vision. Si tu t'étais appliquée, tu aurais pu devenir la présidente du groupe des dames au club. Tu aurais pu les avoir à ta botte par tes paroles, pas par tes pâtisseries.

Lara compta jusqu'à dix. Deux fois.

Il ne changerait jamais. Il était toujours le même connard condescendant qu'il avait toujours été. Pensant toujours tout savoir mieux que les autres, et rejetant la faute sur elle pour sa déception.

Elle, en revanche, avait changé.

— Tu sais quoi, Jeff ? Tu n'as plus le droit de me parler comme ça. Je suis ici strictement en tant que fournisseur de tes desserts, pas en tant que ton ex-femme. Si tu n'es pas satisfait de Cavallo's Cups & Cakes, alors ne nous commande plus rien. J'ai fait ce que tu as demandé au mieux de mes capacités — des capacités dont tu étais parfaitement conscient quand tu m'as engagée — donc toute insatisfaction est de ta faute.

Jeff se remit trop vite du choc. Ce foutu sourire mielleux s'étala sur son visage. Comment avait-elle pu le trouver beau un jour ? Gage dans son look le plus négligé et mal rasé était plus beau que Jeff ne pourrait jamais espérer l'être.

Quand on parle du loup...

Elle l'avait vu dès son arrivée, là-haut sur le toit, son t-shirt plaqué sur ce torse incroyable, son jean moulant ses fesses, et le bandana gardant ses cheveux hors de ses yeux lui donnait un air vraiment sexy, et elle avait ressenti ce familier tiraillement au creux du ventre. S'il n'était pas venu lui demander de parler, elle serait allée le voir.

— Tu as écouté un mot de ce que j'ai dit ? Jeff mit ses mains sur ses hanches.

— Je suis désolée, quoi ?

— C'est comme ça que tu traites tous tes clients ? Tu te contentes d'encaisser leur argent, de faire ce que bon te semble avec leur commande, puis de les ignorer complètement quand ils te parlent ? Tu ne réussiras jamais dans ce business, Lara. Tu vas revenir ramper à mes pieds et ce sera trop tard. Je serai marié à Alexandra et tu n'auras rien. Si tu penses que je vais te donner plus d'argent, tu es folle. Je n'arrive pas à croire que tu aies le culot-

Le bras de Gage surgit derrière elle pour saisir le col de la chemise de Jeff.

— Excuse-toi auprès de la dame.

Lara ne l'avait même pas entendu approcher. Elle était trop concentrée à essayer de répondre au venin de Jeff.

— J'ai dit, excuse-toi auprès de la dame. Il contourna Lara et se planta devant Jeff.

Jeff ricana. — Je vais te poursuivre en justice pour ça.

— J'aimerais bien voir ça.

— Je suis avocat.

Lara posa sa main sur le bras de Gage. — Gage, lâche-le. Ça va.

— Ce n'est pas ça va. Personne ne devrait parler à qui que ce soit comme il te parlait. Il secoua son poing juste assez pour rappeler à Jeff où se trouvait son poing.

Lara lui serra le bras. — S'il te plaît. Lâche-le. Finissons cette soirée et ensuite nous parlerons.

— Oui, pourquoi n'écoutes-tu pas, Tomlinson ? Je pensais t'avoir payé. Tu ne devrais pas partir ?

— Je le ferais si elle ne m'avait pas engagé pour l'aider ce soir.

— Elle a fait quoi ?

Le cou du connard vira au violet tandis qu'il fixait Lara, les yeux écarquillés — qui se mordait la lèvre.

Gage reconnut ce geste. Elle essayait de ne pas sourire.

— Euh, oui. C'est vrai. Gage s'occupe de tout le gros travail pour nous.

— Quel gros travail ? Vous faites des *cupcakes*, bon sang.

On dirait que le type avait oublié que soulever les *cupcakes* de Lara demandait de la finesse-

Merde. Gage ne voulait *pas* aller par là, imaginant ce connard et elle- — Je vais juste aller au van chercher ce qu'il reste, Lara.

— Merci, Gage. Le gâteau est là-bas et le chariot aussi.

— Je les apporte tout de suite. Il ne voulait pas la laisser seule avec ce connard, mais il devait lui faire confiance pour se débrouiller. Au moins, elle ne frapperait pas le type, ce qu'il mourait d'envie de faire.

Puis, dans l'allée, sa soirée empira.

Une belle blonde sortit d'une Jaguar qui venait de se garer.

— Gage ?

Merde. Alexandra Prescott. *Bien sûr* qu'elle allait épouser ce connard.

— Alexandra. Elle était venue à plus de ses spectacles que le hasard ne l'aurait voulu, surtout au début quand lui et Bry étaient les artistes, et elle avait fait plus que clairement comprendre qu'elle n'aurait pas été contre une leçon de danse privée.

Il avait refusé, Dieu merci, mais cela ne signifiait pas qu'Alexandra avait oublié à la fois son désir et son indignation quand il l'avait repoussée.

— Que fais-tu ici ? demanda-t-elle, en mettant beaucoup plus de déhanchement dans sa démarche que ce qui était naturel. Bien sûr, rien chez Alexandra n'était naturel, ce qui faisait d'elle l'épouse parfaite pour ce connard.

— J'aide l'un des traiteurs.

— Toi ? Tu cuisines ? Elle le regarda avec un appétit qui n'avait rien à voir avec la nourriture.

— Non, juste le gros œuvre. Mauvaise chose à dire ; son regard se porta directement sur ses bras.

La soirée allait être des plus inconfortables.

Elle le suivit jusqu'à la camionnette et s'appuya de manière provocante contre la porte ouverte. Alexandra était comme une longue traînée de beurre : douce et délicieuse, mais vraiment pas bonne pour la santé. Il n'avait jamais été tenté auparavant ; il ne l'était certainement pas maintenant.

Il installa rapidement le chariot, y glissa le gâteau et le roula jusqu'à l'arrière-cour sans perdre son élan, Alexandra sur ses talons.

— Chérie ! s'exclama le Crétin en plaquant un sourire éclatant sur son visage trop uniformément bronzé pour être naturel, tout en se dirigeant nonchalamment vers Alexandra. C'était comme regarder une paire de poupées Barbie et Ken animatroniques.

— Jefferson, dit-elle en tendant une joue poudrée vers lui.

Que le type embrassa en l'air.

C'était maintenant au tour de Gage de se mordre la lèvre.

Il dut la mordre plus fort quand Lara leva les yeux au ciel.

Il relâcha un souffle dont il n'avait pas eu conscience de le retenir. Elle n'était plus intéressée par le crétin. Pas qu'il ait vraiment pensé qu'elle puisse l'être, mais quand même, en voyant cette maison, tout ce que J.C. — *Jefferson* — possédait, il ne pouvait s'empêcher de penser que peut-être...

— Lara. Le Crétin se fit mielleux. Plus mielleux encore. — Permets-moi de te présenter ma fiancée, Alexandra Prescott. Alexandra, voici Lara. Mon ex.

Alexandra maîtrisait parfaitement son rôle de dame du manoir. Elle l'avait toujours fait, mais ça énervait Gage qu'elle adresse ce regard de princesse des glaces à Lara.

— Je crois comprendre que vous êtes pâtissière.

Elle aurait tout aussi bien pu dire *lépreuse*.

Lara, cependant, se redressa et afficha un sourire sincère. — C'est exact. Cavallo's Cups & Cakes. Ma cousine et moi l'avons lancé il y a presque un an. Nous nous occupons de la fête de remise des diplômes des Applebaum ce week-end.

— Le fils de Priscilla et Frank ? Alexandra haussa un sourcil.

— Oui, Phillip.

— Oh... oh.

Hmm, Gage n'y aurait pas cru s'il ne l'avait pas vu. Apparemment, ce contrat avec les Applebaum était suffisamment important pour impressionner même la Princesse des Glaces.

— Tu n'as pas mentionné les Applebaum, Lara, dit le Crétin, l'air contrarié.

Si ce n'était pas sa maison, Gage l'aurait mis dehors.

— Tu ne me l'as pas demandé, Jeff.

Jeff. Jefferson. J.C... Gage préférait Crétin.

— Alors Lara, où veux-tu qu'on mette ce gâteau ? intervint Gage, voulant mettre fin à cette atmosphère de retrouvailles.

— Je crois que c'est à moi que tu devrais poser cette question, Tomlinson. Le Crétin reprenait du poil de la bête.

— En fait, Jeff, j'avais prévu une certaine mise en place, donc si tu me permets d'utiliser mon expertise professionnelle, Gage et moi allons nous occuper de la présentation. Tu seras satisfait.

— Oui, eh bien, vous avez intérêt.

Gage avait le sentiment que rien ne satisferait jamais ce type en ce qui concernait Lara.

Il la suivit jusqu'à la table, attendant d'être hors de portée de voix avant de parler. — Tu as été mariée à ça ?

Elle rit. — *Ça* est la description parfaite. C'est un sacré numéro, n'est-ce pas ?

— Il est quelque chose, c'est sûr. Je n'arrive pas à croire que tu l'aies épousé.

— Il n'a pas toujours été comme ça. Du moins, pas au début. Mais il est certainement devenu pire à mesure que son compte en banque grossissait. J'ai fini par comprendre que Jeff est très peu sûr de lui, donc le nombre de zéros qu'il commande lui donne de la validation. C'est triste, vraiment.

— Tu l'as bien géré. Il pensait qu'il allait t'anéantir.

— Tu peux poser le gâteau ici. Lara déplaça la boîte avec les colombes sur le côté de la table. — Je refuse de donner à Jeff ce pouvoir sur moi. J'étais dévastée quand j'ai découvert qu'il m'avait trompée. Pas avec Alexandra d'ailleurs. Au cas où tu te le demanderais.

— Je me demandais seulement ce qui lui était passé par la tête pour te tromper en premier lieu. Il souleva le gâteau à l'endroit qu'elle avait indiqué.

— Si je le savais, je...

— Tu ferais quoi ?

Elle haussa les épaules et commença à ouvrir les boîtes de cupcakes. — J'allais dire que je l'aurais empêché, mais j'ai réalisé que je ne pouvais pas. Je ne suis pas responsable du bonheur de Jeff pas plus qu'il n'est responsable du mien. Ça doit venir de l'intérieur et c'est ce qu'on partage avec son partenaire.

Il ne dit rien à cela, réfléchissant. Elle ne cherchait pas d'excuses, elle ne rejetait pas la faute sur quelqu'un d'autre. Son bonheur dépendait d'elle. Tout comme le sien dépendait de lui. Ce qui signifiait qu'à moins de le faire arriver, il était tout aussi coupable d'avoir failli à Lara que le Crétin.

Ils devaient vraiment parler après ça.

Trente-cinq

Tous les gros bonnets du cabinet de Jeff étaient là, y compris Weathers, et ils avaient tous réservé un accueil chaleureux à Lara.

Jeff n'avait pas réalisé ce qu'il avait fait en l'embauchant, et Lara n'y avait pas vraiment réfléchi au-delà de l'argent qu'il lui verserait, mais ses collègues l'avaient appréciée. Elle en avait croisé quelques-uns après le divorce et tous lui avaient demandé de ses nouvelles, semblant sincèrement intéressés — et véritablement indignés en sa faveur par l'infidélité de Jeff. En les voyant traîner autour de sa table de desserts, elle réalisa qu'ils se souciaient vraiment de ce qu'elle avait traversé — d'une manière dont ils ne se souciaient pas de Jeff. Ni d'Alexandra.

Jeff se berçait d'illusions s'il pensait que ce mariage était un tremplin pour sa carrière. Le mépris que la plupart des femmes avaient pour la fiancée de Jeff était presque palpable. Et Alexandra n'arrangeait pas les choses avec ses affectations distantes.

Jeff n'apprendrait jamais.

— Vous voulez que j'aille vous chercher à boire ? demanda Gage à Lara, Cara et Jesse, son bandana remplacé par une des toques de rechange qu'elle gardait dans la camionnette avec la veste de chef supplémentaire, et le pantalon noir qu'il avait porté à la fête de Gina faisait office de pantalon de smoking.

Sans les bottes de travail foncées, elle n'aurait jamais deviné qu'une heure auparavant, il était en sueur dans ses vêtements de chantier, mais un plongeon dans la piscine de Jeff et ces vêtements improvisés faisaient de lui l'employé parfait.

Parfait étant le mot-clé. Il était à croquer dans cette tenue. Mais en même temps, il était à croquer dans n'importe quelle tenue.

Ou *sans* aucune tenue...

— J'adorerais un gin tonic, dit Cara, mais j'ai peur que ça ne me délie trop la langue et que je finisse par dire à McMonstre ce que j'ai vraiment envie de lui dire.

Lara essaya de ne pas sourire. Elle adorait que Cara soit si indignée en sa faveur, mais honnêtement, elle s'était rendu compte, alors que Jeff lui avait lancé ses piques et qu'Alexandra avait essayé d'avoir l'air si supérieure, qu'elle s'en fichait. Elle était heureuse d'elle-même et tout ce que Jeff pouvait faire ou dire non seulement ne changerait rien, mais n'avait aucun impact.

— De l'eau glacée serait parfait. Et Jeff ne pourra pas se plaindre de la dépense.

— McMonstre peut se plaindre de tout, grommela Cara.

Gage donna une pichenette sur la toque de Cara. — Hé, ne le laisse pas gâcher ta soirée. Il n'en vaut pas la peine.

Cara jeta un coup d'œil à Lara puis à Gage. — Comment peux-tu être si blasé à ce sujet ? Je veux dire, après ce qu'il a fait à Lara...

Gage haussa les épaules. — Lara et lui, c'est fini et elle est avec moi. Il lui toucha brièvement le dos. — Un service d'eau pétillante glacée arrive tout de suite.

Cara s'éventa. — D'accord, cousine, tu as vraiment tiré le gros lot dans ce domaine.

Oui, en effet.

* * *

Gage contourna le soi-disant couple heureux. Il avait vu des gens à l'hôpital plus heureux que ces deux-là. Le connard avait la bouche si serrée qu'on aurait dit qu'il suçait des citrons par douzaines, et le sourire d'Alexandra était si fragile que son visage risquait de se fissurer.

Ces deux-là travaillaient beaucoup trop dur pour la fête.

Il fit un signe de tête au barman. — Quatre eaux glacées quand vous aurez un moment.

— Bien sûr. Pas de problème.

Gage se tenait sur le côté, attendant que les invités soient servis.

— Alors, jeune homme, j'espère que vous avez reçu la licence dont vous parliez ? L'ami avocat de Lara s'approcha de lui et le salua avec son verre.

— En effet. Je dois vous remercier pour votre intervention.

— Pas de problème du tout. Certaines personnes sont un peu trop pleines de préjugés, vous voyez ce que je veux dire ? Prenez ce soir, par exemple. La moitié des gens ici ne sont là que pour jauger la fiancée. McCullough a fait une grosse erreur en laissant partir Lara et nous le savons tous.

— Elle m'a dit ce que vous avez fait pour elle.

— Je ne supporte pas les infidèles. Il n'y a aucune excuse pour ça. Il mérite ce qui lui arrive, et si c'est Alexandra Prescott, l'homme ferait mieux de faire attention. Il rit. — Weathers Davis, au fait. Il serra la main de Gage. — Alors, parlez-moi de votre club de danse. Comment vous êtes-vous retrouvé dans le strip-tease ?

— Vous êtes *strip-teaseur* ? Le connard arriva au mauvais moment.

Gage posa le premier verre d'eau sur le bar, ses doigts le démangeant — le *démangeant vraiment* — de faire des dégâts sur ce visage.

Weathers prit une gorgée trop minuscule pour être réelle de son verre. — Il possède un club de danse, McCullough.

— Vous voulez dire un club de strip-tease, Monsieur Davis.

Gage se mordit la lèvre face au ton obséquieux dans la voix du connard. — C'est un autre terme pour ça, oui.

— Mon Dieu. Je n'arrive pas à croire que Lara soit passée de moi à un *strip-teaseur*. Il ricana. Ce con ricana vraiment.

Les doigts de Gage se crispèrent en un poing.

— Je ne vois pas ce qu'il y a de si drôle, McCullough. Weathers prit une autre non-gorgée de son verre. L'homme était un maître dans l'art du rabaissement et Gage n'avait qu'à regarder. — Une entreprise viable qui apportera des revenus à la ville et revitalisera une partie du délabrement urbain. Un effort très louable, à mon avis. En fait, je suis prêt à y investir si vous prenez des investisseurs, Monsieur Tomlinson.

Gage ne put contenir sa surprise. — Je... devrai en parler à mon associé. Nous vous recontacterons.

— Associé ? Vous êtes gay ?

— Associé commercial. Gage ne prit pas la peine de cacher son mépris. Avec Weathers à bord, cela lui donnait la légitimité que le connard respecterait. Non pas que Gage se souciait du respect de ce type, mais il aimait le fait que le gars doive le regarder d'un nouvel œil.

— Vous et votre associé avez créé une société ? Weathers se tourna vers lui, coupant efficacement le connard de la conversation. — Ce pourrait être quelque chose à envisager. Pour des raisons fiscales.

— J'ai effectivement quelques idées dont je pourrais vous parler.

Weathers sortit une carte de sa poche. — Appelez-moi. Nous fixerons un rendez-vous.

Le barman posa le reste des verres d'eau. Gage glissa la carte dans la poche de sa veste et les rassembla. — C'était un plaisir de discuter avec vous. Merci pour votre aide avec la licence et je vous contacterai. Si vous voulez bien m'excuser, je dois rapporter ceci aux dames qui travaillent dur à la table des desserts. Assurez-vous de goûter un morceau de gâteau. Lara est incroyable en cuisine.

Il avait laissé suffisamment de sous-entendus dans ce commentaire pour que Connard se mette à penser aux autres domaines où elle était incroyable.

Et il s'était mis à y penser lui aussi. Ils n'avaient encore rien fait dans la cuisine.

Pour l'instant.

* * *

Il n'a fallu que dix minutes pour que la nouvelle du deuxième emploi de Gage fasse le tour de la fête — et Lara savait *exactement* d'où venait cette information. Jeff se pavanait avec son attitude supérieure comme s'il était au-dessus de tous les invités de la fête.

Cela a commencé par des regards coquins des femmes mariées. Quelques invitations explicites des célibataires. Les regards noirs des maris étaient révélateurs ; Lara était devenue extrêmement familière avec ceux-ci lors de la fête de Gina.

Puis Alexandra est venue à leur table.

— Gage, dit-elle d'une manière qui donnait la chair de poule à Lara. Je considérerais comme une faveur personnelle si vous nous faisiez un spectacle ce soir. Nous saurons, bien sûr, vous en récompenser.

Gage s'est figé et Lara a pu sentir la colère monter en lui. — Je ne danse pas.

— Allons donc. Bien sûr que si. Je vous ai vu.

Maintenant, c'était au tour de Lara de se figer.

Gage lui a jeté un coup d'œil. — C'était il y a des années. Quand on débutait. Je ne le fais plus.

— Oh, je suis sûre qu'on peut vous convaincre. Tout le monde a son prix. Les lèvres d'Alexandra se sont courbées en un sourire qui a fait frissonner Lara.

— Pas moi.

Jeff, bien sûr, est arrivé à ce moment-là. — Allez, Tomlinson. Donnons-nous un aperçu de cette « entreprise viable qui apportera des revenus à la ville et revitalisera les quartiers défavorisés ». Tu ne peux pas demander meilleure publicité qu'un public captivé avec de l'argent à investir.

Il y avait des sous-entendus dans le discours de Jeff que Lara ne comprenait pas, mais elle a compris qu'il essayait d'embarrasser Gage.

— Tu pourras venir à l'inauguration et le voir à ce moment-là, McCullough. Gage n'avait pas bougé d'un muscle. Enfin, sauf ses doigts. Ils étaient maintenant serrés en poings.

— Pas confiant en ton produit ? Comment espères-tu le vendre si tu ne le, eh bien, vends pas ? Le sourire de Jeff était pire que celui d'Alexandra. Ces deux-là étaient faits l'un pour l'autre.

— Très bien. Tu veux un avant-goût ? Gage a arraché le chapeau de sa tête. Je vais te donner un avant-goût.

Il a sorti son portable de sa poche arrière. — Lara, trouve la playlist et fais-la brancher sur le système audio. J'ai besoin de quelques minutes pour me préparer.

La playlist. Comme elle se souvenait bien de la playlist.

Gage est parti en trombe vers son camion tandis que Cara se levait furieusement.

— Toi, McConnard, tu es le plus grand salopard du monde. Je n'arrive pas à croire que tu l'aies mis dans cette situation. Tu vas payer le double de son tarif habituel pour ce coup-là.

— La ferme, Cara, ou je te fous dehors. Et ne pense pas que je n'en savourerai pas chaque minute. J'ai voulu le faire à chaque fois que tu rendais visite à Lara.

— Et j'ai voulu vomir sur toi chaque fois que je l'ai fait, mais apparemment j'étais la seule à aimer assez Lara pour ne pas tout lui gâcher.

Lara a tiré doucement sur les boucles de Cara. — S'il te plaît, ne t'engage pas avec lui, Cara. Laisse tomber. Il ne peut plus me faire de mal.

— Mais qu'en est-il de ce qu'il fait à Gage ?

Lara s'est mordu la lèvre et a baissé la voix. — Il pense qu'il embarrasse Gage, mais que crois-tu qu'il va se passer une fois que Gage commencera à danser ? Qui sera embarrassé alors ?

Un sourire s'est répandu sur le visage de Cara. — Oooh, j'aime ça.

Elle aimerait encore plus ce que Lara s'apprêtait à faire aussi...

L'introduction électronique de *Simply Irresistible* commença et tous les regards se tournèrent vers la « terrasse » de Jeff.

Gage tournait le dos au public, les bras écartés, portant toujours la veste de chef, et une jambe tremblant juste assez pour faire bouger ses fesses en dessous.

Comme auparavant, les femmes furent les premières à s'approcher.

Le premier temps fort arriva et Gage se retourna d'un coup, déchirant sa veste.

Rien que de la peau et ce pantalon noir en dessous.

Ses hanches ondulaient, ses muscles se contractaient, et Gage travaillait la foule avec son regard sexy, chaque femme bénéficiant de sa concentration totale pendant les quelques secondes où il la regardait dans les yeux.

Les acclamations commencèrent.

— Doux Jésus, il est canon, dit Cara en agitant ses mains devant son visage. Je sais pas, Lar. Je pense que c'est ta récompense pour toutes les conneries que tu as supportées de cet enfoiré là-bas. Elle donna un coup de coude à Lara. Regarde sa tête.

Lara ne jeta même pas un coup d'œil dans la direction de Jeff. Pas quand elle pouvait regarder Gage.

— Tu peux me rendre un service, Car ? Reste ici et surveille la table. Je reviens.

Elle n'attendit pas l'accord de Cara, mais garda les yeux fixés sur Gage et traversa la foule d'un pas nonchalant, la musique la traversant comme l'autre fois où il avait joué cette chanson.

Sur scène, sa veste glissait le long d'un bras. C'était magnifique la façon dont son bras sculpté se révélait centimètre par centimètre sexy et appétissant. Son pectoral se contracta alors qu'il s'en débarrassait, puis il répéta tout ce mouvement lent et séduisant de l'autre côté.

Les femmes formaient maintenant trois rangs au pied des marches.

Lara les rejoignit.

Gage fit à nouveau un tour sur lui-même et frotta la veste contre son dos, la faisant glisser de plus en plus bas...

Là, contre ses fesses, et les femmes se mirent à acclamer. Célibataires, mariées, jeunes, âgées, partenaires, stagiaires, peu importait ; elles appréciaient toutes le spectacle.

Gage exploitait leur intérêt. Il travaillait aussi cette veste. Lara ne regarderait plus jamais une veste de chef de la même façon.

Elle déboutonna la sienne. Il commençait à faire un peu chaud au milieu de cette foule de femmes excitées. Surtout qu'elle en faisait partie.

Il passa la veste froissée sur ses abdominaux, taquinant son public avec cette délicieuse partie dont Lara avait une connaissance directe - et linguale.

Elle bougeait en rythme avec la musique, se souvenant avoir secoué son popotin à ce moment-là quand elle avait dansé pour lui.

Elle recommença là où elle se trouvait. Du coin de l'œil, elle vit Alexandra s'approcher. Et elle vit Jeff froncer les sourcils. Cela ne fit que renforcer ce qu'elle s'apprêtait à faire.

La musique fit une pause pendant les deux battements de cœur avant que le temps fort ne frappe à nouveau. Gage fit une pause aussi, sa hanche prête à pivoter vers le bas, et quand la musique reprit, elle le fit, et oh que c'était beau. Ses abdominaux se contractèrent, ses pectoraux se tendirent, et ses fesses - oh mon Dieu, ses fesses - bougeaient en parfait rythme.

Et puis il arracha son pantalon.

Il portait ce minuscule short noir moulant en soie qu'il avait la dernière fois, et il enveloppait ses cuisses comme les mains de Lara voulaient le faire.

Les femmes devinrent folles.

Les hommes avaient l'air de vouloir être n'importe où sauf ici.

Lara voulait être là-haut avec Gage.

Alors elle se fraya un chemin à travers la foule. Elle monta les marches en rythme avec la musique.

Elle déboutonna sa veste.

Et quand Gage se retourna, elle lui adressa le sourire le plus sexy qui soit.

* * *

Pour la première fois de sa vie, Gage manqua un pas dans sa performance. Mais bordel, c'était compréhensible. Lara venait vers lui *en déboutonnant sa veste*. Avec un déhanché sensuel. Et une expression sur son visage qu'il avait vue la nuit où elle avait dansé pour lui.

Comme elle le faisait maintenant.

Il se lécha les lèvres car sa bouche était devenue sèche.

Elle lécha les siennes juste pour le rendre fou.

Puis elle fit glisser sa veste dans un déhanché pour ajouter à sa folie.

— Qu'est-ce que tu fais ? chuchota-t-il alors qu'elle se déhanchait à côté de lui, ses hanches bougeant en rythme avec les siennes et beaucoup trop près pour que ce short puisse cacher l'effet produit.

— Je danse. Ça ne se voit pas ?

Il leva les bras au-dessus de sa tête pour satisfaire la foule, sachant ce que ça faisait à son ventre, mais la vérité c'est que c'était machinal. Il essayait de comprendre le fait que Lara - *sa* Lara - dansait devant la foule, et si elle faisait ce qu'il pensait qu'elle faisait, elle se déshabillait avec lui.

Ses doigts déboutonnaient les boutons de sa chemise.

La bouche de Gage devint sèche, et pour la deuxième fois, il manqua un pas.

— Lara ?

— Danse, Gage. Comme tu me l'as appris. Son sourire était diablement sexy. Jeff voulait un spectacle ? On va lui en donner un.

Et alors Gage éclata de rire. Il ne put s'en empêcher. Elle était inestimable.

Il dansa devant elle, travaillant la foule. Intéressant que les hommes soient maintenant engagés, et pendant un moment - ou six - un drapeau rouge flotta devant lui comme dans une corrida. Il ne voulait pas que ces hommes la regardent. Elle était à lui.

Puis il reconnut son hypocrisie et se laissa aller à profiter de l'instant. Elle

233

pouvait bien danser toute la nuit pour ces types, mais c'était avec lui qu'elle rentrerait.

Il regarda Connard. L'expression du gars était hilarante. Son plan pour humilier Gage avait complètement échoué. Tout le monde dans son bureau parlerait certainement de cette soirée pendant des années, mais pas pour la raison que Connard espérait.

Il jeta un coup d'œil par-dessus son épaule vers Lara. Sa chemise à manches courtes était sortie du pantalon et elle jouait avec les boutons aussi efficacement que ses gars le faisaient. Elle avait bien retenu les leçons de cet enterrement de vie de jeune fille. Ou alors c'était naturel chez elle.

Il observa le mouvement de ses hanches. Ouais, c'était naturel.

Addicted to Love se mit à jouer et il vit le rythme s'accélérer dans la foule. Les hanches se déhanchaient, les fesses se frôlaient, il y avait même quelques frottements mineurs qui s'intensifieraient plus tard dans la soirée quand l'alcool aurait coulé à flots, mais tout allait bien. Tout le monde était d'humeur festive. Tout le monde sauf Connard.

Il était d'une humeur décidément *anti*festive et semblait vouloir couper la musique à tout moment. Mais même lui était assez malin pour comprendre la mutinerie qu'il provoquerait, alors il devait supporter ça.

Gage dansa jusqu'à Lara. —Tu ne vas pas vraiment l'enlever, si ?

Elle fit un clin d'œil en découvrant son épaule avec la chemise. —Pourquoi pas ? J'ai de jolis sous-vêtements. Pas différent de ton short.

Sauf qu'il se fichait que quelqu'un le voie dans ce short, mais les sous-vêtements de Lara devraient être réservés à ses yeux uniquement.

Il sourit. —Vas-y, bébé.

Elle lui rendit son sourire. —J'y compte bien.

Et elle le fit. Bon sang, qu'elle le fit.

Gage abandonna l'idée de cacher son érection parce qu'il ne pouvait pas. Le short était assez serré pour qu'il ne soit pas au maximum, mais quiconque le regarderait saurait immédiatement qu'il était excité. Ce qui, ironiquement, ne faisait que l'exciter davantage. Tous ces gens étaient là à les regarder, Lara et lui, faire une danse aussi vieille que le monde. La séduction, le désir, c'était universel. Et chaque personne présente voulait ce que Lara et lui avaient.

Elle fit glisser sa chemise le long de ses bras, et bon Dieu, son soutien-gorge en dentelle bleue couvrait à peine ses tétons, poussant ses seins vers le haut d'une manière à faire saliver. Elle ne s'était pas encore retournée vers la foule, et il pouvait sentir l'attente vibrer avec la musique.

Il se plaça derrière elle, son derrière face à la foule — il le secoua pour faire bonne mesure — et fit descendre sa chemise le long de ses bras.

Elle se retourna lentement, son sourire pour lui seul, et Gage voulut l'embrasser. Il ne le fit pas, parce qu'il n'aurait jamais pu s'arrêter s'il avait commencé, mais il regarda. Oh, oui, il regarda définitivement.

—Jolis petits gâteaux, dit-il.

Elle rejeta la tête en arrière et rit, ses boucles retombant sur ses épaules, et il n'avait jamais rien vu d'aussi beau de sa vie.

Elle plaça son bras droit contre le sien et dansa autour de lui, sa beauté maintenant exposée à la vue de tous.

Gage se sentit durcir. Merde. Parlons de manque de professionnalisme.

Il dansa derrière elle — pas assez près pour se frotter contre elle. C'était la limite de l'indécence publique et il ne voulait pas donner à Connard une raison de les jeter dehors. C'était le moment de Lara et il voulait qu'elle s'en délecte.

Elle glissa ses doigts sous la ceinture de son pantalon.

Merde, il avait oublié que ça aussi allait partir.

Elle se tortilla et le pantalon descendit.

Elle portait un string.

Gage gémit. Un string. Qu'était-il arrivé aux culottes de grand-mère ? Même aux boxers ? Mais un string ?

Elle essayait de le tuer.

Il regarda Connard. *Lui*, il voulait le tuer.

Gage cacha son sourire et fit travailler ses hanches derrière Lara.

La foule s'était à nouveau mélangée, les hommes avec leurs femmes. Il y avait beaucoup plus de frottements et de mouvements suggestifs.

Hmmm, peut-être que Lara était sur quelque chose. Le strip-tease intégré. Ils pourraient doubler le nombre de clients potentiels si les couples en faisaient une soirée en amoureux. Ils auraient peut-être besoin d'une plus grande salle.

Son pantalon glissa sous ses fesses. Ses fesses douces, parfaites, rondes, tentantes et délicieusement *nues*.

Il dut se retourner. Garder son dos face à la foule. Il secoua son derrière, leur offrant ce spectacle parce qu'il ne pouvait pas leur offrir l'autre. Le short avait trop de spandex.

Lara, cependant, eut droit à son propre spectacle privé.

Ses yeux s'écarquillèrent et elle se lécha les lèvres. Ce qui ne fit que le durcir davantage. Il tressaillit dans son short — alors il remua son derrière encore plus.

Elle fit glisser son pantalon et réussit, d'une manière ou d'une autre, à garder le rythme de la musique tout en le retirant une jambe longue, voluptueuse et galbée à la fois.

Puis elle se redressa et leva les bras, les ondulant comme une danseuse orientale, mais ne ressemblant en rien à une dans ses minuscules bouts de tissu sexy qui ne laissaient rien à l'imagination de personne.

Il entendit le halètement collectif de la foule. Ce qu'ils faisaient tous les deux allait tellement au-delà du strip-tease que ce serait illégal s'ils se touchaient.

Lara pivota lentement, ses hanches décrivant des cercles tandis qu'elle offrait à tout le monde un spectacle beaucoup trop osé.

Et elle adorait chaque minute si le sourire sur son visage était une indication.

Dieu, qu'il l'aimait. Elle était tellement dans l'instant, si parfaitement et totalement là avec lui, aussi naturelle que la respiration, et elle lui coupait le souffle.

Peu lui importait ce qu'il devait faire, mais Lara devait faire partie de sa vie. Pour toujours.

La chanson se termina et Lara était prête à continuer quand la suivante commença, mais Gage en avait fini. Il ne pouvait garder son sang-froid que pendant un certain temps — surtout en public — et il avait besoin de se retrouver seul avec elle. Maintenant.

Il lui prit la main — la seule partie d'elle qu'il s'autorisait à toucher — et la leva. — Salue, chuchota-t-il, l'entraînant avec lui dans une révérence.

La foule devint folle. Les sifflements étaient stridents, les cris de « bis » forts et bruyants — et teintés de plus qu'un peu de frustration — mais Gage mit fin à la danse. Les voisins qui n'avaient pas été invités risquaient d'appeler la police et la dernière chose dont Lara et lui avaient besoin était d'être pris en flagrant délit.

Surtout qu'il prévoyait d'être dans cet état toute la nuit. Avec elle. Dans son lit.

Il ramassa leurs vêtements et la conduisit dans la maison de Jeff, verrouillant les portes-fenêtres derrière eux dès qu'ils furent à l'intérieur.

Puis il l'entraîna dans la buanderie sur la droite, verrouilla cette porte, et l'embrassa à perdre haleine.

* * *

— Qu'est-ce qui t'a pris de faire ça ? demanda-t-il quand ils reprirent enfin leur souffle.

— Ça ne t'a pas plu ?

— Chérie, ça m'a trop plu. Il poussa ses hanches en avant. J'ai été dur tout le temps et tout le monde dans le public le savait.

Elle lui fit ce sourire. — Tant mieux.

C'*était* bien. Juste pas approprié. — Sérieusement, Lara, qu'est-ce qui t'a poussée à faire ça ?

Elle enfila son pantalon et le remonta. Une sacrée honte, selon lui. — Jeff. Il s'est comporté comme un con, en te mettant dans l'embarras comme ça, en essayant de t'humilier.

— Il ne m'a pas humilié. Je n'ai pas honte de ce que je fais. Et il ne l'avait pas. Il s'en rendait compte maintenant. C'*était* une entreprise légitime et il y excellait.

— J'en ai juste marre qu'il pense pouvoir tout dicter. Que ce soit à sa façon ou pas du tout. Alors j'ai décidé de retourner la situation contre lui. La plupart des gens ici étaient contrariés par ce qu'il m'a fait. Je voulais leur montrer que j'allais bien. Que c'était l'erreur de Jeff, pas la mienne, et que j'étais passée à autre chose. Et oui, peut-être que je voulais qu'il sache que je n'étais pas celle qu'il croyait, et qu'il n'avait plus son mot à dire sur ma façon de vivre. C'était mon choix, Gage. Mon choix. Tu sais à quel point c'était libérateur ? Elle enfila sa chemise mais la laissa déboutonnée et saisit ses bras. Et je voulais danser avec toi. Je voulais que toutes ces femmes sachent que tu étais à moi. Elles peuvent regarder, mais à la fin de la journée, c'est avec moi que tu rentres.

— Pour toujours ? demanda-t-il.

Elle s'immobilisa. — Pour toujours ? Que... que veux-tu dire ?

C'était à son tour de lui saisir les bras. — Je veux dire *pour toujours,* Lara. Je veux rentrer avec toi pour toujours. Je te veux *dans* ma maison pour toujours. Je veux que tu *sois* ma maison pour toujours.

Il saisit sa chemise et commença à la boutonner du haut vers le bas. Ses doigts eurent vite fait de fermer le premier bouton, mais le deuxième — celui qui était juste au-dessus de son cœur — le fit s'arrêter. — Je t'aime. Et je veux passer le reste de ma vie avec toi. Veux-tu passer la tienne avec moi ? Il glissa le bouton dans la boutonnière. — Veux-tu m'épouser, Lara ?

Il n'oublierait jamais le regard qu'elle eut à ce moment-là. Jamais, en un million d'années, tant qu'il vivrait, il n'oublierait l'amour qui emplit ses yeux.

Juste avant qu'elle ne se jette dans ses bras et ne l'étreigne plus fort que quiconque ne l'avait jamais fait.

— Oh, Gage, je t'aime aussi ! Oui ! Oui ! J'adorerais t'épouser !

Alors il se fichait de qui pourrait les surprendre. Il l'embrassa et se laissa emporter par ses sentiments.

Mais il avait trop de respect pour elle et leur amour pour le sceller par un coup rapide dans la buanderie de son ex-mari, alors après quelques minutes, il l'éloigna de lui avec un dernier baiser prolongé. — Je sais que ce sera difficile pendant un moment. Nous sommes tous les deux si occupés et l'argent... Ce sera serré, Lara. Je ne peux pas te donner tout ce que Jeff pourrait...

Elle l'interrompit en posant un doigt sur ses lèvres. — Je ne veux pas ce que Jeff pourrait me donner. Si tu te souviens, je l'avais déjà. Et j'y ai renoncé. Parce que la seule chose qu'il ne pouvait pas me donner est ce que tu peux m'offrir. Et c'est quelque chose que je prise par-dessus tout : ton cœur. Peu m'importe ce que nous devrons faire pour que ça marche. Je n'ai pas peur du travail acharné. Mais si je peux rentrer auprès de toi, ce sera le paradis sur terre.

Il ne put parler à cause de la boule dans sa gorge, mais il essaya. — Et la danse ? Tu es d'accord avec ça ?

Elle arqua un sourcil et c'était un regard diablement sexy sur elle. — Je ne viens pas de le prouver ?

Il enroula ses bras autour de sa taille et l'attira contre lui. — Ce que tu as prouvé, ma belle, c'est que tu es la femme la plus sexy au monde et que j'ai de la chance de t'avoir dans ma vie.

— Nous avons tous les deux de la chance, Gage. Nous nous sommes trouvés.

— Et nous ne nous lâcherons jamais.

— Non. Jamais. Elle l'embrassa à nouveau, tout en langue et en chaleur, et il sentit sa résolution de faire de leur première fois officielle quelque chose de mémorable — et pas un coup rapide dans la buanderie — faiblir.

— Allez, chérie, retournons à la fête, finissons-en et tirons-nous d'ici. J'ai hâte de me retrouver seul avec toi.

— Euh, à ce sujet.

Il s'arrêta. — À quel sujet ?

— Être seul. Tu as cette grande maison dont tu paies l'entretien et j'ai mon appartement. Que dirais-tu si on vendait mon appartement et qu'on investissait l'argent dans, je ne sais pas, disons, une boîte de nuit ? Tu sais, une avec des *strip-teaseuses*. Elle imita le Connard.

— Tu ferais ça ?

— Pour une propriété partielle, bien sûr.

— Une propriété, hein ?

— Eh bien, oui. Un portefeuille bien diversifié est une bonne chose. Et ce que je n'investis pas avec toi et Bryan, on pourrait l'utiliser pour les frais médicaux de Connor.

Elle l'humilia. — Merci beaucoup, chéri, mais on ne touchera pas à ton argent pour lui. Je m'en sortirai. Ne t'inquiète pas pour lui.

— Je le ferai et je le peux, et si je veux t'aider, tu n'es pas censé dire non. Tu ne ferais pas la même chose pour moi ?

— Bien sûr, mais...

— Ce n'est pas différent.

— Hé, j'ai une meilleure idée de ce qu'on pourrait faire avec ton argent.

Elle arqua à nouveau son sourcil, mais cette fois-ci c'était sceptique, pas sexy. — Qu'est-ce qui pourrait être mieux que d'aider ton neveu ?

— Eh bien, ça l'aiderait, mais ce serait aussi pour nous.

— Qu'est-ce que c'est ?

— Que dirais-tu d'une lune de miel dans une certaine station balnéaire à Orlando, avec des châteaux, des vœux et des rêves ? C'est censé être l'endroit le plus heureux sur terre.

— Ça pourrait être leur slogan, mais l'endroit le plus heureux pour moi, Gage, c'est ici même. Dans tes bras.

~ fin ~

Merci de nous avoir lu ! Aidez d'autres lecteurs à découvrir les livres de Judi en laissant votre avis ! Pour en savoir plus sur la série, tournez la page !

Beaux Gosses & Grand Bévues

Quand Bryan prend Jenna pour une prostituée et qu'elle réalise qu'il est le père de son fils adoptif, les erreurs et les malentendus commencent à s'accumuler. Mais quelque chose d'autre grandit aussi entre eux. Parfois, une mauvaise décision peut s'avérer être la bonne...

Chapitre Un

Il avait un fils.

Bryan Lassiter se tenait au bout de l'allée du supermarché et fixait le petit garçon à un mètre devant lui.

Les cheveux noirs et bouclés étaient identiques, y compris l'épi au-dessus de l'œil droit qui tombait un peu plus bas que le gauche, et la même fossette sur la joue droite. Les yeux aussi étaient les mêmes. Ces maudits yeux violets que Bryan avait détestés depuis que Julie Richardson les avait qualifiés de jolis en première année. Lui et Elizabeth Taylor.

Et maintenant ce garçon.

Et si *cela* ne suffisait pas, c'était la tache de naissance sur le bras du gamin qui scellait l'affaire. Bry avait la même, en forme d'étoile à cinq branches avec une pointe arrondie en bas à droite. Bryan avait fini par se faire tatouer par-dessus — en forme d'étoile — mais c'était la même.

Il avait un fils.

— Trevor ? Où es-tu ?

Une jolie brune surgit au bout du rayon, l'inquiétude gravée sur son visage. Elle s'adoucit quand elle vit le garçon — l'exact opposé de la réaction de Bryan.

Il ne la connaissait pas.

Oh, il avait couché avec beaucoup de femmes dans sa vie, mais il était fier de se souvenir à quoi elles ressemblaient, peu importe à quel point il avait été ivre—

Non. Ce n'était pas tout à fait vrai. L'enterrement de vie de garçon de Brad s'était déroulé dans un brouillard alcoolisé et il aurait pu y avoir une stripteaseuse impliquée...

Considérant que la fête de Brad avait eu lieu il y a quatre ans, et que le gamin semblait avoir environ trois ans... Oui, cela semblait plus que possible, bien qu'il n'ait jamais été assez ivre pour ne pas mettre de préservatif.

Qui peuvent être connus pour se déchirer.

Merde. Étant donné que le gamin ressemblait à chacune de ses photos de bébé, une nuit de débauche et de malchance *aurait pu* conduire à ce qu'il ait un fils.

— Chéri, je t'ai dit de ne jamais t'éloigner de Maman. Ce n'est pas l'endroit pour jouer à cache-cache.

Les yeux de Bryan se tournèrent vers « Maman ». Environ 1m68, avec des cheveux bruns bouclés au menton qu'elle n'arrêtait pas de replacer derrière ses oreilles mais qui ne tenaient pas, des pommettes hautes et de grands yeux — bleus ou gris, il n'était pas sûr. Des mouvements gracieux de danseuse qui seraient perdus dans un club de strip-tease, mais les jambes interminables ne le seraient certainement pas.

Avaient-elles été enroulées autour de lui ? Bryan se sentit durcir rien qu'en y pensant.

Mais ensuite, il regarda Trevor et tout son *corps* se raidit. Si ce petit garçon était le sien, elle l'avait tenu éloigné de lui.

Savait-elle même *qui* était le père ?

— Je suis désolé, Maman.

Trevor mit son pouce dans sa bouche et Bryan fut encore plus convaincu que le garçon était le sien.

Beaucoup d'enfants suçaient leur pouce, mais c'était la façon dont Trevor jouait avec son épi — exactement comme Bryan l'avait fait. Jusqu'à ce que son doigt se coince dans les nœuds et que son frère aîné Kyle se moque de lui. Maman avait dû couper son doigt pour le libérer et cette mèche de cheveux à l'avant de sa tête était devenue une chose de plus pour Kyle pour se moquer de lui. Ç'avait été la dernière fois que Bryan avait sucé son pouce.

— Oui, eh bien, tu m'as fait peur, mon chéri. Je ne veux pas que quelqu'un te prenne loin de moi, d'accord ? Tu dois rester avec moi.

Maman s'agenouilla et serra Trevor dans ses bras, l'action tirant son pantalon moulant beige vers le bas dans le dos.

Pas de tatouage dans le bas du dos, donc au moins il avait eu un certain goût pour les femmes quand il était ivre. Même les stripteaseuses.

Bryan secoua la tête. Il était mal placé pour la juger. Il avait lui-même fait du strip-tease à une époque et possédait maintenant une revue de danse exotique, BeefCake, Inc. Mais lui et son partenaire Gage géraient une entreprise de classe et Pas de Fraternisation était *la* règle numéro un de la maison. Dommage qu'elle n'ait pas adhéré à la même règle.

— Pourquoi quelqu'un me prendrait, Maman ?

Trevor arrêta de tourner ses cheveux avec une mèche enroulée autour de son doigt.

Maman passa une main sans alliance sur les cheveux de Trevor, dégageant le doigt emmêlé, puis glissa sa paume pour lui caresser la joue.

— Parce que tu es un garçon très spécial, Trevor. C'est pour ça que je t'aime tant. Alors tu dois rester avec moi tout le temps et ne pas t'enfuir, d'accord ? Même si tu joues.

Trevor hocha la tête et Bryan eut l'impression de se regarder dans un miroir.

— Mais *pourquoi* je suis très spécial ?

Elle l'attira contre elle et l'embrassa sur la joue.

— Parce que tu es mon petit bonhomme.

La position de Bryan lui offrait une vue parfaite sur la férocité de son expression quand elle le dit, le rapide resserrement de son biceps sous la manche courte de son t-shirt alors qu'elle le serrait. Elle aimait le gamin. Mais visiblement pas assez pour lui donner le père qu'il méritait.

Bryan avait à moitié envie de le lui dire, mais les allées de supermarché n'étaient pas exactement le meilleur endroit pour laver son linge sale. Il vérifia l'heure sur son portable. Une heure et demie avant le rendez-vous avec Gage.

Il remit ses lunettes de soleil et baissa un peu plus la visière de sa casquette de baseball. Il pouvait traîner dans les parages un moment. La suivre pour voir où elle habitait — et ensuite planifier quel serait le meilleur moment pour se présenter et discuter de ses droits paternels.

* * *

Jenna Corrigan serra son fils dans ses bras et essaya de calmer les battements frénétiques de son cœur. Mon Dieu, elle avait cru l'avoir perdu.

Trois ans depuis qu'il était devenu sien, et elle n'avait toujours pas surmonté le sentiment que d'une manière ou d'une autre, il lui serait enlevé. Et elle ne parlait pas d'un étranger.

Et si le père revenait ? Et s'il voulait son fils ?

Jenna ferma les yeux plus fort, serra Trevor plus près jusqu'à ce qu'il commence à se tortiller et qu'elle doive le lâcher. Ah, être si insouciant.

C'est sur cela qu'elle devait se concentrer, pas sur le fait que le type qui avait mis sa sœur enceinte puis s'était enfui pourrait vouloir assumer la responsabilité qu'il avait fuie. De plus, elle et Mindy étaient allées voir un avocat avant que le cancer de sa sœur ne progresse au stade terminal et elles avaient fait les démarches pour que, lorsque la fin serait inévitablement arrivée, il n'y ait aucun accroc pour que Trevor soit le sien.

— Je peux avoir de la glace ? demanda Trevor en suçant son pouce.

Jenna sourit. Si seulement tous les maux de la vie pouvaient être guéris avec de la glace.

— Bien sûr, mon chéri. Quel parfum ?

— Rocky Road. C'est mon préféré.

Cette semaine. La semaine dernière, c'était menthe poivrée.

Jenna le libéra de son étreinte, son corps réclamant instantanément sa proximité à nouveau. Elle ne l'avait pas porté en elle, mais c'était tout comme. Elle avait dormi avec lui chaque nuit pendant les trois premiers mois après la mort de Mindy — plus pour son propre réconfort que le sien.

Elle se leva et chassa toutes les pensées de *cela* de son esprit. C'était sa vie maintenant. *Trevor* était sa vie. Elle devait continuer. Elle *allait* continuer.

Elle tendit la main. — Allons en choisir alors, mon grand.

— D'accord, maman. Des doigts mouillés glissèrent dans sa paume et Jenna n'aurait voulu que cela se passe autrement.

Ils se dirigèrent vers l'allée et Jenna aperçut le sourire sur le visage d'un homme qui détournait la tête, le bord de sa casquette de baseball dissimulant ses yeux. Il avait écouté leur conversation. Probablement un père lui-même, si ce sourire en coin était révélateur. Il comprenait le soulagement qu'elle avait ressenti en réalisant que son enfant n'avait pas disparu.

Comme toujours, le coup dans son estomac la frappa avec une douleur atroce et Jenna s'arrêta un demi-pas derrière l'homme. Ce sentiment disparaî-trait-il un jour ?

— Je peux avoir du chocowat aussi ? Trevor, comme toujours, la ramena au présent. Un endroit tellement meilleur que leur passé.

— Il y a du chocolat dans le Rocky Road, Trev. Des petits morceaux.

— Oh. D'accord. Son pouce retourna dans sa bouche et il passa de l'autre côté d'elle, les doigts qui d'habitude tournicotaient dans ses cheveux agrippant maintenant sa main. Elle devrait probablement essayer de lui faire arrêter de sucer son pouce, mais renoncer à quelque chose de réconfortant allait à l'encontre de ses principes. Elle savait, par expérience, à quel point les choses réconfortantes étaient importantes.

Surtout quand la vie pouvait être un peu trop dure sans elles.

Voici Judi!

Auteure primée et à succès, Judi Fennell adore rire et adore l'amour. Il n'est donc pas surprenant de retrouver un peu des deux dans chacun des livres qu'elle écrit. Découvrez ses contes de fées revisités pour avoir un avant-goût de ses comédies paranormales et romantiques, légères et pleines d'ironie. Des tritons au large des côtes de la Jersey Shore, aux génies et leurs tapis volants, en passant par les strip-teaseurs à la Magic Mike et les domestiques virils dont la devise est *Satisfaction garantie*, rires et amour sont toujours au rendez-vous.

Et, durant ses (très ?) nombreux moments de temps libre, elle aide d'autres auteurs sur tous les aspects de l'écriture et de l'autoédition avec son entreprise de mise en page, de création de couvertures et de supports promotionnels, de relecture, de conseil et de livres audio, www.formatting4U.com.

Judi vit dans la banlieue de Philadelphie avec une ménagerie de compagnons à quatre pattes, et le jour où ces créatures commenceront A) à chanter, B) à coudre des vêtements, ou C) à faire le ménage, sera aussi le jour où elle prendra sa retraite d'écrivaine… !

Livres de Judi Fennell

Royally Sunk

Les tritons et les sirènes ne sont qu'un mythe, n'est-ce pas?

Essayez de dire ça à ces humains qui ne se doutent de rien et qui tombent éperdument amoureux de ceux qui n'ont pas toujours de talons...

Par-dessus la Tête

Reel est un triton sans queue, et Erica est terrifiée par l'océan. Une seule chose pourrait la faire entrer dans l'eau: un pistolet. Et une seule chose pourrait l'y retenir: le séduisant triton qui lui sauve la vie, au risque de perdre la sienne.

Le Grand Bleu Sauvage

Valerie est une princesse sirène coincée au cœur du pays. Rod est le prince qui part à sa rescousse. Mais parviendront-ils à déjouer le complot d'un usurpateur et à regagner l'océan avant que sa queue—et sa prétention au trône—ne disparaissent à jamais?

La Prise de sa Vie

Logan a fui le cirque; tout ce qu'il souhaite, c'est mener une vie normale. La femme nue qui débarque sur son bateau est tout *sauf* normale. Surtout quand Angel se révèle être une sirène, poursuivie par un monstre marin en colère.

L'amour sur les Rochers

La princesse Mariana n'a rien d'une frimeuse; c'est une véritable artiste, et elle est sur le point de le prouver avec la statue qu'elle sculpte sur une île déserte. Le problème, c'est que Jace se cache là-bas. Ainsi, la seule chose qui libérera Mariana de sa prison dorée est aussi celle qui vaudra la mort à Jace. Une romance, c'est déjà assez compliqué, mais quand un tsunami est annoncé, l'amour est vraiment sur les rochers.

Faire des Vagues

Découvrez l'Incident qui a rendu Erica terrifiée par l'océan, la raison pour laquelle Valerie, la princesse disparue, a été retrouvée, et comment Michael, le jeune fils de Logan, a trouvé une sirène. Les histoires *avant* les histoires.

Bottled Magic

Faites attention à ce que vous souhaitez… cela pourrait bien se réaliser!

C'est ce que ces humains découvrent lorsqu'un génie leur tombe littéralement dans les bras… avant d'être emportés dans la plus magique des aventures: tomber amoureux.

Je Rêve de Génies

La chance de Matt a enfin tourné lorsque Eden, la génie, s'échappe de sa bouteille et lui tombe littéralement sur les genoux. Et elle jure de ne jamais y retourner. Malheureusement pour eux deux, l'homme qui l'y a enfermée veut la récupérer, et il ne reculera devant rien pour y parvenir.

Génie a Toujours Raison

Samantha hérite du domaine de son père, ainsi que d'un génie qui n'a plus qu'un dernier maître à servir avant la fin de sa servitude. Sam est plus que disposée à libérer Kal, jusqu'à ce que son ex avide décide que s'il ne peut pas avoir Sam, personne ne l'aura.

Ma Belle Génie

Zane a hérité du manoir familial et il a hâte de s'en débarrasser pour mettre fin aux rumeurs sur le passé extravagant de sa famille. Dommage que la génie à l'origine de ces rumeurs a été libérée et sème à nouveau la zizanie. Seulement, cette fois, c'est avec son cœur qu'elle joue.

Vos Désirs sont ses Ordres

Découvrez comment Kal a été emprisonné dans sa lanterne et pourquoi il doit servir 1001 maîtres. C'est l'histoire avant l'histoire...

Once-Upon-A-Time Romance

Il était une fois» c'est bien joli dans les contes de fées, mais la vraie vie, ce n'est pas comme ça.

À moins que...?

Avec l'aide d'un ange gardien en formation, ces couples chanceux découvriront que tomber amoureux est le plus beau des contes!

La Belle et Le Meilleur

Le jour, Jolie est chef à domicile; la nuit, elle écrit des romans d'amour. Alors, quand elle décroche un contrat pour Todd, un artiste séduisant et reclus, elle tient le héros parfait pour son livre. Jusqu'à ce que Todd le découvre et la chasse de sa cuisine, de sa maison, *et* de son cœur.

Si la Chaussure Vous Va

Il était une fois, il y a bien longtemps, dans un pays lointain, très lointain, une jeune fille nommée Cendrillon. Ceci n'est pas son histoire. *Ceci* est l'histoire de Lucinda Isabella Casteleoni, qui, comme son homonyme, a une méchante belle-mère, deux belles-sœurs vulgaires et d'innombrables heures de dur labeur qui l'attendent (ou pas). Mais contrairement à cette princesse de conte de fées, le Prince Charmant de Bella est introuvable. Jusqu'à ce qu'un petit vieil homme aux yeux verts pétillants ouvre une boutique de chaussures au bout de la rue. Alors la magie commence...

De L'autre Côté du Vitrail

Un voyage accidentel dans l'Angleterre médiévale pousse Kate, responsable de publicité, à chercher un moyen de rentrer chez elle... Mais pourra-t-elle ramener avec elle le séduisant chevalier en armure étincelante dont elle est tombée amoureuse?

BeefCake, Inc.

La soirée entre filles n'a jamais été aussi savoureuse!

Magic Mike peut aller se rhabiller.

Installez-vous confortablement, détendez-vous et profitez du spectacle pendant que Gage, Bryan, Tanner, Dare et tous les autres vous montrent comment on s'y prend...

Beaux Gosses et Petits Gâteaux

Lara veut que ses cupcakes soient un succès. Gage, danseur exotique, ne serait pas contre les goûter, mais son emploi du temps pour payer les factures d'hôpital de son neveu ne lui en laisse pas le loisir. Jusqu'à une fête où les gros bras rencontrent les cupcakes et, *oh*, que c'est délicieux!

Beaux Gosses et Grand Bévues

Quand Bryan prend Jenna pour une prostituée et qu'elle réalise qu'il est le père de son fils adoptif, les erreurs et les malentendus commencent à s'accumuler. Mais quelque chose d'autre grandit aussi entre eux. Parfois, une mauvaise décision peut s'avérer être la bonne...

Beaux Gosses et Nouvelles Prises

Tanner veut que son ex-femme sorte de sa vie pour de bon, mais quand la grand-mère de celle-ci a une attaque et qu'il doit prétendre être toujours amoureux de Juliet, peut-il risquer une seconde chance avec la seule femme qui n'a jamais cessé de l'aimer?

Beaux Gosses et Flocons de Neige

Gina a le béguin pour Darien depuis toujours—jusqu'au jour où il l'a humiliée à l'école. Quinze ans plus tard, il la laisse de marbre. Darien, danseur exotique, est revenu en ville pour régler quelques affaires. L'une d'elles est le bazar qu'il a provoqué pour Gina des années auparavant... et *peut-être* raviver la flamme qu'ils avaient autrefois. Mais la seule façon de faire fondre la glace autour du cœur de Gina est de faire monter la température, au travail... et en dehors.

Manley Maids

Que se passe-t-il lorsque trois frères irrésistiblement sexy perdent un pari au poker contre leur sœur entreprenante? Ils se retrouvent engagés pour son entreprise de nettoyage. Désormais, les Manley Maids sont à votre service. Satisfaction garantie.

Ce Qu'une Femme Veut

Sean, propriétaire d'un complexe hôtelier, prévoit d'acheter un domaine historique, se faire un nom et gagner des millions. Il emménage donc sous le prétexte de nettoyer l'endroit pour contrecarrer l'unique condition de l'héritage. Mais l'héritière Olivia et sa ménagerie lui entrent dans la peau, et il découvre que le pari au poker qui l'a mis dans ce pétrin n'est pas le seul à changer la donne.

Ce Qu'une Femme A Besoin

La star de cinéma Bryan veut la gloire et la fortune, pas une répétition de son enfance «normale» et sans le sou. Après la publicité entourant la mort de son mari, Beth a besoin d'une vie normale pour elle et ses enfants, et la star de cinéma qui a perdu un pari l'obligeant à nettoyer sa maison—avec des paparazzis sur les talons—n'en fait pas partie. Mais alors que le flirt se transforme en séduction, Bryan doit convaincre Beth qu'il est plus qu'un homme de ménage.

Ou qu'un acteur. Parce qu'il joue le rôle principal dans une version inversée de Cendrillon, et cela pourrait bien être le rôle de sa vie.

Ce Qu'une Femme Mérite

Liam n'a aucune patience pour les femmes qui dépensent l'argent d'un homme sans penser une seule seconde à travailler. Mais pour honorer son pari, Liam doit non seulement tolérer Cassidy, une femme du monde, mais il devra aussi nettoyer derrière elle quand son père lui coupera les vivres. Sans argent et sans maison à nettoyer pour Liam, Cassidy n'a d'autre choix que d'accepter une offre d'emploi—comme nouvelle femme de ménage de Liam. Mais quand des étincelles jailliront entre eux, s'agira-t-il du grand amour ou juste d'une autre liaison compliquée?

Quelle Femme

MaryAlice Catherine est prête à nettoyer la maison de l'amie de sa grand-mère, mais elle découvre que le petit-fils arrogant de la femme, pour qui elle avait le béguin en grandissant—et il le savait pertinemment—y vit, et elle est mortifiée. Jared se souvient des choses différemment; Mac a toujours été une petite chose autoritaire, mais il ne va pas la laisser mener la danse maintenant. Mais avec eux deux vivant dans la même maison, impossible de dire qui en sortira vainqueur.

Ce Qu'un Homme Veut

Beckett est prêt à payer sa dette après avoir perdu son pari au poker. Il n'avait juste pas réalisé qu'il devrait le faire avec son cœur. Jennifer est celle qui lui a échappé et maintenant, elle est juste là, devant lui. Dans sa maison. Qu'il est venu nettoyer. Jennifer n'arrive pas à croire que le bad boy du lycée pour qui elle avait un énorme béguin est dans sa maison, mais s'il y a une chose que son ex-mari lui a apprise, c'est qu'elle ne peut pas compter sur les bad boys. Jusqu'à ce que Beckett abatte toutes ses cartes et se révèle être quelqu'un sur qui Jennifer peut miser, après tout.

www.ingramcontent.com/pod-product-compliance
Lightning Source LLC
Chambersburg PA
CBHW061233210726
48293CB00003B/750